KB026631

운명은
제 갈 길을
찾을 것이다

THE FATES WILL FIND THEIR WAY
by Hannah Pittard

Copyright ⓒ 2011 by Hannah Pittard
All rights reserved.
This Korean edition was published by Munhakdongne Publishing Corp. in 2016
by arrangement with Lippincott Massie McQuilkin through KCC(Korea Copyright
Center Inc.), Seoul.

이 책은 (주)한국저작권센터(KCC)를 통한 저작권자와의 독점계약으로
(주)문학동네에서 출간되었습니다.
저작권법에 의해 한국 내에서 보호를 받는 저작물이므로
무단전재와 복제를 금합니다.

이 도서의 국립중앙도서관 출판예정도서목록(CIP)은
서지정보유통지원시스템 홈페이지(http://soeji.nl.go.kr)와
국가자료공동목록시스템(http://www.nl.go.kr/kolisnet)에서 이용하실 수 있습니다.
(CIP제어번호: CIP2016022123)

운명은
제 갈 길을
찾을 것이다

**THE FATES
WILL FIND THEIR WAY**

HANNAH PITTARD

해나 피터드
장편소설

윤미나
옮김

문학동네

2006년 6월 16일 우리 삶에서 자취를 감춘

맬컴 휴 링겔을 위해

사람들은 자신이 한 일로 자신에게 닥칠 시련과 행운을 결정한다.
제우스는 모두에게 똑같은 왕이다.
그러므로 운명이 스스로 제 갈 길을 찾을 것이다.

—베르길리우스, 『아이네이스』

THE FATES
WILL FIND THEIR WAY

차례

몇 가지는 확실했다. 부정할 수 없고 논쟁의 여지가 없는 것들이었다. 우선 노라 린델이 사라졌다. 그 점은 명백했다. 게다가 노라가 사라진 날은 핼러윈이었다. 그 사실 때문에 실종 사건은 한층 더 불가사의하고 으스스하게 느껴졌다. 물론 우리 중 대부분은 11월 1일이 되어서야 노라가 사라졌다는 것을 알았다. 핼러윈 다음날이 되어서야 노라의 아버지가 전날 밤 딸이 집에 돌아오지 않은 것을 알고 우리 부모들에게 전화를 걸기 시작했기 때문이다.

　우리가 알기로는, 그해 비상연락망 순서에 따라 잭 보이드의 부모가 처음으로 전화를 받았다. 순서에 따라 보이드 부인은 엡스타인 부인에게 전화를 걸었고, 엡스타인 부인은 즈블로스키 부인에게, 즈블로스키 부인은 제프리스 부인에게 전화를 걸었다. 비상연락망이 한 바퀴를 돌았을 때는 이미 많은 어머니들이 노라가 사라진 것을 알고 있었다. 우리가 집집마다 돌아다니며 알려주기도 했고, 린델 씨가 비상연락망 규칙을 깨고 보이드 부인과 통화한 뒤 여기저기에 자꾸 전화를 걸었기 때문이다. 물론 우리의 어머니들은 규칙 위반을 눈감아주었지만, 린델 씨 뒤에서는 그런 탓에 그날의 혼란이 쓸데없이 가중되었다는 데 암묵적으로 동의했다.

비상연락망에서는 새로운 정보가 나오지 않았다. 그러나 그 사건은 공교롭게도 그해 서머타임이 늦게 해제되어 모든 시계를 한 시간씩 늦추어야 한다는 것을 우리의 어머니들에게 일깨워주는 계기가 되었다. 어쩌면 그토록 까맣게 잊었던 건지, 아무도 깨닫지 못하고 있었다. 그런데 비상연락망이 도는 동안 어느 어머니가 노라가 사라졌다는 사실 말고도 우리가 한 시간을 덤으로 얻은 것을 알아차렸다. 어머니들이 린델 씨에게 해줄 수 있는 것이라고는 저녁에 우리가 예상했던 것보다 한 시간 늦게 들어오면 딸에 대해 물어보겠다고 약속하는 것이 전부였다.

정해진 귀가 시간은 똑같았지만 날이 더 길었던지라, 어머니들이 집에서 우리가 들어오길 기다리는 동안, 마치 그날 하루 만에 벌어진 일처럼 나뭇잎이 물들어 땅에 떨어지고 녹색에서 주황색으로, 다시 회색으로 바뀌어 결국 흔적 없이 사라져가는 동안, 우리는 부모들과 떨어져 바깥에서 시간을 보냈다. 될 수 있는 대로 여자애들과도 떨어져 있었다. 단, 세라 제프리스는 예외였다. 세라는 여러 가지 이유로 그런 마음을 먹기 힘든 애였다. 아무튼 상황을 알게 된 이상, 왠지 우리 남자애들끼리 똘똘 뭉쳐야 수수께끼가 더 빨리 풀릴 것 같았다. 우리는 진실을 발견하고 싶은 마음에 서로를 꼬치꼬치 추궁했다. 알고 보니 우리 모두가 그 전날 노라를 보았는데 서로 다른 곳에서 다른 일을 하고 있는 모습이었다. 그애는 그네터에, 강둑에, 쇼핑몰에 있었다. 주류 판매점 근처 공중전화부스에, 기차역에, 환전소 뒤에 있었다. 그애는 하키 운동복, 데님 재킷, 교복을 입고 있었다. 담배를 피우고, 막대사탕을 빨고, 핫도그를 먹고 있었다. 그애가 우리 모두와 함께 미드나잇 스릴러 3부작을 보러 간 건 확실했지만(귀가 시간을 맞춰야 해서 열시 전에 끝나긴 했지만, 우리는 그걸 '미드나잇 쇼'라고 불렀다), 그럼에도 그애 옆에 앉아 있었던 사람이 누구냐고, 그애와 팝콘을 먹은 사람이 누구냐고, 그애가 딴생각을 하고 있을 때 깜짝 놀래주었던 사람이 누구냐고 서로에게 물었을 때 아무도 자기라고 말하지 못했다.

우리 중 유일하게 공립학교에 다녔던 트레이 스티븐스가 제일 늦게 소식을 들었다. 트레이의 부모가 비상연락망에 속해 있지 않았기 때문이다. 트레이는 우리와 한동네에 살았고 쭉 알고 지내는 사이였다. 그 아이의 방은 커다란 지하실이었는데, 거기에는 맥주 상표명이 적힌 네온사인과 훔친 도로 표지판, 엄청나게 큰 수족관, 다트보드 두 개, 정식 당구대, 드럼 세트가 있었다. 핼러윈 다음날 해가 저물 무렵 우리가 모여든 곳이 바로 거기였다. 늦춰진 귀가 시간을 때우면서 트레이에게 노라 린델이 사라진 소식을 전해주고 아는 이야기를 서로 나눠볼 작정이었다.

트레이는 자기가 그 소식을 꼴찌로 알았다는 데 화가 나고 소외감이 들었는지, 지난달 노라와 섹스했던 이야기를 털어놓았다. 그리고 그 일이 그애가 사라진 것과 무슨 관계가 있을지도 모른다고 중얼거렸다. 우리는 말도 안 되는 소리라고 생각했고 트레이가 그애와 섹스했다는 사실 자체를 믿을 수 없었다. 우리가 그렇게 말하자, 트레이는 그애의 교복에 대해, 그애가 교복 치마를 벗지 않고 들어올리기만 했던 것에 대해 이야기했다. 그애의 신양말에 대해, 한쪽은 제대로 무릎까지 올라와 있었지만 다른 쪽은 흘러내려 있었던 것에 대해 이야기했다. 그애의 다리 피부에 대해서도 이야기했다. 분홍빛을 띤 하얀 피부에 짧은 털이 삐죽삐죽 올라와 있었다고. 트레이는 말했다. 무릎에 부스러기가 달라붙어 있었어. 지하실 카펫의 부스러기 말이야.

우리는 각자 아무도 보지 않는다 싶을 때 슬그머니 카펫을 더

듣어보았다. 노라 린델의 무릎 위, 앙증맞은 금빛 털 사이에 달라붙어 있던 바로 그 부스러기를 만질 수 있을지도 몰랐다. 그의 이야기는 감히 상상한 적이 있다면 우리가 섹스에 대해 상상했을 법한 것과 완전히 일치했고, 그래서 우리는 트레이 스티븐스의 말을 믿어버렸다. 우리의 환상과 거의 완벽하게 겹치는 그의 현실을.

우리의 신뢰와 관심을 얻은 트레이는 계속해서 지난여름 그 애가 자기 앞에서 다리털을 밀었다고 말했다. 섹스보다 훨씬 더 믿기 어려운 이야기였다. 지하실에 단둘이 있었다는 것도 믿을까 말까 한데 하물며 욕실이라니. 그러나 우리는 그 짜릿한 생각과 몹시 그럴듯한 가능성 앞에서 눈을 감아버렸다. 우리는 눈을 감고 트레이 스티븐스가 본 것을 보았다. 누군가는 욕조 안에 앉아 있는 그애의 모습을 상상했고, 또 누군가는 서서 왼쪽 다리를 욕조 턱에 올려놓았다가 번갈아 오른쪽 다리를 올려놓는 그애의 모습을 그려보았다. 구체적인 정보가 너무 많으면 머릿속에 섬세하게 그려진 이미지가 망가질 것을 내심 알면서도 우리는 트레이에게 좀더 자세히 이야기해달라고 애원했다.

드루 프라이스, 이 녀석은 자신이 언젠가 자기 아버지만큼 키가 클 거라고 허구한 날 광분하다시피 우겨대는 놈이었는데, 아무래도 녀석은 우리 모두가 알고 믿는 것, 즉 프라이스 씨가 진짜 아버지가 아니라는 사실을 저 혼자 모르거나 믿지 않는 모양이었다. 어쨌거나 드루는 핼러윈 날 버스 정류장에서 노라를 보았다고 말했다. 윈스턴 러더포드도 그렇게 말했다. 윈스턴은 버스가 출발하기 직전에 그애가 낡아빠진 카탈리나의 조수석에 올라탔다고 덧붙였다. 약속 장소는 눈속임이고 드루 프라이스 같은 목격자를 따돌릴 속셈이었을 거라면서. "속상해하지 마." 윈스턴이 드루에게 말했다. "누구라도 그렇게 생각했을 거야. 난 계속 지켜봤거든. 그래서 실제로 무슨 일이 일어나는지 볼 수 있었어." 카탈리나를 운전한 사람은 어떤 남자였다는데, 그것 말고는 윈스턴이 남자와 차에 대해 이야기할 때마다 묘사하는 내용이 달라졌다. 어떤 때는 카탈리나의 미등이 깨져 있었다고 했다가, 또 어떤 때는 뒤쪽 창문에 총구멍이 나 있었다고 했다. 어떤 때는 운전석에 앉은 남자가 꽁지머리였다고 하더니, 또 어떤 때는 선원처럼 콧수염을 길렀다고 했다. 변함없는 내용은 그 남자가 담배를 피우고 있었다는 것이었다.

귀가 시간이 가까워질수록 이야기는 차츰 더 자극적이고 야하고 불길해졌는데, 어쩐 일인지 점점 그럴싸하게 들렸다. 세라 제프리스는 그날 밤 여자애들을 저버리고 우리 틈에 끼었는데 아직 어리지만 장차 성인이 될 소년들의 보호를 받고 싶었는지, 아니면 그저 여자애들에게 들러붙은 슬픔과 가냘픈 목소리와 "그게 나일 수도 있었어!"라는 끈질긴 주장을 피하고 싶었는지는 모르 겠다. 세라는 핼러윈 전날 포리스트 할로에 있는 낙태 클리닉에 노라 린델을 태워다주었다고 말했고 그로써 지난달 그애와 섹스를 했다는 트레이 스티븐스의 주장에 무게가 실리는 듯했다. 세라는 비밀을 지키기로 맹세했고 그런 이유로 노라 아버지에게는 절대 알리지 않을 작정이었다. 노라가 학교 체육관 화장실에서 임신 테스트를 하는 동안 세라는 옆칸에서 기다렸다. 누가 여자 화장실 창문을 열어두고 갔다는 세라의 말에 노라는 추워서 오줌이 안 나온다고 툴툴거렸다. 그런 디테일 덕분에 이야기가 설득력 있게 들렸다. 다만 세라와 노라 둘이 같이 있는 모습을 우리가 여태 한 번도 보지 못했다는 점이 미심쩍었다. 우리가 그점을 지적하자 세라가 말했다. "아무튼 나는 노라를 내려주고 세시간 있다가 다시 가서 차에 태웠어. 내가 내려준 그 자리에 서 있더라. 우리는 차를 타고 같이 동네로 돌아왔어."

밤 열시가 되자 우리는 겁이 좀 났고, 인정하고 싶지 않지만 꽤 피곤해져서, 마침내 귀가 시간이 되었다는 데 안도감마저 느끼며 미닫이 유리문을 열고 트레이 스티븐스의 지하실을 나왔다. 우리의 공립학교 친구는 큐대를 손에 든 채 파란 카펫이 깔린 처량한 지하실에 홀로 남겨졌고, 우리는 두 집 혹은 다섯 집 건너, 혹은 여섯 블록 떨어진 각자의 집으로 내달렸다. 몸을 떨면서 밤을 가로지르고, 낙엽들과 추위를 가로지르며 서로에게 큰 소리로 작별인사를 건넸다. 그리고 잠시도 멈추지 않고 달려 무사히 현관문에 들어섰다.

이상하게도 그후 몇 달 동안 우리의 관심을 주로 끈 것은 노라의 여동생 시시였다. 물론 노라 생각도 하기는 했다. 그애가 어디에 있는지, 무엇을 하고 있을지 궁금했다. 우리는 이런저런 이야기들을 꾸며냈다. 그러나 시간이 계속 흐르고 그애가 정말로 사라졌다는 것을 납득하기 시작하면서 우리는 그런 환상을 점차 마음속에만 간직하게 되었다. 학교를 마치고 방에 혼자 있을 때, 혹은 모두가 잠든 밤 태곳적 선사시대부터 텅 비어 있었던 것처럼 위장이 쓰려와 어두운 부엌에 혼자 있을 때를 위해 아껴두었다.
함께 있을 때는 시시 린델에 대해 이야기했다. 막다른 길 아래 튜더 왕조풍 3층집에 홀로 남은 그애의 삶이 어떨지 궁금했다. 어쨌든 시시는 여전히 우리와 함께 있었다. 여전히 살아서, 여전히 현실인 채로. 따라서 그애에 대한 우리의 환상은 더 안전하고 더 쉬웠다. 폴 엡스타인이 그애가 얼마나 빠르게 달라졌는지 가장 먼저 알아차렸다. 전형적인 여동생 타입의 완전 짜증났던 중학생 애가 겨우 여름 한철 동안 활짝 피어난 요정, 입술 촉촉한 9학년이 되어 운동부 주장들을 욕망에 미쳐 날뛰게 만든 것이다.

우리는 그애 아버지 때문에 마음이 불편했다. 특히 우리 모두가 시시의 변화를 눈치챈, 노라가 사라진 후 처음 맞은 여름에 특히 더 그랬다. 그 두 사람이 여전히 손을 꼭 잡고 길을 걷는 모습을 볼 때 마음이 불편했고, 우리 모두 그 광경이 좀 이상하다고 생각했다. 우리가 언짢았던 이유는 그애가 걸어갈 때 교복 치마가 허벅지에 쓸려 위아래로 혹은 앞뒤로 움직이는 모습이 보여서였다. 치맛단이 고르지 않은 것으로 볼 때 그애도 다른 여자애들처럼 허리춤을 접어서 치마를 짧게 만든 것이 분명했고 물론 그것은 우리가 봐줬으면 한다는 뜻이었다. 우리는 린델 씨에게 하필 딸이 있고, 우리가 그 여자애를 본다는 사실 때문에 마음이 불편했다. 우리가 그애의 손을 잡거나 팔을 쓰다듬고 싶어서 미칠 것 같다는 사실이, 예전의 그 딸은 물론이고 지금 이 딸에 대해서도 다리털을 미는 모습까지 상상한다는 사실이 불편했다. 앉아서 밀까 서서 밀까, 안 밀 수도 있겠지, 하면서. 노라나 오래전에 죽은 어머니가 방법을 알려주지도 않았을 텐데, 제대로 배우기는 했을까? 그러나 가장 마음이 불편했던 것은 대부분의 경우 우리가 시시를 보는 것처럼 훔쳐볼 수 있는 린델 씨의 딸이 더이상 둘이 아니라는 사실이었다.

그 다음해에는 핼러윈을 건너뛸 거라는 소문이 온 동네에 파

다했다. 물론 가장 큰 이유는 린델 가족에 대한 예우였고, 동네의 다른 여자애들을 보호하기 위한 예방 조치이기도 했다. 정말로 포식자가 노라를 데려간 거라면? 그 포식자가 또다시 일을 저지를 계획이라면? 그래서 우리 부모들이 핼러윈을 없애자는 아이디어를 생각해낸 것이지만 시시에게 집착하게 된 폴 엡스타인은 그애를 사랑한다는 사실 그리고 그애의 슬픔과 외로움을 자기만 알고 있다는 확신에 사로잡힌 나머지, 우리가 핼러윈을 기념하지 않으면 시시가 죄책감을 감당하지 못할 거라고 어머니를 설득했고, 그다음으로 엡스타인 부인이 우리의 어머니들을 설득했고, 나중에 알고 보니 핼러윈이 취소될 거라는 소문의 진원지였던 세라 제프리스의 어머니까지도 설득했다. 시시가 책임감을 느낄 텐데, 그 불쌍한 아이에게 근심을 더 보태다니 얼마나 못할 짓이고 불공평한 일이냐는 것이었다.

제프리스 부인은 자신이 핼러윈을 총괄하고 길거리가 아닌 자기 집 지하실에서 파티를 연다는 조건하에 묵인하겠다고 했다. 우리의 부모들은 모두 동의했고 마음을 놓았으며, 심지어 어린 시시 린델, 빨간 머리에 분홍빛 입술이 탐스러운 주근깨 소녀 시시도 참석했다. 물론 폴 엡스타인은 핼러윈을 지켜내려고 결심한 것을 곧 후회하게 되었다. 척 굿휴가 제프리스 씨네 차고를 나와 광에 들어갔다가 시시 린델이 농구부 센터인 상급생 케빈 소프의 바지에 얼굴을 박고 있는 것을 보았다는 이야기가 돌고 돌아 푸스볼* 테이블에서 게임을 하고 있던 그의 귀에도 들어왔기 때문이다. 그날 밤 그의 가슴은 갈기갈기 찢어졌다.

제프리스 부인은 섹스와 흡사하다는 이유로 세라에게 탐폰 사용마저 금한 사람이었다. 그녀는 척 굿휴가 들어갔다 나온 지 얼마 되지 않아 광에 들어갔다. 소문에 따르면, 거기서 그녀는 카랑카랑한 목소리로 케빈 소프에게 바지춤을 여미라고 호령한 뒤 부끄러운 줄 알라고 말했다 한다. 그녀는 내내 시시의 손을 꼭 잡고 집안으로 들어왔다. 제프리스 부인이 한창 파티중인 사람들 틈을 비집고 나아가는 동안 시시는 고개를 푹 숙이고 얼굴을 붉혔지만 분명 미소짓고 있었다. 제프리스 부인은 그대로 튜더 왕조풍 3층집까지 가서 문을 두드리고, 린델 씨에게 시시를 넘겨주었다. 이후 제프리스 부인이 시시 일에서 손을 뗐는지 어떤지는 알 수 없지만, 몇 주 후 우리 중 몇몇이 그녀가 엡스타인 부인에게 하는 말을 우연히 듣게 되었다. 제프리스 부인이 광에 들어갔을 때 케빈 소프는 "여기 앉아, 여기 앉아"라고 거듭 재촉하는 중이었다고 한다.

"상상이 돼요?" 제프리스 부인이 엡스타인 부인에게 말했다.

---

* 수평 막대를 움직여 공을 움직이는 테이블 축구 게임.

"상상이나 되는 일이에요?"

　우리는 세라 제프리스가 토미 바울스의 형인 프랑코 바울스에게 강간당했다는 것을 9학년 때 알았다. 대학생이었던 그가 어느 해 여름 집에서 지내는 동안 저지른 일이었다. 그러나 우리가 제프리스 부인의 행동과 이 정보를 연결해 생각하게 된 것은 세월이 한참 흐른 뒤, 좀 어설프긴 해도 완전한 성인기에 접어들고 나서였다. 우리가 줄곧 성가신 과잉보호라고 생각했던 것이 실은 강박 혹은 뉘우침에서 나온 우리 모두에 대한 일종의 헌신이었다는 사실을 우리는 너무 늦게 깨달았다. 우리는 프랑코가 한 짓을 절대로 용서하지 않았다. 한 번도 입 밖에 내지는 않았지만 결단코 용서하지 않았다. 그리고 좀더 빨리 세라를 안타깝게 여기지 못한 것이 안타까웠다. 고등학교를 졸업한 뒤로 세라와는 누구도 연락이 되지 않았다. 세라 또한, 종류가 다르긴 하지만 어떤 면에서는 실종된 셈이다.

　트레이는 교복 입은 여자애들에게 페티시 비슷한 감정을 품게 되었다. 그의 잘못은 아니었다. 우리는 매일같이 그들을 보았다. 그래서 교복이 지겨웠고, 상의에 맞춘 체크무늬 치마와 무릎까지 올라오는 긴 양말이 짜증났다. 우리에겐 같은 학교 여자애들이 섹시하다는 생각이 들지 않았다. 그러나 트레이는 공립학교

학생이었다. 그에게는 기회가 없었다. 이십 년 후 트레이는 폴 엡스타인의 딸을 집에 데려가 여자애들이 해서는 안 되는, 설령 하더라도 훨씬 더 나이를 먹기 전까지는 해선 안 되는 일을 하게 해서 감옥에 가게 된다. 폴의 딸은 자기가 무엇을 하는지 알고 있었다고 말했다. 그것을 트레이와 하고 싶었다고 말했다. 그러나 열세 살짜리가 자기가 원하는 것에 대해 뭘 알겠는가? 법정에서 증언할 때 그애는 트레이를 스티븐스 씨라고 불렀다. 우리는 더할 수 없이 늙어버린 기분이었다. 그애는 스티븐스 씨를 남자라 칭했고, 우리의 아들들은 애들이라고 불렀다. 그 표현에 우리는 얼굴을 붉혔다. 얼마나 단순하고 얼마나 맞는 말인가.

이 년 동안 제프리스 부인이 핼러윈을 관리했다. 이 년째 되던 해 시시가 세라네 집 지하실 파티에 초대받았는지 어떤지는 아무도 알지 못했지만, 확실히 그애는 오지 않았다. 린델 씨는 막내딸을 멀리 보내 남은 고등학교 시절 이 년을 마치게 하려는 계획을 세웠다. 그는 그애에겐 새 출발이 필요하다고, 그애가 영원히 노라 린델의 여동생으로 살 필요는 없다고 말했다. 영 틀린 말은 아니었다. 그러나 우리는 학교 복도에서 시시를 걸레라고 부르는 데 재미를 붙인 폴 엡스타인을 주로 탓했다. 시시가 혼자 또는 여자 친구와 함께 지나가면, 폴은 사물함에 기대어 있다가 기침하듯 손으로 입을 틀어막고 그 단어를 말했다. 우리는 아무도 동참하지 않았고 시시는 언제나 못 들은 척했다. 그러나 시시의 얼굴은 어김없이 얼룩덜룩 흉하게 붉어졌고 그건 그애가 매번 그 말을 들었다는 증거가 되기에 충분했다.

폴은 누가 강요한다고 어떤 사람이 정말로 그렇게 되는 건 아니라고 주장했지만, 우리는 시시가 그렇게 되도록 폴이 밀어붙였다는 데 대체로 동의했다. 자신이 이미 그런 쪽으로 평판이 자자하다고 생각한 시시 린델은 폴 엡스타인 혼자서 주장한 것을 정말로 실현하는 쪽으로 자신을 내몰았다. 언젠가 한번은 그애가 트레이 스티븐스와도 섹스를 했다는 소문이 돌았다. 그러나 우리가 추궁하자 트레이는 부정했다. "내가 비록 공립학교에 나니지만 노라를 봐서라도 그런 짓은 안 해." 우리는 그의 지조를 존경하지 않을 수 없었다. 우리에게 없는 위엄과 자제력을 오직 그만이 가졌다고 믿지 않을 수 없었다. 물론 그것은 폴 엡스타인에게 딸이 생기기 전, 우리 중 누구도 자기에게 딸이 생긴다는 것을 생각조차 할 수 없던 때의 일이다.

시시가 뉴잉글랜드* 지방의 잘 모르는 곳에 있는 기숙학교로

---

* 메인, 뉴햄프셔, 버몬트, 매사추세츠, 로드아일랜드, 코네디컷의 여섯 개 주를 포함하는 미국 북동부 지역.

떠날 무렵, 우리는 더이상 공개적으로 노라 린델의 소재를 추측하지 않게 되었다. 일단은 무례한 일이었다. 게다가 그런 관심사에 빠져 있다는 것이 이상하게 느껴졌고, 계속 추측하는 것은 건전하지 않아 보였다. 우리는 어머니의 품을 떠날 때가 되어서야 어머니의 말을 듣게 되었다. 자라면서 우리는 핼러윈 행사에 끼는 것을 그만두었다. 안색이 차분해졌고 피부는 완벽한 평정 상태에 이르렀다. 우리는 여자애들로부터 여자애들에 대한 신중한 태도를 배웠다. 자연스럽게 그리고 필요에 따라서 여행가방을 꾸려 집을 떠날 준비를 했다. 겉으로는 어른이 된다는 것이 주는 침울한 위로에 안도의 한숨을 내쉬었고, 속으로는 어른에게 약속된 평안을 아직 찾지 못한 사람이 자기뿐일까봐 두려워하면서 숨을 꾹 참고 될 수 있는 대로 똑바로 서 있으려고 애썼다.

그러나 우리가 대학으로 떠나기 전날 밤, 어린 시절의 그 마지막 밤 마침내 혼자가 되었을 때, 우리 모두가 어쩌면 동시에 눈을 감고 노라 린델을 생각하지 않았다고 한다면 아마 거짓말일 것이다. 우리는 눈을 감았고, 지금으로부터 십 년 후, 이십 년 후의 노라와 우리 자신을 상상했다. 집과 차, 아이들까지도 상상했다. 우리는 거기에 우리와 함께 있을 그애를 상상했다. 우리의 아내들보다 더 아름답고, 더 싸늘하고, 더 부드럽고, 더 다정할 그애를. 우리는 그애의 미래와 우리의 미래를 상상했다. 눈을 감고 스르르 잠이 들어 살아 있는 행복한 노라 린델에게로 향했다.
그리고 아침이 되자, 성인의 세계로 나아갔다. 어린 시절의 환상
을 비로소 떨쳐낸 채로.

그런데 드루 프라이스와 윈스턴 러더포드가 거짓말을 한 게 아니라면? 정말로 거기 카탈리나가 있었고 그녀가 그 차에 탔다면? 잘 모르지만 전에 본 적이 있는 남자라서, 그가 팔을 뻗어 조수석 문을 열어주니까 올라탄 거라면? 그냥 그렇게 간단한 일이었다면?

그들은 함께 차를 타고 떠났다. 아마 모험 같은 일이었을 것이다. 그러나 노라가 틀림없이 흥미로울 거라 기대했을 경험은 갑자기 신비로운 매력을 잃고 위협적인 뭔가로 변했다. 그녀는 타자마자 내리고 싶어졌을지도 모른다. 그런 건 환상 속에서나 일어날 일이지, 현실은 다르다. 환상 속에서는 낯선 사람의 차에 탈 수 있다. 모르는 남자와 섹스를 할 수도 있다. 그들은 사랑해주고 쓰다듬어주고 고등학교 남자애들이 할 줄 모르는 말을 속삭일 것이다. 홀딱 반해서 뭐든지 해달라는 대로 다 해주고, 물론 원한다면 언제든 집에 보내줄 것이다.

그러나 카탈리나에 탄 남자는 노라 린델을 집에 보내주지 않았다. 노라는 자신이 위험에 처했다는 사실을 인정하기까지 시간을 너무 오래 끌었다. 믿을 수 없는 일이지만, 예의를 차린답시고 기다렸다. 다섯시가 되자 어두워졌고 어둠은 두려움을 불러일으켰지만, 이미 그들은 노라의 동네에서 한참 멀어져 어디인지 알 수 없는 곳에 와 있었다. 그녀는 그곳이 숲속이라는 것밖에 몰랐다. 근처에 물이 있다는 느낌이 강하게 들었다. 차를 타고 가는 동안 그녀는 그를 보지 않았다. 말도 길지 않았다. 말을 걸면 자신이 이미 아는 사실을 확인하게 될까봐 두려웠다. 이것이 끝이라는, 이제 다시는 집에 가지 못할 거라는 사실을.

라디오 전파가 잡히지 않고 숲이 점점 더 깊어지는 가운데 남자가 스테레오를 끄자, 거기서 나오던 작은 불빛마저 사라졌다. 별도 달도 없었다. 있더라도 나무에 가려 보이지 않았다. 어쩌면 눈이 올 것 같았다. 그녀는 창문 쪽으로 고개를 돌리고 눈을 감았다. 이 밤이 어서 끝나기만을 바랐다.

차가 속도를 늦췄다. 그녀는 무릎에 남자의 손을 느꼈다. 그녀는 여전히 교복 차림이었고 그 점이 후회스러웠다. 청바지나 다른 바지, 벗기기 어려운 옷을 입고 있었더라면. 그녀는 그를 보지 않고 무릎을 움직여 그의 손을 떨어뜨렸다. 다리를 끌어안고 잔뜩 웅크린 채 조수석 문에 바싹 달라붙었다. 그녀는 눈을 뜨지 않았다. 차가 멈추었지만 남자는 엔진을 끄지 않았다.

"춥지." 그가 말했다.

그녀는 아무 말도 하지 않았다.

"히터를 켤 수도 있어." 그가 말했다.

그녀는 자신이 보이지 않기를 바랐다.

"하지만 네가 부탁해야 켜줄 거야." 그가 말했다.

그녀는 눈이 욱신거릴 때까지, 눈꺼풀 뒤 검은 어둠이 뇌로 별을 쏘아올릴 때까지, 감은 눈을 더 질끈 감았다. 집에 돌아가고 싶었다. 시시와 시시의 유치한 친구들 모두와 트릭 오어 트릿*도 하고 싶었다. 다시 아기가 되고 싶었다. 여자애만 아니라면 그 무엇이 되어도 좋았다. 이 세상에 섹스가 존재하지 않기를 바랐다. 트레이 스티븐스가 존재하지 않기를 바랐다. 그 쪽빛 수족관과 지하실, 그 남자애들이 처음부터 존재하지 않았기를 바랐다. 그녀는 교복 차림이 후회스러웠다. 자신의 다리가 후회스러웠고, 무릎을 과시하고 싶었던 충동이 후회스러웠다. 피부가 후회

* trick or treat, 핼러윈 날 아이들이 집집마다 돌아다니며 외치는 말.

스러웠다. 그렇다, 피부. 그것이 문제였다. 자신의 피부든지 다른 사람의 피부든지, 이 세상에 피부가 존재한다는 사실이 그 무엇보다도 유감스러웠다.

"어이." 그가 말했다. 그의 목소리는 어렸다. 그녀처럼 어리지는 않았지만, 말하기보다 노래 부르기를 더 좋아할 것 같은 부드럽고 편안한 목소리였다. "어이." 그가 다시 말했다. 그가 그녀의 옆구리를 쿡 찔러서 그녀는 눈을 떴다. 그들은 숲속에 있었다. 불빛도, 집도, 길도 없었다.

"왜 내 차에 탔어?"

그녀는 다리를 몸 쪽으로 끌어당기고 치마를 내려 무릎을 덮었다.

"몰라요." 그녀는 울고 있었다.

"네가 가고 싶은 데로 데려다주겠다면? 그러면 어쩔래?"

"정말 그럴 거예요?" 마침내 그녀는 그를 보며 물었다. 그는 웃고 있었다. 심지어 잘생긴 얼굴이었다. 구역질이 날 것 같았다.

"문제는 그게 아니야." 그가 말했다. 그가 그녀 쪽으로 손을 뻗자 그녀는 움찔했지만, 그가 한 일은 글러브박스를 열고 담배 한 갑을 꺼낸 것뿐이었다. "담배 피우지." 그가 말했다.

"아니에요." 그녀가 대답했다.

"거짓말하지 마." 그가 말했다. "한 대 꺼내."

그녀는 한 개비를 꺼냈다. 그는 성냥을 그어 노라 쪽이긴 하지만 어중간한 위치로 들어올렸다. 그녀는 몸을 기울이지 않았고, 그는 불꽃이 타들어가 손가락 끝에 닿을 때까지 내버려두었다.

"너, 한번 해보자는 거니?"

그녀는 고개를 저었다.

"그런 것 같은데." 그가 다시 성냥을 그었다. "아니야?"

"죄송해요." 그녀가 말했다.

"좋아." 그가 대답했다. 그는 자기 담배에 불을 붙이고 나서, 이번에도 그녀 쪽이긴 하지만 역시 멀찌감치 성냥을 들고 있었다. "불이 저절로 붙진 않을 거야." 그가 말했다.

노라는 몸을 기울이면서 자신의 손에 있는 담배, 그리고 자동차 한가운데서 중얼거리듯 타고 있는 불꽃을 바라보았다. 그녀는 자신의 입, 뺨의 열기, 믿을 수 없을 만큼 차분한 그의 손을 의식했다. 그녀가 그것들을 의식한다는 것은 그 역시 그것들을 의식한다는 뜻이었다. 담배 끄트머리에 불이 닿자 그녀는 숨을 들이마셨다. 그들의 손가락이 서로 닿았다. 그녀는 곧바로 다시 구석으로 물러났다. 한기에 몸이 떨렸다.

"문제는 이거야." 그가 말했다. 그러면서 그는 손을 움직였다. 마치 강의를 하는 것 같았지만 별다른 뜻이 없는 것처럼 두 손을 위아래로 움직였다. "내가 어디든지 데려다주겠다면, 넌 어쩔래? 어디로 갈 거지?"

"집요." 그녀가 말했다.

"또 거짓말하는구나." 그가 말했다. 그는 창문을 조금 내리고 연기를 내보냈다. "내 차 맘에 드니?" 그의 담배는 창문 틈 쪽으로 들려 있었지만 시선은 노라를 향해 있었다. "맘에 든다는 거 알아. 그러니까 탔겠지."

그녀는 웃으려고 했지만 그럴 수가 없었다. 얼굴 근육을 조금도 움직일 수 없었다. 뺨이 축축해 닦아내고 싶었지만 손이 말을 듣지 않았다. 손이 그렇게 무거웠던 적은 한 번도 없었을 만큼 너무나 무거웠다.

"치마에 재가 떨어지잖아." 그가 말했다. 그녀는 아래를 내려다보았다. 담배 절반을 태운 재가 무릎에 수북했다. "내가 떨어줄까?"

그녀는 고개를 저었다.

"그러면 그렇지." 그가 말했다. 그리고 미소지었다. "그럴 줄 알았어."

그녀는 차 안을 둘러보았다. 숨막힐 정도로 깔끔했다. 모든 것이 새하얬다. 시트도 새하얗고 계기판도 새하얬다. 그녀는 뒤를 돌아보았다. 뒤쪽 바닥은 보이지 않았지만, 거기도 앞쪽처럼 깔끔할 것이 틀림없었다. 뒷좌석에는 개켜놓은 담요가 있었다. 그녀는 또다시 구역질이 날 것 같았다. 어깨가 축 늘어졌다. 근육이 하나둘씩 힘을 잃어가고 있었다.

"어이." 그가 말했다. 그녀는 그의 말에 집중하려고 애쓰면서 고개를 들었다. "재를 어디다 흘리는 거야? 차 바닥에 떨 거니? 응?"

그녀는 고개를 저었다.

"그러면 그렇지." 그가 말했다. 그리고 다시 미소지었다. "그럴 줄 알았어."

그녀가 조수석 문을 열려고 했지만 잠겨 있었다. 그녀는 그를 바라보았다.

"잠금장치부터 풀어야지." 그가 말했다.

그녀는 고개를 끄덕이고 하라는 대로 했다. 문은 쉽게 열렸고 거센 바람이 들이쳤다. 그녀는 다시 남자를 바라보았고, 자신이 허락을 구하고 있음을, 그가 주도권을 쥐고 있음을 마침내 깨달았다. 그녀가 그를 편하게 해줄수록 그도 그녀를 편하게 해줄 것이다. 아마도.

"계속해." 그는 미소 띤 채 말했다. 그녀보다 아는 게 많아서 부끄럽다는 듯이. 설명해야 하는 것이 민망하다는 듯이.

그녀는 치맛자락을 살며시 쥐고 재가 조금이라도 차 안에 떨어지지 않게 조심하면서, 천천히 뒷걸음쳐 차에서 내렸다. 밖으로 나온 그녀는 똑바로 섰다. 바람에 치맛단이 올라가자, 그녀는 손으로 치마를 허벅지 쪽으로 눌렀다.

"문 닫아." 그가 말했다. "안이 추워지잖아."

그녀는 어찌해야 좋을지 몰라서 엉덩이로 문을 닫았다.

밤은 어두웠다. 어둠으로 꽉 차 있었다. 가지에서 떨어진 나뭇잎이 그녀의 발치에 쌓여 있었지만, 나무들이 웃자라서 어쩐지 울창한 느낌이 들었다. 동물 소리 혹은 근처에 있다고 생각했던 물소리라도 들렸다면 조금 위로가 되었을지 모른다. 그러나 바람과 엔진 소리 말고는 아무 소리도 들리지 않았다.

그녀는 차를 등지고 눈을 감았다. 운전석 창문의 열린 틈으로 새어나오는 담배 냄새를 맡을 수 있었다. 차는 계속 엔진이 헛도는 채로 그녀 뒤에 서 있었다. 이제는 휘발유 냄새와 배기가스 냄새, 남자아이라면 그녀보다 더 쉽게 알아차렸을 냄새도 맡을 수 있었다.

뒤에서 유리창 두드리는 소리가 났다. 그녀는 몸을 돌렸다. 남자의 몸은 운전석에 그대로 있었지만 얼굴이 조수석 창문에 커다랗게 떠올라 있었다. 그는 이를 드러내고 씩 웃었다.

"어이." 그가 말했다. 유리창 너머 그의 목소리는 마치 물속에서 말하는 것처럼 멀게 들렸다. 두 사람 모두 물속에 잠겨 있는 것 같았다. 그녀는 웃을지 말지 생각했다. "좋은 생각이 있어."
그가 말했다. 그녀는 기다렸다. 손가락에 감각이 없었다. 만약
다시 차에 타려고 했어도 그녀는 문을 열 수조차 없었을 것이다.
그가 조수석 창문을 조금 내렸다.

"걸어." 이제 그의 목소리가 또렷이 들리며 그날 밤의 현실을
다시 일깨워주었다.

그녀는 고개를 저었다. "무슨 말인지 모르겠어요." 턱을 움직
이지 않았는데도 말이 흘러나왔다.

"걸으라고." 그는 고개를 끄덕이고 있었다. 왠지 신이 난 것
같았다. 그가 낄낄거렸다. "걸으면서 잘 생각해봐. 그리고 다시
돌아와서 네가 원하는 것을 말해."

노라는 셔츠 소매를 잡아당겨 손가락을 덮었다. 팔짱을 끼어
겨드랑이에 손을 묻었다. 바람에 치마가 펄럭였다. 그녀는 주위
의 숲을 둘러보고, 그녀를 감싸고 있는 나무를 올려다보았다. 그
리고 활짝 웃고 있는 남자를 바라보았다. "내가 돌아오지 않으면
요?" 마침내 그녀가 물었다.

그는 또다시 낄낄거렸다. "내가 여기 없으면 어쩔래?" 그가 말
했다.

그녀는 술에 취한 것처럼 몽롱해졌다. 눈이 제대로 보이는 건
지 의심스러웠다.

"잘해봐." 그는 아까보다 더 신이 나서 말했다. 그의 웃음소리
는 쇳소리가 나는 것처럼 카랑카랑했다. "길 잃지 마."

처음에 그녀는 걸었다. 아마도 상투적인 표현이겠지만, 심장
이 입 밖으로 튀어나올 것만 같았다. 그녀는 몇 발짝 걸을 때마
다 고개를 돌려, 엔진이 헛돌고 있는 카탈리나를 바라보았다. 그
가 언제 차에서 내릴까, 언제 차에서 내려 뒷좌석에 있던 담요를
가지고 숲속으로 그녀를 따라올까 궁금했다. 만일 그가 운전석
문을 연다면 그 소리를 들을 수 있을 만큼 거리가 가까운지도 궁
금했다.

그녀는 차와 차 안에 있는 것이 보이지 않을까봐 겁이 나서,
눈을 가늘게 뜬 채 차가운 공기 사이로 초점을 맞추려고 애쓰며
뒤로 걷기 시작했다. 배기가스가 미등의 불빛을 받아 뿌연 분홍
빛을 띠었고 전조등은 차에서 7, 8미터 앞을 비추고 있었다. 커
다란 느릅나무 발치의, 삼각형을 이룬 완전히 시든 낙엽 무더기
가 빛을 받아 환하게 보였다. 차가 작아질수록 그녀는 걸음을 더
빨리했다. 걷다가 그녀는 나무 밑동에 걸려 넘어졌고, 걸어온 방
향을 다시 보니 카탈리나가 보이지 않았고, 그때부터 달리기 시
작했다. 한참을 달렸다. 숨쉬는 소리와 발밑에서 바스락거리는
나뭇잎 소리 말고는 아무 소리도 들리지 않았다. 오 분, 이십 분,

얼마나 달렸는지 정확히 알 수 없었다. 손에 감각이 없었지만 나뭇가지와 덤불에 맺힌 이슬을 느낄 수 있었다. 피부에 축축한 피가 묻은 것을 느낄 수 있었다.

기침을 하기 시작했을 때 빽빽한 나무들 사이로 틈이 보였다. 거기, 그녀의 머리 위에, 있는지도 잊고 있던 달이 떠 있었다. 달은 뻔뻔스럽게도 매우 침착하고 차분해 보였다. 기침이 나왔고 그 소리 때문에 겁이 났다. 물론 달릴 때도 소리가 났지만, 그 소리는 자연스럽게 들렸고 동물의 기척 같기도 했다. 그러나 기침은 인간의 소리, 작고 연약하고 홀로 있는 인간의 소리였다. 그 소리 때문에 자신이 드러날까봐, 자신이 있는 위치가 완전히 노출될까봐 걱정스러웠다. 그녀는 침을 꿀꺽 넘기고 폐에서 올라오는 뜨거운 점액질을 다시 삼켰다.

달빛 덕분에 숲속이 더 뚜렷하게 보였다. 모든 것이 그녀가 짐작했던 그대로였다. 텅 비고 버려진, 죽은 나뭇잎과 죽은 나무들. 그때 눈이 내리기 시작했다. 처음에 그녀는 정수리에 뭔가를 느꼈고, 손가락으로 머리를 만져보다가 축축한 것을 느끼고 깜짝 놀랐다. 손을 얼굴 가까이 가져가보니 눈이라는 걸 알 수 있었다. 그것은 손의 상처에서 흘러나온 피와 섞여, 묽게 번지고 있었다. 고개를 드니 얼굴에 눈이 떨어졌다. 눈은 축축하고 차갑고 깨끗했다.

그녀는 작은 빈터 가장자리, 달을 계속 볼 수 있는 위치의 나무 하나를 골랐다. 나무 발치에 웅크리고 누워 나뭇잎으로 몸을 덮었다. 처음에는 다리, 그다음에는 가슴, 그다음에는 얼굴. 마지막으로 팔까지 덮고 나니 온몸이 나뭇잎에 숨겨졌다. 달을 볼 수 있도록 눈 주위에 작은 틈만 남겨놓고 모든 것을 숨겼다. 그리고 달을 바라보면서 달이 사라지기를, 해가 다시 뜨고 모든 것이 정상으로 돌아오기를 기다렸다.

이 시점에서 둘 중 한 가지 일이 일어났을 것이다. 그녀는 버틸 때까지 버티다가 겁이 나서 차로 돌아갔거나, 아니면 몸 위에 눈이 서서히 쌓이도록 내버려두면서 그 자리에 가만히 있었을 것이다. 그녀는 팔과 다리에 감각이 없어진 줄도 모르고 잠이 들었을 것이다. 신경이 마비되어갈수록 손가락과 발가락이 불에 타는 듯 뜨거워지고, 의식을 잃었을 것이다.

심장박동이 느려졌다. 나뭇잎은 그녀의 몸에 얼어붙어버렸다. 눈이 서서히 쌓였다. 그녀는 거의 느껴지지 않는, 자신의 몸을 덮은 나뭇잎의 무게에 집중하려고 애썼다. 위안이 되는 것 같았다. 단념하지 않으려는 의지가 느껴졌다. 아침이 되었을 때, 그녀는 죽었을 것이다. 사람들이 거기서 그녀를 찾아야 한다는 걸 알았다 해도 발견하지 못했을 것이다.

겨울이 막바지에 이르러 눈이 녹았을 때는 이미 소용없었을 것이다. 그녀의 몸은 나무 발치에서 떨어져나와 천천히 언덕길을 굴러내려가, 근처 강물에 빠졌을 것이다. 그녀는 얼음과 나뭇잎 때문에 강을 보지 못했다. 강가가 얼마나 가까운지 알지 못했다. 만약 강물을 발견했더라면, 어쩌면 강을 따라 문명세계로 돌아갈 수 있었을지도 모른다. 어쩌면. 하지만 그녀는 그러지 못했다.

그녀의 시체는 떠오르지 않았을 것이다. 나뭇가지 따위에 걸리고, 물에 뜬 잡동사니 밑에 눌려 있었을 테니까. 마침내 강가로 떠밀려왔을 때는 대퇴골, 무릎뼈, 아래턱뼈만 남은, 그냥 쓰레기가 되어 있었을 것이다. "개뼈네." 누군가가 그렇게 생각하고 강물에 다시 던졌을지도 모른다. "안됐군." 그들은 얼음 조각 위에 떠 있던 개가 발버둥치며 가라앉는 모습, 그 공포를 상상하며 이렇게 중얼거렸을 것이다. "정말 안됐어, 정말." 그들은 세 마을 건너, 카운티 두 개를 완전히 지나면 나오는 동네에서 실종된 소녀 노라 린델에 대해서는 단 한 번도 떠올리지 않았을 것이다.

그때 그녀는 이 모든 것을 생각했을 수도 있다. 그 자리에 누워서 우리가 훗날 하게 된 온갖 우울한 생각을 했을 것이다. 도망치거나 집에 돌아갈 가능성과 얼어죽는 것, 아니면 낯선 자동차 안에서 그 젊은 남자에게 짐승 같은 짓을 당하는 것에 대해 생각했을 것이다. 불량품이 되겠지, 그녀는 생각했다. 하지만 살 수는 있어.

그녀는 예상보다 훨씬 쉽게 차로 돌아가는 길을 찾았을 것이다. 오르막길이니 가쁜 숨을 내쉬면서. 시간도 별로 많이 흐르지 않았을지 모른다. 그녀는 땀을 흘리고 있었다. 스웨터를 벗고 싶었지만, 그 정도로 어리석지는 않았다. 땀은 몸이 부리는 속임수일 뿐이라는 걸 그녀는 알고 있었다.

차가 보이기 전에 소리 먼저 들렸다. 아니, 그전에 냄새부터 났다. 눈 내리는 차가운 공기 속에서 이상한 휘발유 냄새가 짙게 났다. 안도감이 들어서 그녀는 놀랐다. 놀랍게도 다시 남자와 함께 있게 되니 덜 무서웠다.

그는 그녀를 보고 웃었을 것이다. 그날 낮에 그레이하운드 버스 정류장에서 그랬던 것처럼 조수석 쪽으로 팔을 뻗었을 것이다. "그럴 줄 알았어." 문을 열고 조수석을 내주며 그는 그렇게 말했을 것이다.

그리고 노라, 이미 어딘가 달라지고 어딘가 체념한 그녀는 그의 옆에 냉큼 앉으며 담배 한 대를 청했을 것이다.

혹은 어쩌면 그녀는 카탈리나에서 내린 적이 없을 것이다. 애초에 그가 그녀를 숲으로 데려가지 않았기 때문이다. 그는 처음부터 선의밖에 없었기 때문에 그녀를 숲으로 데려가지 않았을 것이다. 어쩌면 그날 그녀가 버스 정류장에서 그의 차에 타자마자 그는 어디로 가고 싶은지 물었을 것이고, 그녀는 대뜸 공항으로 가고 싶다고 말했을 것이다. 그냥 그렇게 간단한 일이었다. 모든 것이 갑작스러워서 둘 다 어리둥절했다. 어리둥절했지만 기분은 좋았다. 어쩌면 그는 그녀의 말에 웃음을 터뜨렸을 것이고 그녀도 그와 함께 웃었을 것이다. 그리고 그는 그녀의 대담함에 마음이 끌렸을 것이다. 그래서 그냥 그렇게, 그녀가 원하는 대로 해주기로 마음먹었다. 단지 할 수 있는 일이라는 이유만으로 그는 전혀 모르는 사람을 공항에 데려다주기로 마음먹었다. 어쩌면 언젠가 신세 진 것을 갚으려고 했는지도 모른다.

그녀가 한 일은 기껏해야 고맙다고 말한 것뿐이었다. 야단스럽지 않게, 그냥 빨리, 퉁명스럽게.

"어디로 갈 거야?" 그가 물었을 것이다.

"아르헨티나요." 그녀는 대답했을 것이다. "아니면 러시아나 인도. 누가 알겠어요?"

그는 고개를 끄덕였다.

"권해줄 곳이 있나요?" 그녀가 물었다. 그 질문은 어쩌면 차에서 내리는 순간을, 난생처음 혼자가 되는 현실을 미루기 위한 것이었을지도 모른다.

"난 언제나 애리조나가 좋았어." 그가 말했다.

"그랜드캐니언 말이군요." 그녀가 말했다. "좋아요."

"그냥 내 생각일 뿐이야." 그는 어깨를 으쓱하고 운전대 위에 놓인 두 손을 바라보았다. 머리 위로 비행기가 날아갔다. 엔진 소리가 우렁차고 울림이 깊었다.

노라는 고개를 끄덕였다. 그리고 그의 어깨에 손을 얹었다. 그녀가 그와 접촉한 것은 그때가 처음이자 마지막이었다. "고마워요." 그녀가 말했다.

"천만에." 그는 그렇게 말한 다음 웃었다. 모두 말도 안 되고 가능성도 없는 일이었지만.

차에서 내린 그녀는 길가에 서서 카탈리나의 조수석 창문 쪽으로 몸을 숙였다. 11월의 바람에 그녀의 교복 치마가 휘날렸다. "이 일로 당신이 곤란해질까요?"

그는 고개를 저었다. 그리고 또 웃었다. "나는 존재하지도 않아. 존재하지 않는데 어떻게 곤란해지겠어? 내 인생은 늘 그런 식이었지. 어느 날은 여기, 어느 날은 저기."

그녀는 무슨 말인지도 모르면서 따라 웃었다. 그가 창문을 올렸고 그녀는 똑바로 섰다. 그녀는 발을 구르고, 시린 두 손을 겨드랑이에 집어넣었다. 카탈리나가 멀어져갔다. 그녀는 차가 완전히 보이지 않을 때까지 그대로 서 있었다.

　자정이 지난 시각이었다. 핼러윈은 사실상 끝이 났다. 그러나
몇몇 승무원은 아직도 핼러윈 의상을 입고 있었다. 제복에 어울
리지 않게 튀거나 화려한 것은 없었지만 반쪽 마스크를 쓴 여자
가 몇 명 있었다. 마사 워싱턴*과 마리 앙투아네트가 승무원이라
면 어떤 모습일지 볼 수 있는 기회였다.

　"너 학생이구나." 마리 앙투아네트처럼 꾸민 승무원이 말했
다. 노라는 벌써 잡힌 건가 싶어서 걱정스럽게 교복을 내려다보
았다. "나도 여학생으로 꾸며볼까 했는데, 이 제복으로는 힘들더
라고." 승무원이 말했다. "그래서 마리 앙투아네트가 되기로 했
지." 여자는 노라가 보지 못했다고 생각하는지 마스크를 가렸
다. 노라는 고개를 끄덕였다. 승무원은 계속 노라 옆에 서 있었
다. 어쨌든 뭔가 이상한 낌새를 챈 것 같았다.

　"난 당신이 조세핀인 줄 알았어요." 노라가 말했다.

　"누구?"

　"나폴레옹의 아이를 가졌을지도 모르는 여자예요. 나폴레옹을
미워했지만 아름다운 여자였죠." 노라는 체크무늬 치마를 내려

---

　* 미국 초대 대통령인 조지 워싱턴의 아내.

다보았다. "어쨌든 이건 여동생의 교복을 빌린 거예요. 내가 물려준 옷이죠. 나도 학교 다닐 때 이 옷을 입었어요. 믿을지 모르겠지만."

　우리는 모른다. 노라 린델이 공항에 가기는 했는지, 또 비행기를 타기는 했는지. 그러나 핼러윈 직후 지역신문에 기사가 하나 실렸는데 그 기사에 트레이시 힝클리라는 스물세 살의 독신 여성이자 한 아이의 어머니인 승무원이 노라의 인상착의와 일치하는 교복 입은 여자와 이야기를 나누었다고 나와 있었다.

　"예뻤어요." 힝클리 씨는 말했다. "내 또래처럼 보였어요. 또래라고 생각했죠. 말하는 투도 그랬고요." 교복이 이상하지 않았느냐는 질문에는 이렇게 대답했다. "핼러윈이었잖아요. 변장한 사람이 많았어요. 저도 그랬고요." 제복을 입고 카메라를 향해 마스크를 든 힝클리 씨의 사진이 신문에 실려 있었다. "조세핀이에요." 그녀가 한 말이 인용되어 있었다. "나폴레옹의 연인이죠. 무척 아름다운 여자였어요."

　엄밀히 말해, 노라가 사라진 것을 가장 늦게 안 사람은 트레이시 스티븐스가 아니라 잭 보이드였다. 우리가 소식을 들었을 때, 잭 보이드는 텍사스에 사는 생부를 만나고 돌아오는 길이었기 때문이다. 잭은 핼러윈 다음날 아침 휴스턴 공항에서 노라를 보았다고 주장했다. 믿을 수 없을 만큼 대담하게도, 그는 터미널 사이에서 노라와 이야기를 나누었다고 우겼다.

"아버지를 만나고 오는 길이야." 그가 그녀에게 말했다.

"나는 할머니 댁에 가려고." 그녀는 그렇게 대답했다고 한다.

"너 교복을 입고 있구나?" 그가 물었다.

"이게 내 핼러윈 의상이야." 그녀가 대답했다.

그는 고개를 끄덕이고는 말했다. "우리 아버지는 또 결혼하실 거래. 오늘 알았어."

잭 보이드가 탈 비행기가 곧 떠나서 그들은 오래 이야기를 나누지 못했지만, 노라의 할머니가 피닉스*에 산다는 정보를 들려줄 시간은 충분했다. 노라는 휴스턴에서 환승중이었다.

보이드 씨가 결혼할 거라는 건 사실이었고, 그것은 네번째 결혼에 마지막도 아니었지만, 우리는 잭이 공항에서 노라를 만났다는 이야기를 쉽사리 받아들이지 못했다. 우리의 주장은 실제 대화를 포함할 정도로 구체적이거나 대담하지는 않았다. 우리는 전혀 아름답지 않은 트레이시 힝클리의 사진이 실린 그 기사가 잭 보이드가 우리에게 그 이야기를 해준 뒤에 나왔다는 사실이

---

* 미국 애리조나 주의 주도(州都).

특히 마음에 들지 않았다.

우리는 어머니들이 혼자 있을 때, 린델 씨네 친척이 서부에 사느냐고 물어보았다. "애리조나 같은 곳이라든가?" 하고. 그러나 어머니들은 코웃음을 치고, 부엌에서 거치적거리기만 하는 우리를 다른 방으로 내쫓았다. 그들의 말에 따르면, 우리의 호기심은 거의 집착 수준이었다.

구 년 뒤 대니 햇칫이 시시에게 할머니든 누구든 친척에 대해 물어보자는 기발한 생각을 하게 된다.

"나랑 아빠 말고 친척이라곤 없어." 시시가 말했다. 때는 1월이었고 눈이 쌓여 있었다. 두 사람은 튜더 왕조풍 3층집에서 몇 블록 떨어진 길가에서 우연히 마주쳤다. 시시는 이제 연휴 때만 동네에 왔다. 그녀는 이십대 초반이었고 대니는 막 스물다섯 살이 된 참이었다.

어쩌면 대니는 약에 취했거나 자기 자신을 어쩔 수 없었을 것이다. 그는 말했다. "그래, 어땠어? 그 오랜 세월 동안?"

"어땠느냐고?"

"응." 그가 대답했다. 눈 속으로 툭툭 발을 차 넣었다. 그리고 고개를 숙였다. 자신이 멍청하게 느껴졌다. 그는 몇 개월 동안 변변한 일자리를 얻지 못했다. 어머니들이 햇칫 씨에게 들은 이야기를 전해주어서 우리도 그런 사정을 알게 되었다.

"아직도 납득하려고 애쓰는 중이야." 시시가 말했다. "무슨 뜻인지 알겠어?"

대니 말이, 그들은 술을 마시러 갔다고 한다. 대니가 버번을 시켰지만 시시는 테킬라를 고집했다.

"테킬라 마실 거 아니면 난 그냥 갈 거야. 너도 마찬가지고."

그들은 몇 시간 동안 마셨다. 당구도 몇 게임 했을지 모른다. 시시의 당구 실력은 꽤 괜찮았을 것이다. 우리 동네 여자애라면 다 그랬다. 당구를 잘 못 치기에는 지하실과 당구대가 너무 많았다. 세라 제프리스는 최상급이었다. 아마 대니는 지금까지도 세라가 강간당한 일에 책임감을 느끼고 있을 것이다. 물론 대니가 세라를 강간한 건 아니다. 대니와 세라는 몇 번 데이트를 했다. 또 이런저런 일들을 같이 했다. 대니는 세라를 좋아했고, 우리가 알기로는 세라도 대니를 좋아했다. 그러나 강간 사건에 대해 알고 나서 대니는 달라졌다. 대니는 남자가 저지를 수 있는 일에 대해 책임감을 느꼈다. 우리는 이해해보려고 애썼지만, 기껏해야 둘을 안타까워하는 게 다였다.

어느 시점에 대니는 용케도 시시에게 피닉스에 대해 물을 수 있었다. 뿌연 담배연기와 밀려오는 취기 속에서 그 도시가 머릿속에 떠올랐다. "애리조나에서 찾아볼 생각은 안 했어?"

시시가 웃었다. 시시는 고등학교 때처럼 여전히 섹시했다. 그러나 돌연 반감을 드러내더니 날카로워졌다. "장난해? 지금 진심으로 그런 질문을 하는 거야?"

"거기에 할머니라든가, 누구 없어?"

"맙소사." 시시가 말했다. 그녀의 웃음에는 경멸이 묻어 있었다. "너희, 온갖 생각을 다 했구나. 그렇지?" 시시는 테킬라를 마지막 한 방울까지 털어 마시고 입을 닦았다. 시시의 머리카락은 그가 기억하는 것보다 더 진한 주황색이었다. "아니." 그녀가 말했다. "피닉스에 할머니는 없어. 내가 말했듯이 어디에도 친척 같은 건 없다고."

그들은 대니 햇칫의 닛산 뒷좌석에서 섹스를 했다. 대니 아비지의 차였다. 차 안에서는 재떨이 냄새가 났다. 뒷좌석 바닥에는 바나나 껍질이 있었다. 복권 몇 장과 바닥에 커피 가루가 말라붙은 유리잔도 있었다. 끝에 프림 같은 것이 엉겨붙은 스푼이 굴러다녔다. 시시는 묻지 않았다. 아무것도 묻지 않았다. 그저 대니를 따라 기어들어가 치마를 올렸을 뿐이다.

일이 끝난 뒤 대니는 그녀의 차가 있는 곳까지 데려다주었다. 커다란 고급 SUV가 쇼핑몰 뒤쪽 입구에 주차되어 있었다. 뒷자리에 카시트 두 개가 있었다. 대니는 묻지 않았다.

시시는 닛산에서 내린 다음 고개를 숙여 대니를 보았다. 그녀는 하얀 가죽장갑을 끼기 시작했다. 그리고 차문을 닫기 전에 말했다. "네 친구들에게 말해. 다 말해줘. 궁금해할 테니까."

그후로 우리는 린델 씨의 장례식과 그다음 밍카 디너만의 장례식 때를 제외하고는 시시를 다시 보지 못했다. 대니가 그녀를 본 것 말고는 두 장례식에서 우리는 시시를 마지막으로 보았다. 게다가 그것은 몇 년 뒤, 십 년 가까이 지나서 일어날 일이었다.

대니가 시시를 만났다고 주장한 날로부터 얼마 되지 않아 튜더 왕조풍 3층집의 잔디밭에 집을 판다는 표지판이 세워졌다. 이삿짐 트럭이 왔다. 먼저 전화를 건 사람은 대니였다. 당시 그는 걸핏하면 전화를 걸었다. 한 번도 대놓고 말하지 않았지만, 대니에겐 돈이 필요했다. 우리 역시 시원하게 준다고 말한 적이 없었다. "조만간 들러." 우리는 말했다. "아, 안 돼. 지금은 안 돼." 우리는 서둘러 덧붙였다. "애들이 집에 있고 갓난쟁이 때문에 난리야. 명절이다 뭐다 정신이 없네. 그래, 그래, 조만간. 물론 빨리 보고 싶지." 대니는 우리가 전화를 끊지 못하게 하려고 시시 이야기를 꺼냈다. "주차장에서?" 우리는 물었다. "너희 아버지의 닛산 뒷좌석에서?" 우리는 눈을 감았다. 그리고 시시의 SUV가 세워져 있었다는 그 주차장을 상상했다. 그러나 우리는 대니의 말을 믿지 않았다.

다음에는 우리의 어머니들이 전화를 했다. 그들은 린델 씨가 마침내 떠날 거라고 말했다. 서쪽 어딘가로 딸과 함께 살러 간다는 것이었다.

"서쪽요?" 우리는 물었다. "확실해요?"

"서쪽이래." 그들이 대답했다. "뭐 어째서 그러니? 무릎이 아프지 않을 만큼 높은 곳이겠지. 너희도 우리를 위해 그런 생각을 할지 모르겠구나. 무슨 말인지 알지?"

"알죠, 알죠." 우리가 대답했다. 우리 뒤에서는 첫째와 둘째인 딸들과 아들들이 울고 있었다.

"그런데." 우리는 무심한 척 심드렁해 보이려고 애쓰면서 물었다. "아기에 대해 아시는 거 있어요? 어쩌면 둘일지도 모르고요. 시시가 결혼했어요? 쌍둥이가 있대요?"

"오, 그만해라." 그들이 말했다. 우리가 덴버, 레이크 타호 또는 최소한 트러키라도 제안하지 않아서 화가 난 게 분명했다.

"린델 가족에 대해서는 이제 입다물어."

그래서 우리는 입을 다물었다. 적어도 그러려고 무진장 애썼다. 우리는 전화를 끊었다. 울고 있는 자식들을 돌보았고 아내들을 달랬다. 그러나 밤이 되면, 커튼이 닫히고 옆에 있는 가족들의 숨소리가 일정하게 들려오는 밤이면, 우리는 깬 채로 눈을 부릅뜨고 누워 있었다. 깬 채로 누워 노라와 그 이상한 여동생에 대해 처음부터 다시 궁금해했다.

노라가 사라진 지 정확히 일 년이 되던 날, 열여덟 살의 케빈 소프를 광으로 이끈 것은 열네 살짜리 시시였다. 시시는 세라 제 프리스네 집 핼러윈 파티에서 케빈의 손을 잡아끌고 차고 옆 광 으로 들어갔다. 그것은 그녀의 아이디어였고 그냥 그렇게 간단 한 일이었다. 사람들이 뭐라고 하든 케빈이 억지로 광에 끌고 들 어간 것은 아니었다.

두 사람이 같이 나가는 것을 본 여자애들은 그녀가 너무 쉽다 고 말했다. 그들은 언니가 행방불명되는 바람에 시시가 화냥년 이 되었다고 말했다. "그애 잘못은 아니야. 하지만 그래도 그렇 지." 그 여자애들에게 헐벗은 바니걸이나 침대에서 막 일어난 듯 한 저질 뱀파이어, 계절감을 잃은 경찰처럼 차려입은 건 시시가 아니라 너희라고 지적할 수 있었을지도 모른다. 그럴 수 있었지만 우리는 그러지 않았다. 우리는 그 여자애들이 우리의 관심을 원한다는 것을 잘 알았고, 그애들이 겨울 추위에 달달 떨면서도 날씨에 맞는 옷차림을 하지 않고 섹시해 보이려는 의지를 포기하지 않는 것이 얼마나 꼴사나운지 애써 모른 척했다.

물론 우리는 시시가 화냥년이라고 생각하지 않았다. 그애와 단둘이 있던 남자는 케빈 소프가 처음이라는 것을 알고 있었기 때문이었다. 우리는 줄곧 주시하고 있었다. 사실은 그애 언니가 사라진 날 이후로 계속 그애를 지켜보고 있었다. 아마도 우리는 케빈 소프의 손을 비틀고 얼굴에 주먹을 날리고 싶은 욕망으로 몸서리쳤을 것이다. 트레이 스티븐스가 노라를 가졌고, 이제 케빈 소프가 노라의 여동생을 가지려 하고 있었다. 공평하지 않아, 우리는 들릴 듯 말 듯 그렇게 중얼거렸다.

"인생은 다 그런 거야." 폴 엡스타인에게 소식을 전해주러 달려온 척 굿휴는 말했다. 폴 엡스타인의 가슴이 찢어질 줄 알고 있었기 때문이다.

시시는 키스를 좋아했다. 적어도 초등학교 때부터 제일 친한 친구였던 밍카 디너만에 따르면 그랬다. 그애는 밍카에게 키스란 축축하고 부드럽고 낯선 느낌이라고 말했다. 키스를 하면 자

기 자신이 아닌 그 무엇이 되는 것 같았다가 금세 자기 자신으로
돌아온다고 말하기도 했다. 밍카에 따르면, 그날 시시는 키스뿐
아니라 많은 이야기를 했다고 한다. 밍카는 이상하다고 생각했
고, 시시에게도 그렇게 말했다. 구 년간 쌓아온 둘의 우정은 그해
11월에는 지속되지 못했다.

"너랑 키스하고 싶어." 광에 들어간 시시가 그렇게 말했고, 자
신의 뻔뻔함이 웃겨서 킥킥거렸다.

"나는 널 만지고 싶어." 케빈 소프가 말했다. 그 말을 듣고 어
쩌면 시시는 섹시한 기분을 느꼈을 것이다. 어쩌면 케빈이 끈적
하게 군다고 생각했을지도 모른다.

그들은 키스를 좀더 했다. 케빈이 뒷걸음치며 낡은 소파로 시
시를 끌어당겼다. 케빈은 앉았다. 시시는 서 있었다. 케빈이 시
시가 입은 청바지의 허리춤을 잡았다. 그러자 시시는 그의 손 위
에 자신의 손을 얹고 밀어냈다.

"내 옆에 앉아." 케빈이 말했다.

시시는 노라가 남자애들과 함께 있을 때 그랬던 것처럼, 종아
리를 엉덩이 밑에 감추고 앉았다. 그러자 시시의 앉은키가 케빈
보다 조금 커졌고, 어쩌면 시시는 나이 차에도 불구하고 약간 주
도권을 쥔 것처럼 느꼈을 것이다. 노라보다도, 노라가 살아 있
다면 되었을 나이보다도 케빈이 한 살 더 많다는 사실에도 불구

하고.

케빈이 시시의 얼굴을 자기 얼굴 가까이로 끌어당겼고 시시는 그것이 좋았다. 남의 손에 움직여지는 느낌이 좋았다.

"네가 나를 거칠게 다루는 게 좋아." 시시가 말했다. 잘 기억나지 않지만 아마 영화에서 들은 말이었을 것이다. 시시는 까무러칠 정도로 섹시한 기분을 느꼈다.

"난 네가 입을 다물지 않는 게 좋아." 케빈이 말했다.

시시는 킥킥거렸다. 한동안 그런 식으로 계속되었다. 키스를 하다가 이야기를 하고, 또 키스를 하다가 이야기를 하고. 두 사람은 앉아 있었고, 절대 눕지는 않았지만 계속 자세를 바꿨다.

얼마 후 케빈이 또다시 그녀의 바지를 잡았다. 이번에도 시시는 그의 손을 밀어냈다.

"잘 밀어내네." 케빈이 말했다.

"고마워." 시시가 말했다. 놀이를 하는 기분이었다. 정해진 수순을 따르는 것 같았다. 그런데 케빈이 또다시 시시의 바지를 잡았고 이번에 시시는 얼굴이 뜨거워진 느낌이었다.

"우리는 섹스를 할 수 없어." 시시가 말했다.

케빈은 그녀를 보고 웃고는 이렇게 말했다. "너랑 섹스할 생각 없었어."

시시는 얼굴이 더 뜨거워졌다. 갑자기 어린애가 된 기분이었다.

"아" 하고 내뱉으며 약간 뒤로 물러났다.

"당황했구나." 케빈이 말했다.

"당황했어." 시시가 대답했다.

"귀엽기까지 하네." 케빈이 말했다. 케빈은 그녀의 얼굴을 두 손으로 감쌌다. 케빈의 손안에서 자신이 작게 느껴졌고, 시시는 그게 좋았다. 케빈이 그녀를 보고 미소지었다. 그것도 좋았다.

"또 키스해줘." 시시가 말했다.

케빈은 키스했지만 그녀의 얼굴을 감쌌던 손은 내렸다. 벨트 버클 소리가 들렸다. 그녀의 벨트 버클은 아니었다. 시시는 내려다보지 않고 계속 키스했다. 얼굴이 점점 더 뜨거워지고 가슴까지 열기가 번졌다.

자기 손 위에 케빈의 손이 느껴졌다. 시시는 그 손을 꼭 잡았다. 케빈도 따라서 힘을 주었다. 케빈이 시시의 손을 자기 쪽으로, 바지 쪽으로 끌어당겼고 시시는 뭔가 말랑하면서 동시에 말랑하지 않은 것을 느꼈다. 밍카는 이 부분에서 강한 확신을 보였는데, 그녀도 한 달 전 마티 멧카프와 벽장 안에서 칠 분간 함께 있을 때 똑같은 걸 느꼈기 때문이다. 그리고 밍카처럼 시시도 자신이 무엇을 느끼고 있는지 알았다고 주장했다. 노라가 전에 친구들과 하는 이야기를 들은 적이 있어서였다. 그녀는 무슨 일이 일어나고 있는지 알았지만, 그래도 마음 깊숙한 곳에서는 집에 가고 싶은 마음이 간절했다.

케빈은 여전히 시시의 손을 쥔 채 자신이 원하는 대로 움직였다. 그러면서 계속 키스했고 그녀는 키스에 집중하려고 애썼다. 케빈이 손을 치울 때마다 그녀는 멈칫했고 그러면 케빈은 그녀가 움직이게 하기 위해 다시 그녀의 손을 잡아야 했다. 복잡하지 않았지만 쉽지도 않았다.

잠시 후, 케빈이 말했다. "거기에 입을 대도 돼." 그는 그녀에게 키스하면서 말했고, 그녀는 무슨 말인지 이해할 수가 없어서 물었다.

"뭐?" 그녀는 케빈과 입술을 붙인 채로 말했다. "뭐라고 했어?"

케빈이 약간 입을 떼며 말했다. "원한다면 거기에 입을 대도 된다고."

시시는 벌떡 일어났다. 시시는 고개를 젓고 있었다. 아무 말도 할 수 없었다.

"잠깐만, 시시." 케빈이 말했다. "잠깐만." 케빈의 손이 또다시 그녀의 허리춤을 잡았다. 케빈은 단추와 지퍼를 잡고 바지를 끌어내리려고 했다.

"그냥 보기만 할게." 케빈이 말했다. "그냥 보게만 해줘."

시시는 고개를 돌렸고 케빈은 그녀의 음모가 드러날 때까지 바지를 거칠게 잡아당겼다. 케빈이 소리를 냈다. 시시는 눈을 감았다. 케빈은 한 손으로 그녀의 바지를 잡고, 다른 한 손으로는 자신의 작업을 하고 있었다.

"여길 봐." 케빈이 말했다.

시시는 그곳을 보는 대신 그의 얼굴을 보았지만 조금 울었다. 얼른 끝나기를, 그가 끝내야만 하는 것이 무엇이든 원하는 걸 가지기를 바랐다. 그는 눈을 감고 있었다.

"여길 봐." 케빈이 다시 말했다. 어떻게 해도 그는 알지 못했겠지만, 시시는 하라는 대로 했다. 그것을 보자 어지러웠다. 바지를 잡은 그의 손에 의해서만 몸이 지탱되고 있는 것 같았다.

"시시, 시시, 시시." 케빈은 여전히 눈을 감은 채 머리를 뒤로 젖혔다. "시시, 시시, 시시. 여기 앉아." 그가 말했다. "여기 앉아."

시시는 고개를 돌렸다. 그리고 보았다. 1미터 남짓 떨어진 문가에 제프리스 부인이 서 있었다. 시시도 부인도 아무 말이 없었다. 제프리스 부인은 울고 있었다. 시시만 아는 일이었다. 시시는 몇 년간 누구에게도, 심지어 밍카에게도 그 일을 말하지 않았는데, 그 이유는 제프리스 부인을 존중하는 마음에서였다. 혹은 자신이 한 일이 수치스러워서, 아니면 단순히 제프리스 부인의 눈물을 인정하려면 자신의 눈물을 인정해야 했기 때문이었을 것이다. 이유가 무엇이든 제프리스 부인과 그녀의 주름지고 눈물로 범벅된 얼굴은 시시의 울음을 멈추게 하기에 충분했다.

시시가 오랫동안 비밀로 간직한 또다른 일은 언니가 사라진 날 밤늦게 언니를 보았다는 사실이다. 다른 누가 본 것보다 훨씬 더 늦은 시간이었다. 노라의 방문을 두드렸는데 대답이 없어서 방안으로 들어갔다. 그리고 침대 아래, 더 정확히는 매트리스 아래 누워 있는 언니를 보고 깜짝 놀랐다. 노라는 매트리스를 지탱해주는 받침대를 빼내고 그 아래 들어가 있었다. 그래서 박스 스프링과 매트리스의 무게가 고스란히 그녀의 몸을 짓누르고 있었다. 머리를 문 쪽으로 향하고 눈은 뜨고 있었다.

"뭐하는 거야?"

"죽으려고." 노라가 대답했다.

"아빠한테 말할까?"

"아니."

"송곳니 좀 빌려줄래?"

"오른쪽 맨 위 서랍에 있어." 노라가 말했다.

시시는 송곳니를 찾아 언니의 거울을 보며 입속에 붙였다.

"숨쉴 수 있어?"

"내가 원하는 것보다 더 많이." 노라가 대답했다.

"내가 그 위에 앉아줄까?"

"다음에."

"불 켤까, 말까?"

"켜지 마."

시시가 이 일을 자주 생각하지 않았다고 말한다면 옳지 않을 것이다. 그러나 그때가 언니를 본 마지막이었다는 것, 무자비할 정도로 무의미한 마지막 기억이라는 것 말고는 시시가 그 일을 특별하게 여겼다고 말하는 것 또한 옳지 않을 것이다.

시시는 케빈을 보았다. 그는 문이 열리는 소리를 듣지 못했고 다른 사람이 와 있는 줄도 몰랐다. 그는 여전히 시시의 이름을 부르며 자기 위에 앉으라고 유혹하고 있었다. 시시는 바지를 꽉 잡고 있는 케빈의 손을 아주 살며시 풀었다. 손을 무릎 위에 놓아주자 케빈이 눈을 떴다. 케빈은 적어도 나중에 말한 바로는 처음엔 시시밖에 보지 못했다고 하면서 그 순간을 미화하려 했다. "그애는, 씨팔, 불타는 여신처럼 보였어." 케빈이 말했다. "그 시뻘건 머리라니, 씨팔." 그러나 그때 그는 제프리스 부인을 보았고, 제프리스 부인은 그가 끝낸 것을 보고 그제야 말을 해도 되겠다고 생각했다.

"지퍼 올려." 그녀가 말했다. "케빈 소프, 지퍼 올려." 제프리스 부인은 여전히 울고 있었지만 그들을 두고 나가지 않고 그대로 꼿꼿하게 서 있었다. 그녀가 손을 내밀었다. "시시." 그녀가 말했다. 그리고 시시, 모든 사람의 귀여움을 받는 우리의 여동생은 그녀에게 갔다. 시시는 제프리스 부인의 손을 잡고 광을 떠났고, 파티가 한창인 집에서 나와 막다른 길 아래 튜더 왕조풍 3층 집으로 향했다. 그 집에는 린델 씨가 고작 몇 블록 떨어진 곳에서 자신의 열네 살짜리 딸이 제프리스 부인의 호위를 받으며 걸어오고 있다는 사실을 알지 못한 채 소파에 누워 있었다.

끝이 없어 보이는 세 블록을 걸으면서, 제프리스 부인은 아버지에게 사실대로 말하는 것 말고는 다른 방법이 없음을 이리저리 돌려 말했다. 걸어가는 내내 나는 네가 한 일을 린델 씨에게 말해야 할 의무가 있다고, 비밀을 지켜주고 싶어도 그럴 수 없다고 말했다. 그것은 부모로서의, 엄마로서의 책임이었다. 시시는 아무 말도 하지 않았지만 제프리스 부인의 손을 꼭 잡고 그녀가 하는 말을 들었다.

"아무 일도 일어나지 않았더라면 얼마나 좋겠니. 내가 할말이 아무것도 없다면 얼마나 좋겠어. 너 때문에 내가 이래야 한다니, 상상이나 할 수 있겠니? 오, 시시."

3층집 현관 앞에서 제프리스 부인은 입을 다물었다. 그녀는 고개를 돌려 시시를 위아래로 훑어보았다. 그리고 말했다. "그런데 너 누구처럼 꾸민 거니? 무슨 의상이야?"

시시는 답을 알아내려는 듯 자신을 내려다보았다. 자신의 두 손을 보고 셔츠 소매도 보았다. 시시는 자신이 노라의 서랍장 맨 아래 서랍에서 그 플란넬 셔츠를 찾아낸 것을 기억했다. 오후 내내 언니의 서랍에서 맞는 옷을 찾아내려고 애썼던 것을 기억했다. 파티에 하고 갈 것을 고르느라 노라의 귀걸이들을 하나씩 귀에 대본 것을 기억했다.

"노라 언니요." 시시는 온몸으로 보여주려는 듯 두 팔을 위로 올리고 말했다. "어때요?"

제프리스 부인은 고개를 저으며 눈물을 참으려고 애썼다. "가엾은 것." 그녀가 말했다. 그리고 초인종을 눌렀다. "가엾기도 하지."

물론 린델 씨가 나왔을 때, 일은 시시가 생각한 그대로 되었다. 그녀는 린델 씨에게 넘겨졌다. 린델 씨는 묻지 않았고 제프리스 부인도 대답하지 않았다. 제프리스 부인은 파티중인 집으로 돌아와 훨씬 더 꼼꼼하게 임무를 수행했고, 다음날 제프리스 씨는 광에 자물쇠를 채웠다. 장소를 없애버리면 그 본능도 없어질 거라는 듯이.

시시는 위층으로 올라가 언니 방으로 들어갔다. 문을 닫고 매트리스 아래 들어가 누웠다. 린델 씨는 소파로 돌아갔다. 그들은 불을 켜지 않았고, 그렇게 노라의 실종 일주년이 지나갔다.

프랑코 바울스의 닷지 뒷좌석에 탔을 때 세라 제프리스는 열두 살이었다. 그들은 이웃이었고 함께 자랐다. 열두 살짜리와 열아홉 살짜리가 함께 자랄 수 있다면 말이다. 그러나 그들은 같은 블록에 살았고 같은 수영장 파티에서 놀았다. 나이를 초월한 그 행사의 주축은 물론 성인 남녀와 고등학생이었지만, 그들은 중학생이나 심지어 초등학생까지도 파티에 끼는 것을 용인해주었다. 왜냐하면 모두가 친척이었고, 그렇게 해야 시간을, 하루를, 여름을 보낼 수 있었기 때문이다. 시간은 흘러가야 하는 것이었고, 하루는 지나갈 필요가 있었다. 수영장에서는 수영을 해야 했고 피부는 태워야 했고 배는 채워야 했다. 수영장 파티가 한차례 끝나면 다음 파티가 계획되었다. 그렇게나 단순하고, 쉽고, 재미

있었다. 그러다가 여름이 막바지에 이르면 그런 재미도 식상해져서 우리는 여름이 끝난 것에, 다시 학기가 시작된 것에 감사했다.

그런 식이라면 프랑코 바울스와 세라 제프리스도 함께 자랐다고 말할 수 있을 것이다. 세라는 얕은 쪽, 프랑코는 깊은 쪽이었지만 어쨌든 그들은 같은 물에 있었다. 물론 세라는 동갑인 토미 바울스와 더 친했다. 그러나 저녁이 되어 각자 자신의 가족과 다시 모일 때, 형제자매들이 서로를 찾고 아이들이 부모에게 돌아갈 때가 되면 토미가 프랑코와 함께, 바울스 부부와 함께 간다는 것을, 그들 넷이 길 건너 번지르르한, 우리의 엄마들 중 몇몇이 건물을 증축한 것은 불필요하고 과시적이라고 말한 식민지 양식의 2층집으로 함께 간다는 것을 세라는 알고 있었다.

그 모든 여름과 그 모든 수영장 파티에서, 세라와 프랑코 사이에 특별한 일은 전혀 없었다. 우리가 직접 본 것은 아니지만 말이다. 부적절한 시시덕거림도, 둘이 수풀 속으로 홀연히 사라졌다느니 탈의실에서 우연히 마주쳤다느니 하는 소문도 없었다. 아무것도 없었다. 그리고 세라의 경우, 프랑코가 대학으로 떠날 때 이웃의 다른 언니 오빠들이 떠날 때와 다른 점이 없었다. 세라는 그의 부재에 괴로워하지 않았다. 심지어 작별인사도 하지 않았다.

그해 가을 우리는 7학년이 되었고 세라는 거의 모든 7학년 여자애들처럼 치마를 한두 번 접으면 우리가 좀더 관심을 보인다는 것을 깨달았다. 무릎이 몇 센티미터 더 드러나면 우리는 좋아 죽었다. 그리고 세라는 그런 관심을 좋아했다. 모든 여자애가 관심받는 걸 좋아했다. 그건 사실이다. 그러나 세라는 기꺼이 우리와 말을 섞고 시시덕거렸다. 그애는 걸을 때 과장스레 씰룩거렸다. 걸음을 내디딜 때마다 살짝 뛰듯이 하는 바람에 치마가 1센티미터씩 더 올라갔고, 그 1센티미터 때문에 세라는 우리 사이에서 인기를 독차지했다. 대니, 윈스턴, 드루, 척, 스투 즈블로스키(이 녀석은 개가 생길 때마다 자기 이름을 붙였는데, 아주 이상하거나 굉장히 멋지거나 둘 중 하나였다), 심지어 트레이 스티븐스조차 그애가 다른 애들보다 왠지 더 섹시하다는 데 동의했다.

사실 세라는 남자와 키스 한번 못해본 아이였다. 적어도 우리가 아는 애들 중에는 없었다. 우리 중 있었다면 당연히 알았을 것이다. 어쨌든 우리는 사내녀석들이었고, 엄마늘 말로 그건 우리가 머저리들이란 뜻이었다. 다시 말해 우리는 진중하지 못했고, 무엇을 언제 누구와 어떻게 했는지 또는 하지 않았는지 서로 이야기할 기회가 오면 절대로 입을 가만두지 않았다는 뜻이었다.

어느 날 밤 릴리 벙커의 바지에 손을 집어넣은 뒤 우리 얼굴에 손가락을 들이밀었던 녀석이 잭 보이드 아니었나? 그리고 자기가 생각해낸 아이디어에 열광한 나머지 손 씻기를 멈추고, 밤에 잠자리에 들 때 하루를 돌아보는 유일한 방법은 코앞에 손을 대고 일어나거나 일어나지 않은 모든 일에 대한 증거의 냄새를 맡는 거라고 주장했던 녀석은 척 굿휴 아니었나? 오, 하느님. 우리는 머저리들이었다! 그러나 또한 어린애들이었다. 그 점을 감안하면 용납할 수도 있는 일이지만, 어쩌면 그렇기 때문에 무섭고 당황스러운 일인지 몰랐다. 아무도 안 돼, 그만해, 하지 마, 라고 말하지 않았다. 최소한 아직은 안 돼, 라고도 하지 않았다. 그런 사람은 없었다. 오직 우리만 있었다. 척 굿휴는 윈스턴 러더포드의 판단기준이었고, 트레이 스티븐스는 대니 햇칫의 판단기준인 식이었다. 우리의 상상력이 유일한 한계였지만 그 학년에, 그리고 이후 학년이 올라갈 때마다 상상력은 점점 더 자라나 우리가 가능할 거라고 생각한 것을 능가하는 것처럼 보였다. 우리는 가장 거친 환상조차 뛰어넘었다. 노라 린델이 사라지기 전까지는 줄곧 그랬다. 그 사건 이후 우리가 언제 어디서나 급조해낼 수 있었던 유일한 환상에는 그애나 그애와 관련된 어떤 요소, 이를테면 그애의 여동생 같은 것이 어김없이 따라왔다.

우리가 고등학교 이후 세라 제프리스를 잃었다면(노라 린델을 잃은 것에 비하면 비유적인 표현이라 할 수 있지만), 7학년은 우리가 세라를 발견한 해였다. 그해는 강간이 일어나기 전이었고 그애가 항상 우리 주위에 있었다. 모든 지하실 파티에, 모든 진실게임에 그애가 있었다. 항상 선동의 주역이었고, 따르는 쪽이었던 적은 없었다. 그해에 세라는 당구 실력이 늘었을 뿐 아니라 정말로 잘했다. 세라는 남자애들이 좋아하는 여자 친구였고, 아마 그래서 다른 여자애들과 잘 어울리지 못했을 것이다. 우리가 그애를 너무 많이 좋아해서 여자애들은 그애의 친구가 될 수 없었다. 질투만 할 수 있었을 뿐이다.

그애는 몇 가지 면에서 우리 모두보다 앞서 있었다. 지금 와서 생각해보니 그애는 확실히 우리 모두가 교훈을 얻으려면 아주 오랜 시간이 걸릴 걸 알고 있었다. 그 교훈이란 아무것도 중요하지 않다는 것, 어린 시절의 모든 굴곡과 억울함은 무의미하다는 것이었다. 중요한 것은 앞으로의 일이니, 씨팔, 저지르고 지껄이고 받아들이라고. 그애는 수완가였고, 그래서 우리는 벌벌 떨었지만 동시에 마음이 끌렸다. 다른 여자애들이 그애를 피한다는 사실도 마찬가지로 마음이 끌렸다. 당연히 그애는 우리가 받드는 여자애가 되었다. 어떻게 그러지 않을 수 있었겠는가?

7학년이 된 후 돌아온 여름은 세라가 짧게 자른 반바지를 입게 된 여름이었다. 척 굿휴는 세라가 걸어갈 때마다 가슴을 움켜쥐며 말했다. "난 끝장이야, 얘들아. 저 다리들이 날 죽일 거야." 척은 무자비한 바람둥이의 아들이었다. 이를테면 그의 아버지는 아들을 곁으로 불러 이렇게 속삭이는 사람이었다. "네가 사랑하는 여자가 있으면, 그 여자가 널 죽여놓게 해라. 오, 하느님. 저 여자, 저 수박만한 가슴 좀 봐라." 무자비할 뿐 아니라, 두말할 것 없이 부적절했다. 물론 척은 굿휴 씨의 판박이었다.

지금 와서 하는 말이지만, 체중 미달인 여드름투성이 남자애가 노인처럼 가슴을 움켜쥐는 모습은 생각만 해도 웃기다. 그러나 당시 그의 팬터마임은 우리에게 와 닿았다. 우리는 각자의 가슴으로 똑같은, 어쩌면 더 강렬한 감정을 느꼈다. 그 감정은 삶 아니면 죽음이었다. 전부 아니면 아무것도 아니었다. 그리고 진정으로, 진정으로 우리는 세라 제프리스가 반바지를 입는 빈도와 그 바지 길이에 우리의 여름이 좌지우지될 거라고 믿었다.

프랑코 바울스의 닷지 뒷좌석에서 있었던 그 일의 경위나 이유는 아직까지도 분명하지 않다. 고발도 없었고 아무것도 확인되지 않았으며 가장 친한 어머니들 사이에서도 그 이야기를 쉬쉬했기 때문에, 우리는 도무지 사태를 파악할 수 없었다. 사건 전체가 우연이고 오해이고 피할 수 있는 실책이었을 가능성을 확신하거나 부인할 수 없었던 것과 마찬가지로, 프랑코가 구제불능의 변태라는 것을 확신하거나 부인할 수 없었다.

예나 지금이나 우리가 아는 거라곤 세라가 닷지에 탔다가 내린 뒤 달라졌다는 사실이다. 세라는 변했고 프랑코는 동네를 떠났고 바울스 부부는 우리가 8학년이 될 때까지 여름 수영장 파티에 한 번도 참석하지 않았다. 토미는 파티에 와도 된다는 허락을 받았는데 아마도 우리 부모들이 강요했을 것이다. 아마도 그들은 토미가 있으면 우리가 그 일에 대해 알아내지 못할 거라고 생각했을 것이다. 그해 여름 토미의 얼굴은 햇볕에 너무 많이 타서 푹 삶긴 것처럼 보였고, 그후로 여름 한철 동안 입은 화상에서 완전히 회복되지 못한 듯 연애나 여자애들 또는 섹스 이야기가 조금만 나올라치면 금세 붉어졌다. 어쩌면 그것은 형이 저지른 잘못에 대한 벌인지도 몰랐다.

가을이 오고 학기가 시작되자, 우리는 다른 여자애들이 세라에게 잘해주는 것을 알아차렸다. 세라는 응원단 아이들과 친구가 되었고 결국 치어리더가 되었다. 졸업반에 올라가서는 단장까지 맡았다. 세라 엄마는 집에서 파티를 열 때마다 한껏 솜씨를 부렸다. 그리고 노라 린델이 사라진 뒤, 우리는 세라의 상처를 정말로 잊어버린 적도 있었다. 거의 우리 모두가 번갈아 세라와 데이트를 했다. 하지만 세라와 섹스를 했는지에 대해서만은 모두 입을 다물었다. 그러나 졸업하기 전까지 우리 중 적어도 여섯 명은 세라와 섹스를 했을 것이다.

대니 햇칫은 실제로 세라와 만난 시간은 얼마 되지 않지만, 가장 진지하게 만났던 녀석이다. 대니는 우리 중 제일 먼저 세라와 진짜 데이트를 했는데, 어찌된 일인지 강간 사건에 대해 모르고 있었다. 의사가 주는 약을 계속 먹어서 정신이 오락가락했기 때문인지도 모른다. 누가 알겠는가? 어쨌든 모두가 알고 있는 것 같았던 일을 대니 혼자 모른 채 8학년을 보냈다.

9학년이 된 해에 햇칫 부인이 결국 자살을 했다. 그해의 어느 날 대니는 점심시간에 느닷없이 세라에게 접근해 데이트 신청을 했다. 그냥 그렇게 간단한 일이었다. 대니는 도시락 가방에 약병을 집어넣고 남은 초코우유를 꿀꺽 마시고 나서, 우리에게는 한마디 말도 없이 세라의 자리로 갔다. 우리는 대니가 모자란 놈인지 아니면 신인지 갈피를 잡지 못했다.

그 일이 일어났을 때 릴리 벙커도 있었다. 그애는 세라 바로 옆자리에 앉아 있었다. 릴리는 세라를 대신해 대답하려고 했다. "좋은 생각이 아닌 것 같아, 대니." 싸가지 없이 말한 건 아니었고 동정하는 투였다. 마치 상식 부족인 누군가를 배려하는 것처럼. 그 자리에 같이 있던 여자애 몇몇이 킬킬거렸고, 멀찌감치 떨어져 있던 우리도 괜스레 초조해서 킬킬거렸다. 그런데 어찌된 일인지 대니는 우리 중 제일 당당하게 이렇게 말했다. "알았어." 그러고는 우리 쪽으로 오려고 몸을 돌렸다. 우리는 다시 한번 생각했다. 이 녀석은 모자란 놈인가, 아니면 신인가? 알 수 없었지만 어쨌든 그 순간 경외감이 들었다.

마침내 세라가 입을 열었을 때는 마치 쥐가 찍찍거리는 듯한 소리가 났다. 대니는 이미 뒤돌아서 있었고, 그래서 여자애들이 있는 쪽으로 다시 가야 했다. 더는 누구도 킬킬거리지 않았다. 대니가 물었다. "뭐?" 그러자 세라는 대수롭지 않은 듯 말했다. "그러자고 했어. 좋은 생각 같아."

우리는 여자애들을 보았고 여자애들은 우리를 보았다. 마치 뭔가 시작되는, 어떤 통로가 열리는 순간 같았다. 우리는 경이로운 눈빛으로 그들을 보았고, 그들은 불신의 눈초리로 우리를 보았다. 대니와 세라의 이 데이트는 9학년 여자애들과 9학년 남자애들 간의 비밀처럼 느껴졌다. 갑자기 우리는 공모자가 되었다. 갑자기 우리 남자애들은 여자애들에게 할말이 생겼다. 그것은 진정한 사춘기의 시작, 우리가 기다려온 변화였고, 땀복을 입고 다니는 우리의 괴짜 친구 대니 햇칫이 이미 데이트에서 한 번 상처받은 사실을 우리 모두가 아는 유일한 여자애에게 데이트 신청을 하기로 결심했기 때문에 일어난 일이었다.

햇칫 부인이 대니를 부추겼을 가능성이 있다. 햇칫 부인은 세라 내면의 상처를 알아차리고 자신과 똑같은 결과, 즉 너덜너덜해져 예민하고 불안정한 사람이 되지 않도록 그애를 보호하려고 했을 가능성이 있다. 햇칫 부인이 어렸을 때 이용당한 적이 있다거나 몸을 버렸다는 말이 아니다. 또 그러지 않았다는 말도 아니다. 우리는 모른다. 우리가 아는 건 햇칫 부인이 9학년 그해 추수감사절 직전 차고에 들어가 문을 잠그고 차의 시동을 걸었던 불안정한 여자라는 사실이다. 아무리 멀리 있었다 한들, 세라 제프리스가 자신과 동류라는 것을 그녀가 어떻게 알아보지 못했겠는가?

대니 햇칫은 세라와 함께 자기 집 지하실의 당구대 밑에 기어들어가고 나서도, 세라의 바지에 손을 쑤셔넣으려고 그 난리를 치고 나서도 강간에 대해 알지 못했다. 대니는 세라가 그의 손을 거부해서 그 사건을 알게 된 것이 아니라, 대니가 그 이야기를 우리에게 했을 때 척 굿휴가 그를 등신 새끼라 부르면서 프랑코 바울스와 닷지 뒷좌석에 대해 이야기해줘서 비로소 알게 되었다.

그날 일에 대해 기억나는 건 척의 이야기를 들으며 대니가 눈을 감던 모습, 결국 고개를 푹 숙이고 두 손으로 얼굴을 감싸던 모습이다. 마침내 그는 고개를 들고 말했다. "집에 가야겠어. 미안." 그리고 남은 고등학교 시절 내내 대니는 프랑코는 물론이고 우리 모두, 남자 전체에 대해 사과하는 것이 자신의 임무라는 듯 죄지은 사람처럼 행동했다.

우리는 그날 대니가 집으로 돌아갈 때 대니를 위로하려고 하지 않았다. 다 괜찮아질 거라고 말하지도 않았다. 그렇게 생각하지 않았기 때문이다. 웃긴 건 실제로 대니와 세라가 몇 번 더 데이트를 했다는 사실이다. 이 주 동안 그들은 서로에게 잘 맞는 상대처럼 보였다. 9학년짜리 아이 둘이 잘 맞을 수 있는 정도로 말이다. 그런데 바로 그즈음 대니 엄마가 죽었고 대니 아빠는 다시 술을 마시기 시작했다. 그리고 대니는 더이상 세라에게 전화를 걸지 않았다. 그냥 그렇게 간단한 일이었다. 아마도 대니는 잘하는 일이라고 생각했을 것이다. 미쳐서 자살한 엄마에, 망나니인데다 밤마다 술 없이는 잠들지 못하는 아빠를 둔 남자애와 얽히고 싶은 여자애는 없을 거라고 생각했을 것이다.

척 굿휴가 다음으로 세라와 데이트했고 마티 멧카프가 그다음이었다. 우리 모두가 진심으로 세라를 좋아했기 때문에 그것은 슬픈 일이었다. 우리 모두 세라가 자신감과 투지 빼면 시체였던 눈부신 일 년을 기억하고 있었기 때문이다. 그러나 정말 슬픈 일은 아마도 대니 햇칫이 그애를 정말로 좋아했던 유일한 녀석이라는 것, 우리 중 유일하게 그애를 진심으로 이해하는 것 같았던 녀석이라는 점이다. 웃기지 않은가? 9학년짜리가 다른 9학년짜리에 대해 무엇을 이해할 수 있었을까? 어쩌면 세라가 우리 중에서 진심으로 좋아했던 유일한 녀석도 대니였을지 모른다.

하지만 인생은 그런 식으로 흘러갔고, 대니도 다른 남자가 한 일을 어찌할 수 없었다. 그리고 졸업 후 세라는 사라졌다. 우리는 세라가 대학에 갔다고 생각한다. 그러나 우리 중 누구도, 심지어 대니조차도 그애에게 어디로 가느냐고 물을 생각을 하지 못했다. 그애 부모는 동네를 떠나 바다와 가까운 어딘가로 이사했다. 우리의 어머니들은 세라의 부모 중 한 사람이 물려받은 집을 언급했다. 그것이 세라의 끝이었다. 우리는 노라 린델 문제로 너무 바빠서 세라의 가족들이 그애가 고등학교를 졸업할 때까지 기다리고 있었다는 것을, 그리고 그들이 대서양 인근 중부 지방을, 우리 모두를 떠날 수 있다는 것을 이해하지 못했다. 그들은 세라가 졸업하기 전에 떠나면 그애가 완전히 회복될 가능성이 줄어들기라도 할 것처럼 최선을 다해 아무렇지 않은 척 가장하고 있었던 것이다. 그리고 지금 우리는 때때로 생각한다. 화장실에 혼자 있거나 출근하기 위해 면도할 때 그 기억이 우리에게 떠오르는 한 세라 제프리스가 프랑코 바울스의 닷지 뒷좌석을 영원히 잊지 못하리라는 것을.

우리는 방과후 집으로 걸어가면서 친구들 집 여기저기에 들러 간식을 먹곤 했다. 엡스타인 부인은 집에서 만든 라이스 크리스 피 트릿*을 내놓았고, 프라이스 부인은 바나나와 땅콩버터를, 러 더포드 부인은 케이크를, 햇칫 부인—죽기 전의—은 프루트 롤 업**이나 코카콜라 병 모양의 젤리 따위를 내놓았다(햇칫네 집에 는 직접 만든 음식이 전혀 없었다. 전부 다 이미 만들어진 것을 가게에서 사온 것들이었다). 디너만네 집은 간식을 먹기에 정말 로 좋지 않았다. 기껏해야 식탁 위에 과일 한 그릇이 있을 뿐이

---

* 버터와 마시멜로를 녹여서 라이스 크리스피 시리얼을 붙여 만든 일종의 강정.
** 과일 맛이 나는 길쭉한 모양의 젤리 이름.

었지만 어차피 우리가 그 집에 간 건 그저 디너만 부인을 보기 위해서였다.

밍카 디너만의 엄마는 1970년대 언제쯤에 구대륙에서 건너온 여자였다. 디너만 씨 본인이 러시아 출장길에 그녀를 데려왔다고 알려져 있다. 그것은 믿기 어려운 이야기였다. 왜냐하면 밍카의 아버지는 메르세데스를 수입하는 것 말고는 어떤 일에도 주도적으로 나서지 않는 사람이었기 때문이다. 그러나 우리의 어머니들은 디너만 부인이 온 것을 그렇게 설명했고, 이야기는 그렇게 성립되었다. 완벽한 소련 사람, 냉정한 여전사인 디너만 부인은 상트페테르부르크에 대해 묻는 우리를 이렇게 꾸짖곤 했다. "레닌그라드라고. 내 고향은 레닌그라드야."

우리는 그녀를 곧잘 따라 했는데, 그때마다 침이 사방으로 튀었다. 그 언어에는 왠지 독설이 내재되어 있는 것 같았다. 레닌그라드. 숨죽여 낄낄거리지 않으면서 그 단어를 발음하기는 어려웠다.

"나는 레닌그라드에 대해 너희에게 말해줄 수 있어, 꼬마들아. 너희가 알아선 안 되는 많은 것을 말해줄 수 있어. 죽은 아기들에 대해 알고 싶니? 나는 작은 유리병 안에 든 죽은 아기들에 대해 말해줄 수 있어. 머리가 일곱 개인 아기들 말이야." 그녀는 얼굴을 찌푸렸다. "우리는 수집가야. 사실이지. 우리 나라는 수집가의 나라야. 페테르 이야기는 나한테 하지 마라."

우리는 러시아 이야기를 그만두고, 식탁 한가운데 있는 과일 그릇과 간식 쪽으로 대화를 이끌었다. 그녀가 우리 나라 과일을 좋아하는 것이 마음에 들었다. 실제로 그녀는 우리 나라 과일의 무한한 다양성에 매혹되어 있었다. 우리는 그녀가 과일을 먹지도 않으면서 색깔, 모양, 크기, 냄새, 말랑말랑한 촉감 때문에 계속 사들인다는 인상을 종종 받았다. "이 초록색 좀 봐, 얘들아." 그녀는 사과나 수박의 가장자리를 훑어내리며 말했다. "이 색은 자신을 부끄럽게 여겨야 해. 얼마나 야시한지 몰라." 우리는 그 말이 '야하다'와 '섹시하다'의 합성어라고 생각했다. "아주 유혹적이지. 색깔의 창녀야." 우리가 얼굴을 붉히면, 그녀의 입과 코에서 상쾌하고 자극적인 웃음 방울이 쏟아져나와 요부 역할을 연기하는 것 같았다.

우리 중 누가 그날 선택된 과일을 감히 만져보려고 하면, 디너만 부인은 그 뻔뻔스러운 손을 찰싹 때렸다. 과일은 전시용이지 제공하기 위한 것이 아니었다. 우리 나라에서 산 이십 년 동안 그녀는 간식이 무엇인지 배우지 않았고 굳이 배우려고 애쓰지도 않았다. 그래서 힘든 사람은 당연히 밍카였다. 그애는 빼빼 마르고 허약하고 창백했지만 우리는 바로 그 이유로, 그녀가 우리의 어머니들과 완전히 달랐기 때문에 디너만 부인을 사랑했다.

그리스식 복고풍의 그 분홍색 2층집에서는 좀약과 딜*, 그리고 달걀 냄새가 났다. 그냥 달걀 냄새만 나도 우리가 발길을 끊기에 충분했을 것이다. 그런데 삶고 튀기고 끓인 달걀 유황 냄새에 딜이라니. 하지만 우리는 발길을 끊지 않았다.

그 러시아 여자가 변명의 여지 없이 매력적이지 않았다면, 그녀가 유대인이 아니라는 사실이 디너만 씨의 어머니에게 문제가 되었을 수도 있다. "너는 나에게 예쁜 손주들을 안겨줄 거야." 디너만 씨의 어머니가 말했다. 디너만 부부가 그녀에게 결혼 허락을 받을 수 있었던 것은 거의 그것 때문이었다.

그러나 밍카, 밍카는 전혀 아름답지 않았다. 매력적이지 않았다는 말은 아니다. 그저 자기 어머니와 달랐다는 뜻이다. 디너만 부인은 조각상 같은 사람이었다. 185센티미터 키에 벨벳 같은 피부, 벌꿀 같은 눈, 금발의 여자였다. 언제나 그런 엄마가 한 사람쯤 있기 마련이다. 다른 엄마들뿐 아니라 자기 딸까지 초라하게 만드는 엄마. 그런 엄마 때문에 가장 심하게 상처받은 딸은 물론 밍카였다.

밍카가 제프리스 부인의 딸이거나 엡스타인 부인의 딸이었다

---

* 허브의 일종.

면, 우리는 그애를 특별하게 여겼을지도 모른다. 귀여운 여자애, 어쩌면 작고 사랑스러운 아이라고 생각했을 것이다. 그러나 현실에서 우리에게 그애는 디너만 부인이 아닌 보통 여자애일 뿐이었다. 밍카는 평범했고, 얼굴이 둥글고 창백했고, 불가사의하게 키가 작았고, 부정할 수 없는 유대인이었다. 장점을 들자면 운동 하나는 잘했다. 그건 학교의 자랑거리였지만 우리의 마음에는 아무 영향을 미치지 못했다. 반면 그애 엄마는 좀 어설프고 어딘지 모르게 상태가 이상한 가젤 같아서 우리는 엄마 쪽을 더 사랑했다.

드루 프라이스는 과일 그릇에 손을 뻗어 포도송이를 딴 다음, 디너만 부인이 보지 않을 때 부엌 이 구석 저 구석으로 한 알씩 던질 수 있을 만큼 손이 빠른 유일한 녀석이었다. 그녀는 대개 알아차리지 못했지만 때때로 알아차리면 허리를 굽혀 포도알을 주웠고, 그럴 때마다 우리는 그 아름다운 러시아 엉덩이, 둥글고 탄력 있게 올라간 단단한 엉덩이를 보며 감사의 한숨을 내쉬었다. 다시 한번 말하지만 감사하게도, 탐스럽게도, 그녀는 우리의 어머니들과 전혀 달랐다. 그리고 그 점에 관한 한 우리 또래의 여자애들과도 전혀 달랐다.

엄밀히 말해 우리가 그 집에 간 건 디너만 부인을 보기 위해서만은 아니었다. 이야기를 듣기 위해서도 갔다. 우리의 어머니들 중에서 디너만 부인은 가장 말이 많고 가장 거리낌이 없는 사람이었다. 그녀는 아무나에 대해, 모든 사람에 대해 이야기했다. 경계가 없었다. 마치 우리가 있는 줄 모르는 사람 같았다. 우리는 우리가 오기 전부터 시작된 독백을 중간에 목격한 것 같았고, 그 독백은 우리가 가고 나서도 계속될 터였다. 어쨌든 그녀는 우리가 어린애라는 점도 신경쓰지 않았다. 우리와 우리 어머니들, 우리 아버지들 사이에 구별이 없었다. 단지 우리가 러시아인이 아니라는 사실, 자신과 같은 사람들이 아니라는 사실만 생각했고, 그래서 우리는 중요하지 않았다. 우리말로 이야기하는 그녀에게 의리 따위는 존재하지 않았다. 모든 것이 공공의 영역이었다. 이유가 무엇이든 우리는 상관없었다. 그 집에 가서 그녀가 하는 말을 듣는 것이 좋았다. 그녀의 이야기, 남들 험담, 그녀의 이상하고 끔찍한 말투를 듣는 것이 좋았다.

당시 우리는 디너만 부인이 섹시하지 않다고 주장하는 트레이 스티븐스가 이해되지 않았다. 그러나 돌이켜보니 이제야 이해가 되기 시작한다. 여자, 성인 여자는 십대 여자애가 그의 마음을 차지하는 것과 똑같은 방식으로 그를 사로잡을 수 없었을 것이다.

우리는 숱한 밤마다 다리를 마구잡이로 벌린 채 트레이의 지하실 벽에 등을 기대고 앉아 늦게까지 밍카 어머니의 이야기를 하곤 했다. 우리는 트레이가 까다롭게 군다고, 혹은 내숭을 떤다고 생각했다.

"아니, 얘들아. 난 그 여자한테 그런 느낌이 안 들어." 트레이가 말했다.

"지랄하네." 척 굿휴가 팔짱을 끼고 겨드랑이 깊숙이 손을 묻은 채 말했다. "밍카 엄마에게는 누구나 그런 느낌이 들게 돼 있어." 우습게도 훗날 척 굿휴의 결혼을 위태롭게 만든 사람은 밍카 어머니가 아닌 밍카 디너만이었다.

"진짜야." 스투 즈블로스키가 말했다. 얼마 전 스투는 부모에게서 노란색 래브라도종 개를 받았는데 당연히 스투라고 이름을 지었다. "그녀가 한쪽 가슴만이라도 보여준다면 나는 내 개한테 그녀의 이름을 붙여줄 용의도 있어."

"난 아니야." 트레이가 말했다. "그 여잔 늙었어. 그 얼굴. 섹스할 때 그 얼굴을 본다고 생각만 해도 토할 것 같아."

"지랄하네." 척 굿휴가 또 말했다.

트레이는 마지막으로 반격했다. "난 언제든 교복 입은 여자애만 있으면 돼."

삼십 년 후, 우리는 그 말을 기억해내고 진저리를 쳤다.

노라가 사라진 뒤, 디너만 부인이 우리 인생에서 담당한 역할은 조금 달라졌다. 우리는 여전히 그녀의 부엌을 방문했고, 여전히 리놀륨 바닥에 포도알을 던졌고, 여전히 그녀의 이국적인 둔부의 완벽하게 둥근 형태를 사모했다. 그러나 이제는 그녀가 분석하는 노라의 운명을 듣기 위해 그 집을 찾아갔다. 다른 어머니들은 우리의 환상을 주저앉혔지만, 디너만 부인은 오히려 더 열심히 부추겼다.

"할 이야기가 있어, 얘들아." 그녀는 밍카가 책가방을 들고 위층으로 올라갈 때까지 기다렸다가 말했다. 그녀는 밍카 앞에서는 절대로 남 이야기를 하지 않았다. "내 이야기 듣고 싶니?" 그러고는 우리가 대답하기도 전에 말을 이었다. "노라는 죽지 않았어, 얘들아. 사실을 말하자면 아니야. 노라 안 죽었어."

"그럼 어디 있어요?" 폴 엡스타인이 종종 대화를 이어나갔다. 물론 폴도 디너만 부인에게 매력을 느꼈다. 그러나 폴은 우리처럼 정신을 잃을 정도는 아니었다. 어쨌든 당시 그는 시시와 사랑에 빠져 있었으니, 이미 다른 여자로 마음속이 꽉 차 있었던 것이다.

"하, 그애가 어디 있는지 난들 알겠니? 아니, 난 그애가 어디 있는지 몰라. 하지만 만약 내가 열여섯 살에 집에서 없어진다면, 나라면 죽어서 없어지지는 않아. 살아서 없어지지. 그리고……"

그녀는 손가락으로 입술을 꼬집었다. 그 동작이 너무나 섹시해서 우리 대부분은 체면을 차리기 위해 다리를 꼬지 않을 수 없었다. 물론 효과는 없었다. "어디든 내 발로 갔을 거야."

밍카와 그애의 친구들, 때로는 시시까지 위층에 있을 때도, 우리는 멀어서 우리 목소리가 들리지 않는 안전한 부엌에서 디너만 부인과 노닥거리며 오후 시간을 보내곤 했다. 그러던 어느날, 우리는 우리 인생에 처음부터 없었던, 확실히 죽은 사람이었던 린델 부인에 대해 알게 되었다.

"그 여자는 크라시바야, 아주 예뻤어."

아마도 우리는 이렇게 말하고 싶었을 것이다. "아니에요, 디너만 부인. 예쁜 건 당신이에요. 우리는 당신을 사랑해요." 그러나 아마 우리는 아무 말도 하지 않았을 것이다. 우리는 그 끔찍한 모양의 높은 의자에 앉아 발을 꼼지락거리고 다리를 꼬았다 풀었다 하면서, 그녀가 또다른 말을 하길 기다렸을 것이다.

"엄마들, 너희 엄마들 말이야, 얘들아. 엄마들은 나한테 하는 것처럼 그 여자에게도 잘해줬어." 그녀의 입에서 나오는 치찰음은 마치 최면을 거는 듯했고 뱀 같았고 날카로웠다. 그리고 무척, 무척 러시아인스러웠다. 자신의 아름다움을 이해하고 그것을 부끄러워하지 않는 여자와 함께 있는 것은 얼마나 이상하고 놀라운 일인지. 얼마나 미국적이지 않은지. "옳거니, 얼굴이 빨개졌구나, 척 굿휴. 내가 무슨 말을 하는지 알 거야." 그녀는 우리 쪽을 보며 손가락을 흔들었다. "그들은 그 여자에게 파트리아브니, 그러니까 딱 해야 하는 만큼만 잘해줬어."

드루 프라이스가 바닥에 포도 한 알을 던졌다. 우리는 포도알이 통통 튀어가는 소리를 들었다.

"그 여자가 아기를 가졌을 때는." 디너만 부인은 손으로 배를 부풀리는 시늉을 했다. "사람들이 그녀를 아주 좋아해. 왜냐하면 원래 몸매가 아니니까. 그 여자가 아기를 갖지 않았을 때는." 그녀는 또다시 손을 배 앞으로 가져갔다. "몸매가 끝내줬거든."

그녀는 대니 햇칫의 의자 아래 떨어진 포도알을 발견하고 줍더니, 후후 불어 입안에 쏙 집어넣었다. 그런 다음 손을 탈탈 털고 우리를 바라보았다. "하지만 그후에 그 여자는 죽었어. 애 둘은 그 여자에게 무리였지. 이제 가라, 애들아. 우리 밍카하고 애 아빠한테 저녁해줘야지."

애리조나에서는 노라 린델의 머리카락이 불타는 듯한 노란색인 것도 가능할 것이다. 피부는 전에 한 번도 본 적 없는 캐리멜 색깔이 되었다. 그녀는 빠르게 나이들었다. 웨이트리스가 되어 열심히 일했고, 트레일러를 세냈다.

밤에는 집 밖의 좁은 흙바닥에 접이식 의자를 두고 앉았다. 하늘을 올려다보면서 '오늘은 하늘이 애리조나네' 같은 생각을 했다. 어느 날 밤에는 우리를 생각했을지도 모른다. 그녀는 우리 중 누가 졸업을 하고 누가 못했을지 궁금해했다. 누가 어느 학교에 갔을지 궁금해했다. 어쩌면 트레이 스티븐스가 다른 여자애를 졸업 파티에 데려갔을지도 궁금해했을 것이다. 물론 아버지와 여동생 생각도 했을 테지만 그건 우리가 신경쓰지 않았다.

대부분의 밤에 그녀는 등을 뒤로 기대고 눈을 감은 채 자기 안에 있는 것을 상상했다. 그것을 아기라고 부를 수도 있었을 것이다. 왜냐하면 정말로 그랬으니까. 아니면 딸이라고 부를 수도 있었을 것이다. 그 역시 정말로 그랬으니까. 그럼에도 당분간은 그냥 뛰는 심장이라고 생각하는 게 가장 옳은 것 같았다. 노라가 생각하기에 그밖의 다른 것은 진짜 같지 않았다. 어쨌든 화려한 애리조나 하늘 아래 앉아 눈을 꼭 감고 고개를 쳐든 채 눈동자를 안으로, 아래로 향하면서 자신이 앉은 의자와 자신의 몸을 공유하는 것을 있는 그대로 보려고 했을 때 그녀가 본 것은 뛰는 심장이었다. 붉고 핏덩어리 같은 작디작은 두 개의 뛰는 심장이었다. 두 심장이 뛰는 작은 소리는 완벽하면서도 이상한 당김음처럼 들렸다. 한 심장이 뛰고 나서, 다른 심장이 뛰었다.

그녀는 뛰는 심장을 가진 작은 아기 둘과 그들에게 각각 팔 하나와 손 하나가 있는 것을, 그들이 서로 손가락을 걸고 있는 것을 또렷이 보았다. 끔찍한 괴물을 상상해보라. 손바닥을 마주대고 떠 있는 작고 붉은 키메라*들. 그것 말고는 다른 어떤 것으로도 생각되지 않았다. 애초에 존재하는 것 자체가 이기적인, 짐승 같은 생명체들이었다. 자매, 노라는 그것들을 그렇게 불렀을지도

---

* 사자의 머리와 염소의 몸통에 뱀 꼬리가 달린 그리스신화 속 괴물.

모른다. 그녀가 아니라 그들 둘이 자신들을 그렇게 정의하는 것 같았다. 무엇보다도 그들이 몸안에 자리잡고 커가는 동안 그녀 혼자 그들을 품었지만, 그들이 자신에게 속하지 않는다는 것을 확실히 알았기 때문이다. 아이들은 그녀의 것이 될 수 없었다. 어쨌든 그녀 자신이 아직 어린애였다. 여전히 땋은 머리에 주근 깨투성이인, 서툴기까지 한 어린애.

우리는 그랜드캐니언과 따뜻한 날씨 때문에 그녀가 애리조나를 선택했다고 상상하는 게 좋았다. 어쩌면 그녀는 거기서, 협곡 안에서 살 수 있다고 생각했을지도 모른다. 그러나 그녀는 그곳에 한 번도 가보지 않았고, 따라서 자신의 환상이 얼마나 잘못되었는지 확인하지 못했다는 것을 누구에게도 인정하지 않았다. 잭 보이드의 방 벽은 남서부의 엽서들로 장식되었다. 그의 아버지가 넷째 부인과 여행하는 동안 보낸 엽서들이었다. 우리는 그 엽서들의 경계 너머에 있는 노라를 상상했다. 항상 닿을 수 없는 곳에 있는 그녀를. 지금 그녀가 살고 있는 애리조나는 그런 모습일 터였다. 탁 트인 공간, 나뭇조각과 분필로 그린 그림들, 땅에 나 있는 커다란 구멍들, 위로 튀어나온 바위의 기이한 돌출부, 터키색. 특히 터키색. 터키색은 어디에나 있었고, 누가 물었다면 그녀는 적어도 그거 하나는 맞다고 말했을 것이다. 물도 터키색,

하늘도 터키색, 보석도 터키색이었다. 그러나 사람들은 너무나 익숙해서 그 색깔을 알지 못했다. 너무나 흔한 색깔이라 거의 느낄 수 없었다. 그것이 바로 그녀가 원하는 것이었다. 자신이 태어난 곳과 전혀 다른 장소에 있는 것. 태양에 그을린 땅, 터키색 하늘. 아주 먼 곳.

그녀는 쉽게 웨이트리스 일을 구했다. 그녀는 일을 잘했다. 처음에 매니저가 말했다. "웨이트리스로 일한 적 있니?" 노라는 고개를 저었다.

"그런데 내가 왜 널 뽑아야 하지?"

"전 백지예요." 노라가 말했다. "가르쳐주시면 그대로 할게요."

"그거 맘에 드네." 여자가 말했다. 여자는 그런 곳에 어울리는 타입이었다. 그을리고 주름진 피부. 인생의 3분의 1은 미인대회 여왕으로, 3분의 2는 골초로 살았을 여자. 그래도 그녀의 깊은 곳 어딘가는 부드러웠다. 그녀는 어머니였다. 물론 그녀 아이들의 어머니였다. 어쩌면 노라의 어머니일 수도 있었다. 노라에게 길을 안내해주고 살아가는 법을 가르쳐줄 사람.

"내일부터 시작해." 여자가 말했다.

"제가 임신중이라는 걸 아셔야 해요."

"누군 아니고?"

그러나 아마도 매니저와 노라 사이에 다정함 같은 건 없었을 것이다. 그렇다고 쌀쌀맞지도 않았지만, 노라가 첫날 기대했을지도 모르는 모성애 같은 것은 전혀 없었다. 그러나 요리사들은 달랐을 것이다. 그들은 금세 노라에게 마음을 주었을 것이고, 그녀도 얼마 되지 않아 그들에게 마음을 주었을 것이다. 처음에는 그들 때문에 긴장하고, 그들이 하는 말과 그 말을 하는 방식에 얼굴을 붉혔을지도 모른다. 그러나 곧 정이 담긴 농담은 일하러 가는 이유가 되었고 시간을 보내는 데도 도움이 되었다.

그들은 그녀의 임신 사실을 흐뭇해했을 것이다. 매일 아기에 대해 물었을 것이다. 배가 불러오자 만져보게 해달라고 말했을지도 모른다. 물론 그녀는 그러라고 했을 것이다.

"한 명이 아니에요." 그녀는 여러 번 말해야 했다. 멕시코인 요리사에게는 "밤비노스, 도스(어린아이, 둘)"라고 말했다.

"애가 애를 가졌구먼." 그는 그렇게 말하기를 좋아했다.

"네, 네." 그녀가 말했다. 그녀는 이미 원래 나이보다 훌쩍 나이를 먹고 차분해져 있었다. 이미 여자였다. 너무 많이 여자였다. 열일곱 살, 그러나 동시에 열일곱 살이 아니었다. 우리와 동갑이지만, 십 년은 더 앞서 있었다.

그녀는 멕시코 남자에게 반했다. 나이가 많은 남자였다. 그녀는 남자가 가르쳐준 말들에, 그가 누이에게 짜달라고 부탁해서 선물한 아기 담요에 반했다. 그의 관절염과 가무잡잡한 피부와 그가 처음 아기들에 대해 그리고 그녀에 대해 물은 방식에 반했다. 또한 어쩌면 그의 음식, 그가 점심으로 만들어준 소혀와 염소 창자 요리에도 반했을 것이다. 그러나 무엇보다도, 무엇보다도 그녀는 섹스가 없는 관계에 반했다.

그가 그녀의 뺨을 만졌다. 그녀는 그게 좋았다. 그는 그녀의 손을 잡았다. 그것도 좋았다. 그러나 함께 밤을 보내기 시작하고도 섹스는 하지 않았다. 그들은 잠옷으로 갈아입고 그의 목장 집 창문을 바라보고 누워 서로를 안았다. 그가 뒤에서 그녀를 안았다. 그는 아기들을 꼭 잡았고, 그녀는 그를 꼭 잡았다.

그녀가 출산하기 한 달 전, 그는 청혼을 했다. 처음에 그녀는 불안했다.

"왜요?" 그녀가 물었다. "왜 나랑 결혼해요?"

"애들을 위해서." 그가 말했다. "너희 셋 모두를 위해서. 내가 가진 것을 너희에게 줄 수 있게 해줘." 그의 누이가 죽은 뒤였다. 그는 수석 요리사가 되었지만 그의 집은 텅 비었다.

"뭐가 달라지죠?" 그녀가 다시 물었다.

"아무것도 달라지지 않을 거야. 아기들이 울어서 늘 시끄럽겠지. 우리는 달라지지 않을 거야." 그는 지나치게 또박또박 말했다. "네 방을 따로 줄게." 그 말을 하면서 그는 고개를 숙이고 얼굴을 붉혔다. 그 역시 섹스에 대해 말하기를 꺼렸고, 그녀의 질문이 암시하는 바를 좋아하지 않았기 때문이다.

그러자 그녀는 웃었다. 그를 보고 웃고 그와 함께 웃었다. 그녀는 그의 두 손을 자신의 얼굴로 가져가 대고, 그가 손가락으로 얼굴을 꼬집게 했다. "바보 같은 늙은 남자." 그녀가 말했다. "바보 같은 여자애 셋에게 자기가 가진 것을 주겠다니. 당신과 결혼할게요."

그녀는 식당을 그만두고 몇 가지 소지품을 목장 집으로 옮겼다. 그녀는 처음 애리조나 하늘 아래 앉아 있을 때 썼던 접이식 의자를 가져가겠다고 고집을 부렸다.

"이건 쓰레기야." 그는 자신이 더 나은 것을 줄 수 있다고 생각하지 않는 그녀에게 화가 나서 말했다.

"하지만 내 쓰레기예요." 그녀가 말했다.

"미국 사람들은 못 말려. 게다가 자기 쓰레기라니." 그가 말했다.

그녀는 지나가는 사람들이 보지 못하도록 뒤꼍 수영장 옆에 접이식 의자를 두었다. 그녀는 수영장과 함께 자랐지만 그에게 그런 말을 하지 않았다. 그가 특별한 것을 주지 못한다고 생각하지 않길 바랐다. 우리는 모두 수영장과 함께 자랐다. 그리고 노라 린델과 함께 자랐다. 그녀는 때때로, 아주 가끔씩만 그런 생각을 했다. 특히 아기들이 발로 찰 때, 그녀는 트레이 스티븐스와 그녀의 다리를 위아래로 훑고 지나가던 그의 손을 생각했다. 어쩌면 아기들이 트레이를 발로 차길 바랐을지도 모른다. 그녀는 그 멕시코 남자가 없을 때만 시시 생각을 했다. 그렇게 늙고 가무잡잡한 남자와 한방에 있을 때 창백하고 연약한 자신의 여동생을 상상하기란 거의 불가능했다. 사실 그와 함께 있을 때는 다른 삶, 그곳과 다른 삶을 상상하기가 거의 불가능했다. 어쨌든 그것이 그녀가 그와 결혼한 이유였다.

노라 린델이 사라지고 십사 년째 되던 해에 잭 보이드는 노라를 또 봤다고, 이번에는 피닉스 공항에서라고 주장했다. (시시 린델이 애리조나에 친척이 없다고 대니 햇칫에게 확인해준 뒤, 그러니까 시시가 닛산 뒷좌석에 탔다고 알려진 때로부터 오 년 뒤였다.) 잭은 자기와 마찬가지로 노라가 나이들어 보였다고 말했다. 또 그녀에게 쌍둥이, 열세 살쯤 되어 보이는 여자애들이 있었다고 말했다. 이번에는 그녀에게 말을 걸지 않았다.

잭은 공항에 있는 공중전화부스로 갔다. 잭이 전화를 걸 사람은 어머니뿐이었다.

"그애가 아니야." 보이드 부인이 말했다.

"제가 지금 보고 있어요." 잭이 말했다. "정말 노라가 확실해요."

"그애는 죽었어." 보이드 부인이 말했다. "옛날에 죽었고, 그걸 모르는 사람은 없어."

"세 여자가 있어요. 하나는 내 또래고, 시시랑 똑같이 생긴 여자애 둘이 있어요. 노라랑, 시시랑 똑같이 생겼어요." 잭은 웃음을 참지 못했다. "젠장, 쌍둥이라고요."

보이드 부인은 물론 믿지 않았지만 늘 그랬듯이 전화를 돌리지 않을 수 없었다. 십팔 년간의 비상연락망 규칙이 그녀 안에 뿌리내려 있었다. 그녀는 수화기를 들고 리스트 두번째에 있는 어머니부터 시작했다. 어쨌든 햇칫 부인은 죽었으니까.

"쌍둥이래요." 그녀가 엡스타인 부인에게 말했다. "상상이 돼요?"

우리의 어머니들은 상상하려고 애썼다. 그러나 실제로 상상할 수 있었던 건 우리였다. 우리는 마치 그 쌍둥이가 우리의 애들인 것처럼 눈앞에 그릴 수 있었다. 우리는 그애들에게 노라의 제일 좋은 것만 주었다. 우리는 그애들에게 노라의 머리카락, 잭 보이드가 묘사한 그대로의 빨간 머리를 주었다. 우리는 그애들에게 노라의 모공 하나 없는 피부와 빽빽한 주근깨를 주었다. 우리는 그애들에게 노라, 시시와 똑같은 날씬한 몸을 주었다. 물론 여기

저기 몇 센티미터를 더하거나 빼긴 했다. 폴 엡스타인은 그애들에게 작은 키를 주었고, 노라나 시시보다는 자기 엄마와 더 비슷하게 코를 둥글렸다. 윈스턴 러더포드는 그애들에게 잘 빠진 턱을 주었을 것이다. "턱은 성격을 보여주는 표지야." 마침내 매기 프래지어와 결혼하게 됐을 때 윈스턴은 그녀에게 말했다. 윈스턴은 자기 턱을 가리켰다. "이건 속일 수 없지." 노라 린델이 기회를 주었다면 그녀에게도 그 말을 했을 것이다. 드루 프라이스, 프라이스 씨가 생부가 아닌 걸 여전히 확신하지 못하는 그 녀석은 물론 쌍둥이에게 180센티미터가 넘는 키를 주었다.

잭 보이드는 판타지의 사치를 누리지 못했다. 그들을 직접 보았다고 주장했기 때문이다. 그러나 아마도 잭이 그애들을 자신의 판타지로 상상할 수 없었던 진짜 이유는 그애들에게서 생부로 짐작되는 남자와 닮은 부분을 너무 많이 보았기 때문일 것이다. 그가 오랫동안 인정하지 않았던 것, 아마도 그 혼자만 알고 있었더라면 좋았을 것은 그 두 명의 빨간 머리 소녀가 누가 봐도 확실하게 트레이 스티븐스의 외모를 빼다박았다는 점이었다. 우리 중 유일하게 공립학교를 다닌 트레이가 보여주었던 야만스러움과 자신감이 그 아이들에게 있었다. 엡스타인과 스티븐스의 소송이 끝나고 얼마 지나서, 마침내 잭 보이드는 그 여자애들이 트레이의 애들이라고 털어놓았다.

우리에게 그 말을 하면서 잭은 울었다. 우리는 취해 있었다. 우리의 아내들은 부엌에 있었다. 딸들은 2층과 3층 방에 옹기종기 모여 있었다. 우리는 이번 딱 한 번만 지하실에서 담배를 피워도 좋다는 허락을 받았다. 잭이 폴 엡스타인의 등을 두드리며 말했다. "그 녀석이 자기 딸들에 대해 알았다면 네 딸을 건드리진 못했을 텐데." 우리는 다른 데를 보면서 잭이 무슨 이야기를 하는지 모르는 척하려고 애썼다. 그 쌍둥이가 현실이 아니라고, 노라가 더는 현실이 아니라고, 그 무엇도 현실이 아니라고 믿고 싶었다. 심지어 폴의 고통조차, 특히 그의 딸에게 일어난 일까지도.

노라 린델은 사라졌다. 그리고 트레이 스티븐스는 감옥에 갔으니 어떤 면에서는 그도 사라졌다. 이 무렵 우리는 이미 밍카 디너만과 린델 씨를 잃었다(각각 교통사고와 암이었다). 때로는 인생이 우리를 남겨두고 떠난 사람들에 대한 기록에 불과한 것 같았다.

그들은 한 번 섹스를 했다. 노라와 멕시코 남자. 물론 했다. 하지 않는 게 불가능했고 비현실적이기까지 했다. 방식은 단순했고 예상대로였다. 그가 술에 취했다. 관능적인 것은 없었다. 그녀는 예상하고 있었다. 어쩌면 다른 무엇보다 그랬기 때문에 그일이 일어날 수밖에 없었는지도 모른다.

그들이 결혼한 지 이 년이 지난 때였다. 아기들의 나이보다 조금 더 긴 시간이었다. 그녀는 살이 빠졌고 그러고 나서도 조금 더 빠졌다. 그녀는 다시 웨이트리스 일을 하는 것에 대해 이야기했지만, 멕시코 남자는 안 된다고 했다. 그들은 돈이 필요하지 않았다.

그녀는 아침마다 뒤뜰에서 키울 수 있는 몇 가지 허브를 돌보

왔다. 대개 민트 종류였고, 유칼립투스와 잎이 두껍고 물기 많은 식물이 몇 종류 있었다. 오후에는 아이들과 수영장에서 놀았다. 아이들은 날 때부터 수영을 잘했다. 마치 그녀처럼. 마치 시시처럼. 저녁에는 부엌 창문을 열어놓고 리놀륨 바닥에 수건을 깔고 아기들을 눕혔다. 얼마 전부터 그녀는 매우 가벼운 차림으로 지냈다. 슬립처럼 가벼운 원피스, 속옷, 플립플롭이 전부였다. 수유중 불었던 젖은 말라버렸고 처음 애리조나에 왔을 때보다 가슴이 더 작아졌다. 그녀는 그것이 좋았다. 자신이 성별 없는 존재처럼 느껴졌고 그것은 그녀가 줄곧 바라던 바였다.

아기들은 키우기가 수월했다. 착하고 단순했다. 그들은 노라보다 멕시코 남자를 더 좋아했다. 노라도 멕시코 남자가 더 좋았기 때문에 그 점을 마음에 두지 않았다. 노라가 산후우울증을 앓았다고 한다면, 너무 강하고 어둡고 복잡한 표현일 것이다. 우울증은 없었다. 그저 연결점의 상실, 아마도 현실의 결핍 탓이었을 것이다. 부분적으로는 아이들이 쌍둥이라는 사실 탓일 수도 있었다. 아기들은 서로를 아주 좋아해서, 노라가 엄마라기보다는 감독관이나 보호자라고 하는 것이 더 어울렸다. 그녀는 좋게 말해 애 보는 도우미나 다정하지만 결국 무관심한 언니 같은 존재에 불과했다.

멕시코 남자는 그들 모두를 사랑했다. 아이들은 그를 통해 사랑을 배웠다. 노라가 상냥하지 않았다는 말은 아니다. 상냥했다. 많이 상냥한 편이었지만 호스피스 간호사의 친절함 같은 것이었다. 헌신적으로 돌보긴 하지만, 고통과 헤어짐에 너무 익숙한 나머지 진심으로 또는 온전히 자신을 내주지 못하는 사람의 친절함 같은.

어느 여름밤이었다고 하자. 애리조나치고도 무척 더운 날이었다. 그 일은 이런 식으로 일어났다. 그럴 수밖에 없었다. 고립되고 꽉 막힌 열기만으로도 사람이 미칠 수 있고, 좋은 일도 나빠질 수 있기 때문이다. 아주 잠깐 사이에도 말이다. 그리고 우리가 멕시코 남자를 좋아한다는 걸 잊지 마라. 우리는 그를 좋아한다. 그가 우리처럼 노라를 사랑하기 때문에. 그는 노라와 두 아기를 소중히 여겼다. 그러니 그날은 너무 더웠다고 해두자. 어떤 악행이나 범죄, 어떤 위반도 한 번쯤은 눈감아줄 수 있을 만큼 무척이나 더웠다고 하자.

밤이었다. 아기들은 잠들어 있었다. 몇 시간 전부터 요람에서 자고 있었다. 아기들이 아직 자궁에 갇혀 있을 때, 몸을 움직일 수 없을 때 노라가 상상했던 것처럼 그들은 서로 손가락을 걸고 있었다. 어쩌면 그날 밤도 서로의 엄지손가락을 빨았을지 모른다. 최근 들어 생긴 습관이었다. 이유를 설명할 수는 없지만 노라는 그 습관이 메스꺼웠다.

그 집에서는 우유 냄새가 났다. 매일 밤 우유 냄새가 났다. 척 굿휴의 이모가 갓난아기를 데리고 놀러왔을 때 척의 집에서 나던 냄새 같았다. 노라는 집 밖으로, 수영장 옆에 놓아둔 자신의 접이식 의자로 도피했다. 그녀는 자정이 되기 직전 물에 들어갔다 나왔다. 멕시코 남자는 아직 집에 오지 않았고, 그녀는 다리를 앞으로 쭉 뻗은 채 의자에 앉아 있었다. 젖은 머리카락이 의자 위에 느슨하게 걸쳐져 있고, 젖은 속옷에서 물이 뚝뚝 흘렀으며, 민트 정원에서 불어오는 매우 희미한 바람에 그녀의 자그마한 젖꼭지가 딱딱해졌다.

그녀는 멕시코 남자가 들어오는 기척을 듣지 못했지만 부엌에서 나온 불빛이 수영장 가장자리를 비추는 것을 보았다. 처음에는 다른 것이 없었다. 모든 것이 똑같았다. 그러나 그가 미닫이 유리문을 열고 문가에 잠자코 서 있는 것을 보고 그녀는 상황을 파악했다.

"나는 남자야." 그가 말했다.

"그래요. 물론이죠." 그녀가 대꾸했다.

그는 그녀를 따라 침실로 갔다. 그는 울고 있었다. 그녀는 시트를 걷고 침대에 들어간 다음 속옷을 벗고 그에게 등을 돌렸다.

"옷 벗어요." 그녀가 말했다.

"난 괴물이야." 그가 말했다. 술에 취했는데도 말투가 지나치게 또박또박했다.

"당신은 남자예요." 그녀가 말했다.

그 일은 빠르고 조용했다.

끝나고 나서 그가 노라에게서 등을 돌렸다. 그날 밤 멕시코 남자를 안은 것은 노라였다. 둘 다 수영장을 등진 채, 노라는 가슴을 그의 등에 바짝 붙이고 그를 안았다. 그녀의 두 손이 그의 배를 단단히 감쌌다. 아기들이 태어나기 전 매일 밤 그가 그녀를 안아주던 것과 똑같이.

그리고 노라, 때 이르게 어머니가 되어 달고 쓴 지혜를 얻은 그녀는 우리가 그저 상상만 할 수 있는 것을 이미 알고 있었다. 그 일로 그녀보다 멕시코 남자가 더 아플 거라는, 그가 더 모욕감을 느끼고 민망하고 부끄러울 거라는 사실 말이다. 자존심이나 모멸감, 혹은 타인 앞에서 참아내기 어려운 종류의 강렬한 감정 때문에, 멕시코 남자는 그녀를 떠나려고 할 터였다.

그는 여전히 울고 있었다. 그녀가 손가락으로 그의 피부를 꼬집었다.

"내가 역겨워." 그가 말했다.

그녀는 더 세게 힘을 주었다. "가지 마요." 그녀가 말했다. "제발 우리를 떠나지 마요."

아침에 그는 그녀를 침대에 남겨두고 아기들을 보러 갔다. 그때였다. 하얀 시트를 덮고 혼자 반듯하게 누워 있던 그녀가 시시를 떠올린 것은. 그리고 트레이, 아버지, 막다른 길 아래 있는 튜더 왕조풍의 3층집도. 옷이니 텔레비전이니 하는 세속적인 것들은 전혀 그립지 않았다. 수영장도 당연히 아니었다. 그녀가 그리운 것은 일관성 없고 불완전한 조각들로, 이미지들로 떠올랐다. 그녀의 매트리스. 침실의 어둠. 여동생의 숨결. 아버지가 아침에 뿌리는 향수 냄새. 누구나 그리워할 만한 것들도 떠올랐다. 길 아래서 들려오는 개 짖는 소리. 색깔이 변해가는 나뭇잎들. 떨어지는 나뭇잎들. 아직까지 달려 있는 나뭇잎들. 특히 트레이 스티븐스의 지하실 수족관에서 나오던 희미한 푸른빛이 그리웠다(아니, 그것을 떠올릴 때는 약간 숨이 막혔다).

밖에서 첨벙하는 소리가 났다. 창밖을 내다보지 않아도 거기에 무엇이 있는지 알 수 있었다. 확실히 알 수 있었다. 멕시코 남자가 배를 위로 하고 떠 있을 것이다. 쌍둥이도 배를 위로 하고 떠 있을 것이다. 그의 양옆에 한 명씩. 그의 귀나 손가락, 어쩌면 그의 목을 잡고 있겠지. 그것이 그녀의 삶이었다. 그것이 그녀의 삶이었고, 멕시코 남자는 절대로 그들을 떠나지 않을 것이었다.

대니 햇칫은 이상한 아이였다. 늘 그랬다. 여름에도, 심지어 무진장 더운 날에도 땀복을 입고 다녔고, 수영장 파티에 와서도 그 땀복을 계속 입고 있었다. 마치 바다에서 티셔츠를 입고 있으면 자기 몸매를 속일 수 있다고 생각하는 뚱뚱한 아이 같았다. 그러나 대니는 뚱뚱하지 않았다. 전혀 그렇지 않았다.

대니는 점심시간에 항상 약을 먹었다. 도시락 가방에서 샌드위치와 감자칩 대신, 작은 종이갑에 든 초코우유와 갈색 약병들을 꺼냈다. 그리고 약병들을 줄지어 세운 다음 하나씩 뚜껑을 열었다. 그러면 우리는 어김없이 두 손으로 머리를 감싸쥐며 말했다. "그것 좀 먹지 마. 씨팔, 그만두라고. 지금까지 먹은 약으로도 충분하잖아." 그러나 대니는 조금도 아랑곳하지 않고 매일같이 약을 먹었다. 먼저 초코우유를 마시고 알약을 입에 털어넣었다. 한 번에 하나씩, 반복해서. 순서도 제대로 지키지 못했다. 원래는 약이 먼저, 우유가 다음이다. 대니는 그런 아이였다. 우리는 대니에게 약 먹는 순서에 대해 물었다. 그러자 대니는 우리가 물어봐줘서 행복하다는 듯이, 명쾌한 답변을 할 수 있어서 더 행복하다는 듯이 말했다. "약이 맛이 없거든. 우유를 먼저 마시면 약이 절대로 혀에 닿지 않아." 그 말을 하고 나서, 문장을 끝마친 것이 자랑스러운지 미소지었다. 우리는 고개를 절레절레 내저으면서 그가 약을 다 먹길 기다렸다. 우리는 초코우유에 대해서도 물었다. 그러나 그는 그냥 씩 웃으며 한 모금 마실 뿐이었다. 매일같이 초코우유였다. 정말이지 너무 심했다.

대니는 수업 시간에 자기 얼굴을 찔렀다. 때로는 피가 날 때까지. 교사들은 대니가 용서해달라고 하지 않아도 봐주곤 했다. 대니는 늘 이렇게 말했다. "내가 뭘 한 거지? 어떻게 된 건지 모르겠어." 대니는 정말로 몰랐다. 누가 봐도 알 수 있었다. 그에게는 머리를 쓰려는 의지가 없었다. 교사들은 항상 고개를 저으며 이렇게 말했다. "오, 대니. 그만 좀 해라." 혹은 기분이 별로일 때 대니가 상황을 이해하지도 못하면서 사과하면 이렇게 비꼬기도 했다. "그래, 죄송하겠지, 햇칫 군. 넌 확실히 죄송해야 해."(교사들은 화가 나거나 실망하면 늘 우리를 성姓으로 불렀다. 우리를 어른으로 취급하면 혼내거나 무시하기가 더 쉬운 모양이었다.)

어머니들은 대니가 주말이나 여름방학 행사에 빠지지 않도록 항상 신경썼다. "걔는 우리처럼 환경이 좋지 않잖니." 어머니들은 눈빛에 살짝 감도는 반짝거림을 숨기려고 애쓰면서 말했다. "걔는 우리처럼 운이 좋지 않았어." 어린 나이에도 우리는 운이 좋다, 환경이 좋다 같은 표현이 가난하지 않고 주정뱅이의 아들이 아니라는 뜻이 담긴, 나중에 알기로는 자살한 어머니의 아들이 아니라는 뜻이 담긴 수준 높은 완곡어법이라는 것을 눈치챌 수 있었다.

그러나 가난이라는 용어는 상대적이다. 햇칫 씨네 집은 우리의 집들만큼 컸다. 그들은 충분히 체면이 깎이지 않을 만한 차를 몰았다. (대니 아버지는 숱한 중년의 위기를 겪었는데, 그중 한 시기에 사들였던 닛산 300ZX를 기억하는가? 우리는 항상 누가 트렁크에 앉을 것인가를 놓고 티격태격했다. 대개 대니를 그 거지 같은 자리에 앉히긴 했지만. 어쨌든 대니는 자기 아버지가 우리를 데리러 올 때면 신이 나서 어쩔 줄 몰랐다. 왜냐하면 아버지가 스포츠카를 몰고 올 테니까. 그 스포츠카라는 게 닛산이었다! 햇칫 부자는 스포츠카가 뭔지도 제대로 알지 못했다.)

어쨌든 중요한 건 그들도 휴가 여행을 다녔다는 사실이다. 그들도 우리가 다니는 클럽에 다녔다. 그들을 가난하게 만드는 것은 어떤 불일치, 설명하기 어렵지만 우리의 생활방식과는 이상하게 다른 차이들 때문이었다. 예를 들어, 햇칫 씨네 집은 우리의 어머니들이 잘 관리했다고 말할 만한 집이 아니었다. 페인트가 벗겨졌고, 덤불이 웃자랐고, 잔디는 자주 다듬지 않아 지저분했다. 햇칫 부인(그녀는 언제 봐도 침대 아래로 기어들어가 눈이 퉁퉁 붓도록 울고 나온 지 오 분밖에 안 된 사람처럼 보였다)은 다른 사람들이 모두 블라인드를 설치할 때 혼자 레이스 커튼을 달았다. 그 집에는 먼지가 보일 만큼 햇빛이 비치는 곳은 어디에나 먼지가 있었다. 부엌 쓰레기통은 항상 쓰레기가 넘쳐흘러서 잘 닫히지 않을 지경이었다. 그 집에는 결코 쓰이는 법이 없는 상자들이 가득한 방이 있었다(상자도 방도 사용하지 않는 것 같았다). 열리는 걸 한 번도 보지 못한 문들이 있었다. 상상해보라! 대니네 집은 지하실뿐 아니라 어디나 카펫이 깔려 있었다. 대니의 모든 것이 좀 더럽고 지저분하고 확실히 묘한 냄새가 났다. 대니에게는 케케묵은 때가 묻어 있었다. 우울함의 때.

그러나 어쨌든 대니는 대니였다. 그렇다. 그는 이상했다. 하지만 대니는 우리 중 하나였다. 그리고 대니도 틀림없이 그렇게 생각했을 것이다. 왜냐하면 대니가 우리와 다른 학교에 다니고 싶은 마음이 있었다면, 우리가 분명 눈치챘을 것이기 때문이다. 그러나 전체적으로 좀 억눌려 있었던 것 말고는 대니가 우리와 다르게 사는 것을 특별히 의식하는 것 같지는 않았다. 자기 아버지의 닛산에 대해 그랬던 것처럼. 대니는 진심으로 그 차가 멋지다고 생각했다. 그리고 우리가 그렇게 생각하지 않으리라고는 추호도 의심하지 않았다.

우리가 알았던 것, 우리 중 누구도 알아서는 안 되었지만 모두가 알게 된 사실이 하나 있다. 우리의 어머니들은 그 비밀을 털어놓지 않고는 도저히 참을 수 없어서 자신이 비밀을 발설하는 유일한 어머니일 것이고 그 일이 절대로 사람들 입에 오르내리지 않으리라 철석같이 믿고는 우리 한 사람 한 사람에게 다짐을 받았다. 그 비밀은 대니 할머니가 물주라는 사실이었다. 그녀는 거의 모든 것에 대한 비용을 부담했다. 햇칫 씨네 집, 그들의 클럽 회원권, 매년 북부 지방으로 떠나는 크리스마스 여행, 햇칫 부인의 처방전, 햇칫 씨의 낭비벽, 그리고 당연히 대니의 교육비까지도 그녀가 부담했다.

우리는 한 노부인이 뉴잉글랜드의 낡아빠진 저택에 홀로 앉아 수표책에 대니의 이름을 적는 모습을 어렴풋이 상상했다. 어린애들이었던 우리는 그 노부인이 부러웠다. 그녀가 우리 할머니였으면 했다. 우리는 우리만의 수표를 원했다. 더 나은 휴가를 원했다. 그 돈으로 얼마나 많은 일을 할 수 있겠는가! 우리는 대니와 대니 가족이 돈을 쓸 줄 모른다고 생각했다. (다시 한번, 닛산을 보라.) 우리는 그 할머니가 자기 아들, 즉 대니 아버지에게 야망과 성공의 유전자를 물려주지 못한 것은 물론 취향, 상상력, 자기가 가진 것을 쓸 줄 아는 재능의 유전자도 물려주지 못했다고 생각했다.

물론 우리는 나이를 먹었다. 우리가 고등학교에 들어간 해에 햇칫 부인이 죽었다. 대니 아버지는 재활원을 들락날락거렸고 몇 년 후에는 대니도 같은 운명이 될 것처럼 보였다. 대니 할머니가 돌아가셨다. 수표는 더이상 오지 않았다. 햇칫 씨는 상속을 받았지만 바라던 만큼은 아니었다. 햇칫 씨는 대니를 떼어냈다. 그애를 위해서, 라고 하면서. 그에게 책임을 가르칠 때가 되었다는 것이다. 그러나 당시 우리는 막 대학을 졸업한 이십대였고 아직 배우지 않은 무엇을 배우기에는 나이가 너무 많았다. 그 무렵부터 대니는 우리에게 돈을 빌리려고 전화를 걸기 시작했다. "주지 마라." 우리의 어머니들은 말했다. "햇칫 씨가 그러는데, 걔는 약 사는 데만 돈을 쓴대."

"햇칫 씨도 알아야 해요." 우리는 목소리를 죽여 말했다.

"뭘?" 어머니들이 물었다.

"아, 아니에요. 아무것도 아니에요."

처음에는 어머니들에 대한 반항 같은 것이 있었고, 우리는 대니에게 돈을 주지 않을 수 없었다. 여기서 20달러, 저기서 100달러. 아마도 우리는 각자 부탁받은 사람이 자기뿐이라고 생각했을 것이다. 그러나 결국 우리가 결혼을 하고 아이를 낳으면서 돈 들어갈 데가 많아졌다. 여기서 20달러, 저기서 100달러 소리에 짜증이 났다. 그러나 그때까지는 아직 시간이 좀더 남아 있었다.

우리가 운전면허증을 딴 해의 추수감사절 일주일 후, 대니는 개를 치었다. (햇칫 부인이 자살한 지 거의 일 년이 된 때이기도 했다. 물론 그런 식으로 말하는 사람은 아무도 없었지만.) 우리는 영화관이나 쇼핑몰에 갔다가 돌아올 때면, 재수없는 놈이 되는 건 그 녀석 몫으로 남겨두자고 서로 주의를 주면서 천천히 운전하곤 했다. "이미 충분히 천천히 가고 있어." 가령 우리는 시커모어 거리의 급커브길을 돌면서 이렇게 말했을 것이다. "천천히 가지 않으면 햇칫 꼴이 된다고." 우리는 막 열여섯 살이 되었고 고등학생이 된 지 이 년째였다. 노라 린델을 몹시 그리워하게 되기까지는 아직 일 년이 남아 있었다. 우리는 머저리, 등신, 멍청이 들이었다. 사내녀석들이었다. 우리도 우리 자신을 어쩔 수 없었다는 얘기다.

대니가 개를 치던 날 밤, 조수석에는 트레이 스티븐스가 타고 있었다. 그들은 파티에 가는 길이었거나 혹은 돌아오는 길이었을 것이다. 누가 그딴 걸 기억하겠는가? 우리가 기억하는 것은 대니 햇칫이 개를 치었다는 사실뿐이다. 밤늦은 시간이라 어두웠다. 트레이는 그냥 가라고 말했다. "야, 얼른 튀어." 아마 이런 식으로 말했을 것이다. "당장 여길 뜨자고." 대니의 인생을 대표하는 특성은 이미 연약함 쪽으로 기울고 있었다. 소심함, 연약함 쪽으로. 세라 제프리스가 강간당한 사건을 안 지도 얼마 되지 않은 때였다. 벌써 몇 년 전에 일어난 일이지만 말이다. 아마도 그는 다른 남자가 그 자신을 거칠게 함부로 집어넣었던 곳에 손가락을 넣겠다고 고집을 부렸던 것에 대해 죄책감을 느끼고 있었을 것이다.

그날 밤, 그때 불빛이 번득였고, 쿵 소리, 긴 울부짖음이 있었다. 전조등 불빛으로 차 오른쪽을 보니, 풀밭에 개 한 마리가 쓰러져 있었다. 겁에 질려 심하게 헐떡거리는 모습이 대니와 별다를 바 없었다.

아마 우리도 그 입장이었다면 어떻게 해야 하는지 옆에서 말해주는 사람, 대신 결정해주는 사람이 있다는 데 만족하며 자리를 뜨는 쪽을 택했을 것이다. 누가 알겠는가? 어쩌면 대니 역시 개를 버려두고 도망치고 싶었을 것이다. 그러나 전조등의 흐릿한 노란 불빛으로 보기에도 개가 죽지 않았다는 것을 알 수 있었다. 녀석이 이리저리 뒹굴면서 일어나려고 애쓰는 것을 볼 수 있었다. 애는 쓰지만 다시 쓰러지고, 힘없이 끙끙거리고 있었다.

불쌍했다. 그 모든 것이 너무나 불쌍했다. 무엇보다도 그 이유로 대니는 차에서 내렸다.

아마도 영화에서 보았겠지만, 대니는 다친 동물을 구할 때 물지 못하게 머리를 덮어야 한다는 것을 알고 있었다. 아니면 어떻게 셔츠를 벗어서 개의 머리를 덮을 생각을 했겠는가?

"미친 짓이었어." 다음날 밤 트레이가 우리에게 말했다. 우리는 트레이의 지하실 당구대 주위에 앉거나 서거나 웅크리고 있었다. "너희도 봤어야 하는데. 난 그 새끼 하는 짓이 이해가 안 됐어." 물론 이야기를 들려준 사람은 트레이였지만 대니도 그 자리에 있었다. 우리에게 등을 돌린 채. 대니는 미닫이 유리문 앞에 서서 당장이라도 우리를 두고, 이 동네를 버리고 달아날 것처럼 기다리고 있었다. 그러나 이야기가 끝날 때까지 그대로 있었다. 이의를 제기하거나 고개를 저을 때만 간간이 끼어들면서, 자신을 변호하는 기색도 없이 차분하게, "아니, 그렇게 된 게 아니야" 같은 말을 뇌까릴 뿐이었다.

결국 대니는 아버지 차 뒷좌석에 개를 실었다. 트레이는 조수석에 꼼짝 않고 앉아 창문을 내리고 소리만 질렀다. "넌 미친 새끼야." 트레이는 반쯤은 웃고 반쯤은 추위에 몸을 떨며 말했다. "이건 미친 짓이야. 아, 진짜, 피가 흐르잖아."

개는 낑낑거리고 있었다. 트레이는 아주 멋지게, 인상적인 연기를 선보였다. "으으으으음……" 가슴 앞에 두 손을 올리고 손가락을 축 늘어뜨리면서 신음했다. "으으으으음…… 어어어어어…… 으으으으음…… 밤비 눈이었어." 트레이는 순진무구한 표정을 지으며 눈을 크게 떴다. "그 개새끼 눈이 밤비 사슴 같았어." 우리는 웃었다. 아픈 동물처럼 신음하는 트레이가 웃겼기 때문이다. 그러나 대니의 등을 흘끔 보고 각자 속으로는 트레이의 이야기에 움찔하지 않을 수 없었다. 우리가 그 자리에 있지 않았다는 사실에 감사하지 않을 수 없었다. 그럼에도 우리는 "아, 진짜, 나도 거기 있었어야 하는데"라고 몇 번씩이나 말했다.

그 개의 뒷다리는 짓이겨지고 질척거리고 축 늘어져 있었다. 뒷좌석은 온통 피투성이였다. 그러나 대니도 트레이도 피를 멎게 할 수는 없었다. "사방이 피투성이였어." 대니는 미닫이 유리문 앞에 선 채로 우리에게 말했다. 밤이 검은 벽처럼 그의 앞을 막고 있었다. "정말이야. 온갖 곳에 피가 있었어."

대니가 운전석에 돌아와 앉자 트레이는 이름표에 대해 물었다. 아마도 주인이 있는 개를 버리고 그 자리를 뜨기만 하면 사고가 일어난 것 자체를 잊을 수 있다고 생각했을 것이다.

"목걸이는 있는데 이름표가 없어." 대니가 말했다. "내가 확인했어." 그리고 얼굴을 훔쳤다.

"아, 씨팔." 트레이가 말했다. "너 우는 거야? 아, 씨팔. 이 새

끼 너무하네. 지금 울어?"(여기서 또다시 대니는 미닫이 유리
문 앞 그 자리에서 조용히 말했다. "아니, 그게 아니야. 안 울었
어." 대니는 화난 투로 말하지 않았다. 그저 반드시 해야 할 주장
이라고 여기는 듯했다.) 트레이는 조수석에서 웃고 있었다. 웃지
않을 수 없었을 것이다. 웃든 울든 선택은 자유지만 가만히 눈을
감고 그 순간을 상상해보면, 늦은 밤 인적 없는 길가에서 뒷좌
석에 죽어가는 개를 싣고 자동차 안에 앉아 있는 두 소년에 대해
생각하면, 그 상황을 넘기기 위해 목 뒷부분에서 올라오는 억제
할 수 없는 무엇을 그대로 흘려보내야만 했던 그 느낌을 이해할
수 있을 것이다.

"씨팔." 마침내 대니가 말했다. "씨팔. 씨팔."

앞좌석에 앉은 두 소년은 고개를 돌려 개를 보았다. 추운 밤이
었고 셔츠를 입지 않은 대니는 당연히 추위를 느껴야 했지만, 설
령 추웠다 해도 깨닫지 못했을 것이다. 대니는 깡말랐고 부인할
수 없을 만큼 처량한 정도의 근육만 붙어 있었다. 어려운 시기의
근육들. 알아서 살아갈 각오가 되어 있는, 제대로 먹여줄 엄마가
없는 몸의 근육이었다. 대니는 개의 갈비뼈를 만졌다. 개가 낑낑
거렸다.

트레이가 침묵을 깼다. "야, 어쩌려고 그래? 이건 좋지 않아.
좋지 않다고. 도대체 계획이 뭐야?"

대니는 차의 시동을 걸었다. "수의사한테 가야지." 단순하고 쉬웠다. 마땅히 해야 할 일이었다.

그것이 계획이었다. 대니는 그렇게 하려고 했다. 마침내 다시 운전을 했을 때, 대니가 가려고 한 곳은 거기였다. 그러나 1마일도 못 가 개는 죽었고, 정확히 얼마인지는 몰라도 몇 시간이 지났을 때, 그 둘에게 귀가 시간이 있었다면—사실 그애들에게는 없었고 우리에게만 있었지만—그 시간을 한참 넘겼을 시간에 결국 그들이 다다른 곳은 숲속이었다. 카탈리나를 탄 남자가 노라 린델을 데리고 간 지점에서 그리 멀지 않은 곳인지도 몰랐다. 카운티 두 개 너머에 있는, 우리와 우리의 집에서 얼마나 많이 떨어져 있는지 알 수 없는, 물가와 가깝고 근처에 빈터가 있는 싶은 숲속이었다. 그들은 숲속으로 닛산을 몰았고, 결국 죽어버린 개를 땅에 내던졌다. "죽은 개보다는 실종된 개가 나아." 트레이는 그렇게 말한 뒤 잠자코 있었다.

대니가 나뭇잎으로 개를 덮었을 것이다. 트레이는 거기서 정확히 무슨 일이 있었는지 우리에게 알려줄 필요가 없었다. 대니는 고통스러워하는 것들이 싫었다. 죽은 개가 눈에 보이는 것도 싫었을 것이다. 그래서 나뭇잎으로 개를 덮었을 것이다. 일부는 개에 대한 존중심에서, 일부는 자신이 한 일에 대한 역겨움에서, 일부는 자기 엄마에 대한 어떤 뒤틀린 기억에서 그랬을 것이다.

트레이는 차로 돌아가 밤이 지나가기를, 사고의 생생함이 사라지기를 기다렸을 것이다. 어쩌면 기다리는 동안 대니의 셔츠로 피를 닦았을 수도 있다. 그러나 피는 이미 말라붙었거나 적어도 엉겨서 덩어리졌을 것이다. 어느 쪽이건 더 엉망이 되었을 테고, 얼룩은 더 넓게 퍼졌을 것이다.

나중에 알게 된 사실이지만 개는 윌슨 가족의 것이었다. 그 집 아이들은 아직 중학생이었다. 우리는 그들에게 책임을 느끼지 않았고, 그래서 개를 찾는다는 게시물이 나붙었을 때 입을 굳게 다물고 어머니들이 그 비밀을 알지 못하도록 조심했다. 최초의 진짜 음모 같았다.

동네 곳곳에 게시물이 붙었다. 본의 아니게 노라 린델을 찾는 게시물의 전조가 된 셈이었다. 5000달러라는 보상금 액수를 보고 욕하는 사람이 많았다. 어머니들은 역겹다고 말했다. 애초에 보상금 같은 것이 있으니 개를 도난당하는 거라고 했다. 트레이는 윌슨 가족이 개가 죽은 걸 알고도 그 돈을 내놓을지 궁금하다고 몇 번씩이나 말했다. 우리는 트레이가 좀 심하다고 생각했지만 대놓고 말하지는 않았다.

결국 트레이에게 그만하라고 말한 사람은 노라였다. 대니가 개를 치고 몇 주가 지난 뒤였다. 얼마 남지 않은 겨울방학이 끝나고, 새해가 되면 곧바로 학기가 시작될 참이었다. 트레이는 부모가 멀리 외출하자마자 즉흥적으로 파티를 열었다. 그날 밤이 서서히 저물고 있었다. 사립학교에 다니는 우리는 대부분 여전히 귀가 시간이 있었고, 그말인즉슨 트레이가 원하는 만큼 파티가 지속될 수 없다는 의미였다.

"그만 좀 해." 노라가 불쑥 큰 소리로, 느닷없이 말했다. 우리가 그애의 존재를 몰랐던 것 같지는 않다. 물론 우리는 노라가 그 자리에 있다는 걸 알았다. 노라 말고 누가 시시를 꾸역꾸역 파티에 데려왔겠는가? 노라의 홀아버지 말고 누가 열다섯 살짜리 딸이 중학생인 여동생을 고등학생들의 파티에 데려가도록 내버려둘 만큼 순진하겠는가? 그러나 우리는 말없는 여자애를 잊어버리듯 그애를 잊고 있었다. 그애가 자신이 보이지 않게 하려고 애써 안으로 움츠리고 있어서 그애를 잊고 있었다. 적어도 트레이가 대니를 괴롭히기 시작할 때까지는 그랬다.

상황은 이랬다. 트레이가 개를 찾는 게시물 하나를 움켜쥐고 대니의 얼굴 앞에 흔들어대고 있었다. "대니일까, 5000달러일까? 대니일까, 5000달러일까?" 트레이는 추수감사절 이후 몇 주 동안이나 대니의 얼굴 앞에 게시물을 흔들어대고 있었다. 그렇다. 솔직히 말하면, 그 모든 것이 지루해지고 있었다. 그러나 우리는 뭐라고 말할 입장이 아닌 것 같았다. 노라가 말하기 전까지는 우리가 나설 일이 전혀 아니라고 생각하고 있었다.

"뭐?" 트레이가 물었다. 영화라면 그 순간에 음악이 딱 멈추었을 것이다. 하지만 이것은 현실 세계였다. 그때 어떤 음악이 나오고 있었는지는 모르지만 하여튼 계속 흘러나왔다. "뭐라고 했어?"

"그만하라고 했어." 노라가 말했다. 노라는 커다란 수족관에 등을 기대고 앉아 있었다. 뺨이 발그레했다. 시시는 노라 옆 카펫에 누워 한쪽으로 머리를 땋고 있었다. 흥미롭게도 그 여동생은 난처해하는 것 같았다. 어느 편을 들어야 할지 모르겠다는 것처럼. "이젠 지루해." 노라가 고개를 숙인 채 말했다. 노라는 아무도, 특히 트레이를 보지 않았다. "웃는 사람도 없잖아."

한순간 우리는 대니가 울지도 모른다고 생각했다.

기다렸다. 우리 모두. 우리의 시선은 트레이를 향해 있었다. 어쨌든 트레이의 집이었다. 분위기를 만드는 건 트레이의 권리였다. 대니는 살금살금 화장실로 도망쳤다. 시시는 숨을 참았다. 그때는 그애의 존재 자체가 짜증스러웠다. 원했든 아니든, 노라는 자기보다 더 어린 여자애의 보호자였다. 중학생이 있는 데서 비밀을 말할 수는 없었다.

"어쨌든." 마침내 트레이가 말했다. 영화라면 역시 기적처럼 다시 음악이 흘렀을 시점이었다. 우리는 모두 다시 숨을 쉬기 시작했다. 그리고 귀가 시간을 지키려는 티를 내지 않으면서, 심드렁해진 파티를 빠져나와 제시간에 집으로 돌아갈 궁리를 하기 시작했다. 물론 트레이의 말은 바보같이 들렸고 우리 모두 민망했지만, 그때 우리 중 누구라도 주의를 기울였다면 트레이가 정말로 그 장난을 그만뒀다는 중요한 사실을 알아차렸을 것이다. 개를 찾는 게시물이 이번에는 그의 뒷주머니가 아닌 쓰레기통으로 들어갔다. 그때 우리는 깨달았어야 했다. 노라와 트레이 사이에 한동안 무슨 일이 있었다는 것을. 물론 우리는 깨닫지 못했다. 어떻게 그럴 수 있었겠는가? 우리는 그저 어린애들이었다.

법정 기록에서 발췌. 사건 번호 AF7845.

형사: 법정 기록에 로즈 피터스 형사, 제럴딘 엡스타인, 린다 엡스타인 부인이 참석했다고 적으세요.

제럴딘: 사람들은 날 진저라고 불러요.

형사: 좋아, 진저. 미안하구나. 이제 시작할까?

제럴딘: 그렇다고 당신이 진저라고 불러도 된다는 뜻은 아니에요.

엡스타인 부인: 진저, 그러지 마. 무례하게 굴 필요는 없잖니.

형사: 괜찮습니다, 엡스타인 부인. 이해합니다. 제럴딘, 그럼 내가 뭐라고 부르면 좋겠니?

제럴딘: 상관없어요. 진저라고 부르세요.

형사: 좋아, 진저. 트레이 스티븐스에 대해 말해주겠니?

제럴딘: 난 여기 오고 싶어서 온 게 아니에요. 그렇게 기록해주시겠어요? 이건 내 뜻이 아니에요.

엡스타인 부인: 진저, 이야기 다 끝냈잖아.

형사: 네 이의는 법정 기록에 적힐 거야, 진저. 그리고 다시 한번 말하지만, 여기 와줘서 고맙구나. 쉽거나 편한 일이 아니라는 거 알아.

제럴딘: 난 내가 뭘 하는지 알고 있었어요. 그게 내 요점이에요. 내가 시작했어요.

형사: 네가 그렇게 느끼는 거 이해해. 네 생각이 그렇다는 걸 이해한다.

제럴딘: 내가 뭐랬어, 엄마. 이래서 오기 싫었던 거야. 아무도 내 말을 안 듣잖아. 씨팔, 아무도 듣지 않는다고.

엡스타인 부인: 진저, 그만해.

제럴딘: 엄마나 그만해. 당신들이 내가 뭘 했는지 모른다고 생각하는 게 싫어. 난 그렇게 생각하지 않아. 난 다 알고 있다고.

엡스타인 부인: 제발, 진저. 생각 좀 해라. 그 사람이 너한테 한 일을 생각해봐.

진저: 엄만 짜증나. 졸라 짜증난다고. 그거 알아?

형사: 엡스타인 부인, 따님과 둘만 있게 해주실 수 있을까요?

엡스타인 부인: 저는 나쁜 엄마가 아니에요. 나쁜 엄마가 아니라고요.

형사: 아무도 그렇게 생각하지 않아요.

진저: 난 그렇게 생각해요.

형사: 부탁입니다, 엡스타인 부인. 밖에 나가 계세요. 법정 기록에 엡스타인 부인이 나갔다고 적으세요.

진저: 아멘.

형사: 좋아, 진저. 다시 해보자. 네가 트레이 스티븐스에 대해 아는 것을 말해주겠니?

진저: 우린 섹스했어요, 됐죠? 엄마한테 들키지만 않았어도 내가 지금 이런 말을 하고 있진 않겠죠, 알아요? 난 할 수만 있다면 지금도 그와 섹스하고 있을 거예요. 하지만 사람들이 다 알게 됐으니까, 뭐. 좋아요, 우린 섹스했어요. 됐나요?

형사: 네가 몇 살인지 다시 말해줄래?

진저: 내가 뭘 원하는지 법적으로 모른다고 말하려는 거예요?

형사: 비슷해.

진저: 난 어린애가 아니에요. 나도 법을 안다고요.

형사: 그럼 법에 따르면 네가 어린애라는 것도 알겠구나?

진저: 내가 그 사람과 어떻게 섹스했는지 알고 싶어요? 자세히

알고 싶은 거예요? 그 사람의 페니스 같은 거요? 내가 한 일을 정확히 묘사해야 돼요?

형사: 너와 트레이 스티븐스 사이에 일어난 일이 네 성장기에 영향을 미친다는 걸 이해하겠니? 네 또래 아이들은 대부분 페니스와 섹스에 대해 모른다는 걸 알고 있니?

진저: 우선, 그런 질문은 적절하지 않고 형사답지도 않다고 생각해요. 그다음, 내 또래 애들 대부분이 페니스에 대해 모른다는 말은 농담이겠죠. 나와 내 친구들의 성장기에 대해 당신이 갖고 있는 좋은 인상을 망치기 싫지만 그건 헛소리예요.

형사: 학교에 남자 친구들 있지?

진저: 스티븐스 씨는 남자예요. 학교에 있는 애들은 머저리고요. 쪽팔려요. 진심이에요. 걔들이 만지작거리는 꼬라지를 보면 꼭 질질 짜거나 오줌을 지릴 것처럼 보여요. 쪽팔리죠.

형사: 좋아. 하나 물어보자. 네 말마따나 남자 어른이 네 몸을 만지고 싶어하는 게 이상하지 않니? 가령 내 몸과 네 몸의 차이를 알고 있니? 그렇게 미성숙한 뭔가를 만지고 싶어하는 남자는 이상한 사람일지도 모른다는 생각 안 들어?

진저: 지금 나한테 콤플렉스를 느끼게 하려는 거예요? 내 가슴은 나이치곤 꽤 크다고요. 우리 학년에서 네번째로 커요. 그러니 나한테 그런 콤플렉스를 느끼게 할 생각은 하지도 마요. 알았어

요? 그런 짓은 우리 엄마도 잘하니까요.

　형사: 내 말을 못 알아듣는구나, 진저.

　진저: 내가요?

　형사: 좋아. 이건 어떠니? 트레이 스티븐스와 어떻게 만났는지
부터 시작해볼까?

　진저: 태어날 때부터 스티븐스 씨를 알았어요. 그 사람은 파티
에 와요. 우리가 파티에 가면 그 사람도 거기 있죠.

　형사: 그게 이상하다고 생각하지 않니?

　진저: 그게 왜 이상하죠?

　형사: 스티븐스 씨에게 자식이 있니?

　진저: 그러니까 자식이 없는 사람은 우리집 파티에 올 수 없다
그건가요? 맙소사. 우리 이모 좆됐네. 우리 이모도 아기를 가지
지 못하니까 파티에도 못 가겠네요.

　형사: 또 내 말을 못 알아듣는구나.

　진저: 또요? 내가?

　형사: 이런 식으로는 안 되겠다.

멕시코 남자가 식당에서 나왔을 때는 자정이 한참 지난 시각이었다. 비가 흩뿌리고 있었고 뒷문 밖에 물웅덩이기 있었다. 그는 웅덩이를 건너뛰었는데, 그 과정이 바보처럼 느껴졌다. 그는 몸집이 큰 남자였고 부드럽지 못했다. 그는 몸이 술통처럼 둥글고 힘이 셌다. 섬세함과는 거리가 멀었다. 그러나 그가 종종 자기 자신을 생각할 때 받는 인상은 정확히 그것이었다. 물론 '섬세함'이라는 단어를 떠올리지는 않는다. 그는 우리가 아닌 자신의 언어로 생각하니까. 레밀가도. 그는 이렇게 소리내어 말했을지도 모른다. 레밀가도. 어쩌면 자신의 섬세함을 상쇄하기 위해 침을 뱉었을 것이다.

그는 종종 자신의 냄새를 느꼈다. 기름과 땀, 튀긴 지방과 고기와 표백제 따위가 뒤섞인 냄새. 그는 비 때문에 근심스러웠다. 분명 식당에서 밴 냄새가 뒤섞여, 악취가 온몸에 고루 퍼질 것이다. 노라가 누워 있는 침대로 들어가기 전에 샤워를 해야 할 것이다. 그는 그녀를 깨울까봐 두려웠다. 그가 집으로 가져온 냄새에 그녀가 어떻게 반응할지 두려웠다. 무례하게 굴지는 않을 것이다. 그녀는 무례하게 구는 법을 알지 못했다. 냄새에 대해서 한 번도 말한 적이 없었다. 그러나 바로 그렇기 때문에 여러 가지 의미에서 더 민망했다. 멕시코 남자는 그녀가 그 냄새를 그의 고유한 냄새, 그의 일부, 집안 내력 같은 것으로 생각할까봐, 그래서 냄새에 대해 입도 뻥긋하지 않는 것일까봐 걱정스러웠다.

사실 노라가 그 냄새를 그냥 참은 게 아니라 좋아했다는 것을 멕시코 남자는 결코 알지 못했다. 늦은 밤 아기들이 잠들고 침실의 높다란 창문이 열려 있을 때, 그녀는 제일 먼저 냄새로, 그다음에는 소리로 멕시코 남자가 집에 돌아온 것을 알았다. 대개 그녀는 침실 문을 등지고 누운 채 꼼짝하지 않고, 그가 소리를 내지 않으려고 애쓰는 기척을 들었다. 그럴 때면 그녀는 늘 슬며시 웃었다. 욕실 문이 열리는 소리, 변기 물이 내려가는 소리, 샤워기 소리를 그녀는 가만히 들었다. 그는 빨랫감에 신경을 썼다. 다른 옷들과 같이 침실에 두는 법 없이 늘 곧장 세탁기로 가져갔다.

그녀는 그가 부끄러워하는 것을 알았지만 아무 말도 할 수 없었다. 그는 오해할 것이다. 확실했다. 그녀의 주장을 동정이나 죄책감으로 받아들일 것이다. 어쨌든 우리 모두가 알고 있듯이, 노라는 터놓고 말하는 데 서툴렀다. 낯선 사람들, 가령 카탈리나를 탄 남자라든가 애리조나에서 그녀를 처음 고용한 여자, 우리 동네 공항의 그 이상한 여승무원 같은 사람들 앞에서는 대담하게 굴었을지도 모른다. 그녀 자신이 아닌, 자신에게 요구되는 것과 다른 존재가 되는 데 자유로움을 느꼈을 것이다. 어쨌든 그녀가 누구인지 정확히 아는 사람은 없었다. 확실히 노라 린델은 아니었다. 노라가 우리 모두를 떠난 이유를 설명하라고 하면 가장 머뭇거릴 사람이 바로 그녀 자신일 것이다. 그녀는 왜 그 차에 탔을까? 왜 우리 동네를 떠났을까? 낙태를 할 수 있었는데 왜 하지 않았을까? 노라라면 던질 엄두도 내지 못할 질문들이다. 대신 그녀는 그 질문들을 우리에게 남기고 떠났다.

어쨌든 예전이나 지금이나 우리가 아는 거라곤, 노라는 좋아하는 사람들에게 터놓고 말하는 타입이 아니라는 사실이다. 엄마의 죽음 때문인지도 모른다. 사랑이 많지만 과묵한 아버지 때문인지도 모른다. 대화를 나누기엔 수줍음이 너무 많은, 그래서 그냥 빤히 보기만 하는 남자애들이 득실거리는 동네 탓인지도 모른다. 그 무엇도 이유가 될 수 있다. 우리가 아는 것은 노라가 조용한 아이였다는 것이다. 내향적인 아이. 사람들과 어울리기보다는 그저 바라보는 걸 더 잘하는 사람. 그러나 그런 사람들의 관찰은 뭔가를 명확하게 해주기보다 오히려 혼란스럽게 만들 때가 더 많았다.

그리고 트레이 스티븐스가 있었다. 그들이 어쩌다 그렇게 되었는지 우리는 잘 몰랐다. 그 문제에 침묵이 개입되어 있다는 건 거의 확실했다. 트레이네 집 지하실의 수족관. 그 흐릿한 푸른빛. 손. 무릎. 소리 없고 어색한 자포자기.

그녀가 트레이에게, 아버지에게, 시시나 세라 제프리스, 또는 이곳의 삶에 속한 누구에게도 말할 수 없었다면, 멕시코 남자에게 어떻게 말할 수 있었겠는가? 우리에게도 말하지 못했는데 누군가에게 어떻게 말할 수 있었겠는가?

그런데 그 일은 언제쯤이었을까? 멕시코 남자가 집에 돌아왔다. 비가 내리고 있었고, 새벽 한시가 가까웠다. 그들이 섹스를 한 다음인 것은 확실하고, 쌍둥이가 태어나고 한참이 지나서였다. 하지만 그게 중요할까? 그 무렵 그들이 결혼했다는 것을 우리는 안다. 하지만 그런 게 정말로 중요할까?

중요한 건 그가 샤워하는 동안 그녀가 세탁실로 기어갔다는 것이다. 그녀는 세탁실로 기어들어가 불도 켜지 않은 채 세탁기에서 그의 더러운 옷들을 꺼낸 다음 하나씩 입었다. 그의 옷을 입고 세탁기 아래서 공처럼 둥글게 몸을 말고 있었다. 그는 지독한 냄새가 나는 옷을 입은 채 잠든 그녀를 발견했고, 그녀를 일으켜 침대로 데려가 마주보았다. 옆방에서는 아기들이 자고 있었다. 그들은 절대 헤어지지 않기로 서로에게 약속했다. 노라는 울었고, 시시를 생각하지 않으려고 안간힘을 썼다. 멕시코 남자가 그녀를 안았다. 그리고 말했다. "당신이 입은 옷을 벗기게 해줘. 옷이 더러워. 그런 옷은 당신에게 과분해." 물론 그가 하려던 말은 그런 옷이 노라에게 어울리지 않는다는 것이었다. 그녀가 그의 가슴을 때렸다. 그는 그녀를 내버려두었다.

"그 말을 하려던 게 아니잖아요." 노라가 말했다.

"그래." 그가 대답했다.

"당신이 하고 싶은 말을 해요." 그녀가 말했다.

"내가 하고 싶은 말을 어떻게 해야 하는지 모르겠어. 당신은 나에게 과분해." 그가 말했다.

"아니에요, 아니에요." 그녀가 말했다. 그녀는 불안했다. "그런 말 하지 마요. 그런 말 하지 말라고요. 나는 별거 아니에요."

그는 말이 없었다. 그는 슬펐다. "당신은 또 날 오해하고 있어요." 그녀가 그의 가슴을 때렸다. 그러자 그가 한 손으로 그녀의 주먹을 붙잡았다. "잘 들어." 그가 말했다. "당신은 내 전부야.

당신은 나에게 과분해."

"아뇨, 그렇지 않아요." 그녀가 말했다. 그녀는 또다시 그를 때리려고 했지만, 그가 손에 힘을 주었다. "그렇지 않아요." 그녀가 또 말했다. 여전히 울먹이면서 들릴 듯 말 듯 한숨을 쉬었다.

"당신 얼굴이 젖었어." 그가 말했다. 그녀는 입고 있던 그의 셔츠에 코를 풀었다. 그가 그녀의 얼굴에 닿은 옷을 치웠다.

"아기들." 그녀가 말했다. "누가 아기들을 돌봐줄까요?" 그러자 멕시코 남자는 웃었다. 그는 자신의 팔에 안긴 자그마한 여자, 자신이 이해하지 못하는 자그마한 여자에게 두려움을 느끼면서도 웃음을 터뜨렸다. "내가 아기들을 돌볼 거야. 내가 당신과 아기들을 돌볼 거야. 내 아기들. 아기 셋. 셋 모두 내 아기야."

그때 높다란 침실 창문으로 산들바람이 불어들어왔다. 허브 정원에서 올라온 바람은 수영장의 고요한 수면을 건드리고, 희미한 소독약 냄새를 실어왔다. 노라는 눈을 감고 크게 숨쉬어 유칼립투스 냄새를 들이마시며 그 식물의 부러진 가지와 동전처럼 둥근 잎들을 상상했다.

"누이가 그립지 않아요?" 그녀가 물었다.

멕시코 남자는 그녀를 한 번 꽉 안고는 그녀의 몸을 돌려 뒤에서 다시 안았다.

"날마다." 그가 대답했다.

"나도 그래요." 그녀가 말했다. "날마다."

그는 그녀의 손을 둥글게 말아 주먹을 쥐게 하고, 그 주먹을 자기 손으로 꽉 잡았다. 그리고 그녀의 팔을 가슴 앞에 엇갈리게 겹쳤다. 그녀는 마치 구속복을 입은 것처럼 그의 품에 갇혔다. 그녀가 문득 갇힌 것을 깨닫고 미소지었다. 물론 멕시코 남자는 그녀의 미소를 보지 못했지만.

"나는 미친 사람이에요." 그녀가 말했다. 그리고 웃었다.

"시(맞아)." 그가 말했다. "치카 로카. 미 아메리카나 무이 데 멘테(정신 나간 여자야. 나의 미국 여자는 정신이 많이 나갔어). 내가 그거 하나는 확실히 오해하지 않았어."

노라와 시시는 우리가 저지른 최악의 짓을 보지 않아도 되었다. 사실 우리가 한 짓은 아니었다. 대니 햇칫도 아니고 척 굿휴도 아니고 폴 엡스타인도 아니고 잭 보이드도 아니고 토미 바울스도 아니었다. 사고를 친 녀석들은 우리보다 한 학년 아래였다. (더너만 부인이라면 그 녀석들이 '우리 밑'이라고 말했을 것이다.) 이미 변화가 일어나고 있었다.

그러나 우리(이번에는 우리가 맞다)는 졸업 직전에 우리의 성숙함을 보여줄 기회를 얻었다. 졸업반 학생들에게는 강당에서 우리끼리 따로 볼 영화를 고를 수 있는 기회가 있었다. 일종의 클래스 데이트였다. 우리는 성숙한 일을 했다. 후배들을 초대한 것이다. 학교측은 흡족해했다. 그들은 그것이 우리를 제대로 가

르친 증거라고 생각했다. 우리를 품위 있고 의젓하며 나눌 줄 아
는 아이들로 키웠다고 생각했다. 그러나 우리는 미숙한 짓을 했
다. 우리가 고른 영화는 〈나인 하프 위크〉*였다. 학교측은 당연히
반대했다. 그러나 결국 그들은 시험 삼아 우리에게 약간의 자율
성을 허락하기로 한 당초의 입장을 지켰다.

그해에 강당은 새것이었다. 학생 수가 늘어날 거라는 학교측
의 바람을 담아 작은 발코니가 딸린 2층식으로 지어졌다. 그 새
것의 느낌만 아니었어도 상당히 봐줄 만했을 것이다. 어쨌든 시
간이 해결해줄 일이었다. 강당은 물가가 내려다보이는 절벽 위
에 지어졌고, 강 쪽으로 내려가는 가파른 경사를 따라 나무들이
심어졌다. (그런데 그 강은 우리끼리 가는 것이 금지된 곳이었
다. 틀림없이 보험과 관련된 복잡한 문제 때문일 것이다. 그 강
은 또한 우리 학교를 다니지 않는 트레이를 포함해 우리 중 거의
모두가 처음으로 대마초를 피운 곳이었다. 학교의 지시를 어기
고 몇몇 애들끼리 캠퍼스와 접한 강가에 몰래 들어간 것은 우리
의 반항 의지를 과시한 행동이었다. 더구나 낮도 아닌 밤에, 하
루에 여덟 시간씩 우리를 붙잡아놓는 장소로 일부러 돌아갔다는

---

* 에이드리언 라인 감독이 연출한 에로티시즘 영화.

것은 강도 높은 과시였다. 그러나 기억해둘 만한 것은 그 강이 우리 주州를 세로로 거의 관통해서 카운티 여섯 개를 통과해 흐르고, 그중 두 카운티 너머에 있는 곳에서 얼마 전 사람의 유해가 발견되었다는 사실이었다.)

영화 상영일 밤—때는 늦봄이었고 으슬으슬할 정도로 공기가 습했다. 한 달 일찍 허물을 벗은 매미들이 나무껍질에 배를 문지르는 소리 때문에 귀청이 떨어져나갈 것 같았다—우리는 출입문에 졸업반 학생을 두 명씩 짝지어 세웠다. 드루 프라이스와 윈스턴 러더포드가 서쪽 출입문을 맡았다. (드루와 윈스턴을 짝지은 이유는 둘의 키 차이 때문이었다. 당시 우리는 198센티미터인 윈스턴이 152센티미터인 드루 옆에 서 있으면 우스워 보일 거라고 생각할 만큼 단순했던 것 같다.) 폴 엡스타인과 잭 보이드는 동쪽 출입문을 맡았다. (마찬가지로 건장하고 허우대 좋은 잭이 누가 봐도 만만한 폴의 빈약함을 메워줄 거라고 생각했다.) 그리고 나머지는 로비에 흩어져 있었다. 한편 우리의 트레이 스티븐스는 위장을 하고 동쪽 출입문 밖 회양목 뒤에 숨어 있었다. 우리는 트레이에게 사람들이 다 자리에 앉고 나면 들어오라고 말했다. 트레이를 우리 학교 안에 들이는 일은 왠지 날이 저문 뒤 강가에 몰래 들어가 대마초를 피우는 것보다 더 심한 교칙 위반 같았다.

어쨌든 졸업반 학생들을 수위처럼 문가에 세워둔 것은 하급생들이 자리를 뜨지 못하게 하려는 책략이었다. 우리 모두는 우리가 영화 상영에 후배들을 초대할 만큼 충분히 관대하다고 느꼈지만, 그애들을 우리와 같이 앉게 해줄 만큼 도량이 넓지 않다는 것쯤은 스스로 잘 알고 있었다. (아마도 당시 졸업반 여자애 네명과 데이트를 했던 하급생 제임스 매켈보이 때문이었을 것이다. 소문이 사실이라면, 그는 네 명 중 적어도 세 명과 잤다. 우리가 보기에 그것은 무단 침입이었다. 동급생 여자애들은 그들이 우리를 원하든 원하지 않든 우리 것이었다. 적어도 학년 말까지는 그랬다. 그래야 공정했다.)

어쨌든 우리 임무는 하급생들이 위층 발코니에 얌전히 앉아 있도록 지키는 것이었다. 1층은 선배들의 전용 구역으로 간주했다. 지금 생각하면 웃긴 일이고, 아무래도 발코니가 더 좋은 자리였던 것 같다. 영화가 한눈에 보이는 명당 자리였으니까. 우리가 그 자리에 앉았다면, 같이 앉자는 꼬드김에 넘어간(그럴 애가 있었다면) 동급생 여자애와 은밀한 시간을 보낼 수도 있었을 것이다. 여러 가지 가능성이 있었을 것이다. 아마도. 그러나 당시에는 발코니가 하급생들을 몰아넣기에 좋은 장소로 보였다. 우리는 단지 그럴 수 있다는 것을 보여주기 위해 발코니를 선택했다.

하급생들은 놀랄 만큼 고분고분했고, 그래서 우리는 실망했다. 우리는 그들, 특히 제임스 매켈보이와 농구부, 테니스부 스타 군단의 방해를 기대했다. 그러나 하급생들은 전체적으로 흠 잡을 데 없이 공손했다. 그때 알아봤어야 했다. 그랬어야 했다. 하지만 우리는 그러지 못했다.

그들이 정확히 언제 그 일을 하기로 결정했는지 누가 알겠는가? 아마도 다분히 즉흥적으로 일어난 일이었을 것이다. 그들 중 하나가 시작했고 앞줄에 앉은 다른 열두 명이 따라 했다. 아마도 제임스 매켈보이가 우연히 발기가 된 것만큼이나 단순한 일이었을 것이다. 노골적인 섹스 장면에서 일어난 일도 아니었을 것이다. 그저 기대감 때문이었을 것이다. 빨간 고추를 썰던 미키 루크. 튜브 삭스를 신은 킴 베이싱어. 그 다리, 발끝을 세운 한쪽 다리는 수줍고 순진한 인상을 주었지만 동시에 모든 것이 정반대의 느낌을 자극하는 그 장면을 보았을 때, 우리 중 의자에 몸을 깊숙이 파묻지 않은 사람이 있었겠는가? 그녀의 머리칼은 젖어 있었다. 우리 모두 그 장면을 기억하고 있었다. 남자가 삶은 달걀을 까고 자르는 모습을 보는 게 부끄러웠다. 우리가 아는 것 혹은 바라는 것을 곧 보게 될 터였다. 우리는 부끄러웠고, 그 부끄러움 때문에 그 장면이 더욱더 섹시하게 느껴졌다.

그의 발기를 탓하는 게 아니다. 그의 그것이 딱딱해진 것을 탓하는 게 아니다. 우리가 탓하는 건 그 발코니 앞줄에서 제임스 매켈보이가 바지 지퍼를 내리고 신나게 해댔다는 것이다. 우리가 탓하는 건 그의 양옆에 앉아 있던 열두 명의 친구도 그를 말리기는커녕 거기에 동참했다는 사실이다. 우리가 탓하는 건 그열세 명이 거의 완벽하게 일심동체로 서서 몸을 앞으로 기울이고 일을 끝마친 순간, 그 결과물이 열두어 명의 졸업반 여자애머리 위에 떨어진 그 끔찍한 순간이다.

상상할 수 있다면 해보라. 그후 여자애들의 모습은 차마 눈뜨고 볼 수 없을 지경이었다. 처음에는 비명소리가 들렸다. 날카롭게 째지는 작은 비명. 우리는 조용히 하라고 말했다. 우리는 알지못했다. 그러고 나서 천천히, 수군거림이 번지기 시작했다. 그제야 우리는 무슨 일이 일어났는지 알았다. 처음에는 믿기지 않았다. 그들이 관심을 끌기 위해 과장하고 있다고 생각했다. 그때우리 위에서 웃음소리, 낄낄거리는 소리가 들렸다. 불이 켜졌다.

어떻게 반응해야 할지 난감했다. 여자애들과 함께 있어야 할지, 아니면 하급생들에게 가야 할지 알 수 없었다. 그걸 맞지 않은 여자애들이 맞은 여자애들을 보호하려는 듯 재빨리 주위를에워쌌다. 그들은 그들 자신, 자신의 것을 돌보려는 듯 보였다. 그날 이후 우리가 절대 이야기하지 않은 것, 우리 모두가 생각하기도 싫었던 것이 있다. 세라 제프리스, 그애가 날벼락을 맞은 여자애들과 분명 함께 있었다는 것이다. 그것은 하급생들이 저지른 실수 중에서도 가장 지독한 실수 같았다. 그애가 접촉하길 원치 않은 것을 또다시 그애 몸에 닿게 한 것. 그것이 그들이 저지른 죄 중에서도 가장 나쁜 죄 같았다. 그러나 마침내 학교측이 알게 되고 회의가 소집되어 보고서가 작성되었을 때, 고발자들 중 세라의 이름은 없었다. 어찌된 일인지 모르지만 우리는 말해선 안 된다는 것을, 그애도 그중 하나였다고 주장해선 안 된다는 것을 알았다. 그리고 여자애들이 그애를 보호했다. 우리 중 누가 말했다면(우리는 하지 않았지만), 여자애들이 부인했을 것이다. 그들에게는 그런 식의 의리가 있었다. 그리고 광포했다. 우리는 그들의 의리와 격앙된 분위기가 무서웠고 흥미롭기도 했다. 어쨌든 점점 더 성별을 갈라 어울리게 되었다.

그날 밤 불이 켜진 다음 일어난 일은 앞서 말한 그대로였다. 여자애들이 자기들끼리 뭉치더니 통째로 빠져나갔다. 무정형의 덩어리가 하나로 움직이면서 서쪽 출입문을 통과해 주차장 쪽으로 나가더니 우리 눈앞에서 사라졌다.

하급생들이 떠났다. 제임스 매켈보이를 위시해 그들은 아직도 웃고 있었다. 그들은 자리를 떴고, 계단을 내려갔고, 동쪽 출입문을 통해 아래쪽 주차장으로 갔다. 밝혀두자면, 트레이 스티븐스가 제임스를 처리하겠다고 나섰다. 트레이는 우리와 달리 자기에게는 아무런 영향도 미치지 않을 거라고 말했다. 자기는 이 학교 학생이 아니니까 녀석을 두들겨패도 퇴학당할 위험이 없다고. 우리는 너를 보호하기 위해서라고 말하며 안 된다고 했다. 우리끼리는 그것이 옳은 일이라고 말했다. 그러나 정말로 우리 머릿속을 스쳤던 것, 우리가 정말로 생각한 것은 트레이에게 제임스를 처리하라고 하면 당연히 우리도 동참해야 한다는 사실이었다. 어쨌든 그들은 열세 명이었고 우리는 겁쟁이였다. 우리는 강당에 그대로 있었다. 영화는 계속되고 있었다. 불이 환히 켜져 있어서 장면들이 제대로 보이지는 않았지만. 트레이가 걷어차서 의자 바닥이 위아래로 흔들거렸다. 그 소리는 텅 비다시피 한 건물에 울려퍼졌다. 아무도 할말이 없는 것 같았다. 우리는 한동안 침묵을 지켰고, 몇몇은 자리에 앉기도 했다. 그러다 마침내 대니 햇칫이 자기 아버지 차의 글러브박스에 대마초가 있다고 말했다. 그래서 그냥 그렇게 우리는 강가로 갔다.

처음으로 강이 두렵지 않았고 잡힐까봐 겁이 나지도 않았다. 우리는 젖은 강둑에 앉아 처음으로 대마초를 돌려 피우면서 일종의 무감각을 느꼈다. 우리가 저지른 일 또는 저질렀을지도 모르는 일이 무엇이든 간에, 우리는 그 일을 한 적이 없고 하지 않았다. 우리는 제임스 매켈보이가 한 짓을 하지 않았다. 그리고 세상의 수많은 겁나는 일 중에서, 강둑에 앉아 대마초를 피우는 것이 가장 별일 아닌 것처럼 느껴졌다. 우리는 어른이 되고 있었다. 어른이 되어 바깥으로, 세상 속으로 떠밀리고 있음을 실제로 느낄 수 있는 순간들 중 하나였다. 전에는 존재하지 않았던 관점이 갑자기 생겨났다. 우리의 삶이 막 시작된 것이다. 우리의 삶, 우리가 책임져야 하는 것들, 우리가 통제할 수 있는 것들이 막 시작된 것처럼 느껴졌다. 그것은 갑자기 너무 대단해 보였고, 동시에 너무 간단해 보였다.

아마 그때였을 것이다. 아래쪽 강가에서 매미가 불쑥 크게 울었다. 그제야 우리는 무슨 일이 일어났는지, 그 모든 것에 내포된 의미가 무엇인지 정확히 깨달았다. 그 축축하고 어두운 침묵 속에서, 그제야 그들이 얼마나 잘못했는지 똑똑히 깨달았다.

대니 아버지는 세상에서 가장 멋진 남자이거나 가장 이상한 사람일 것이다. 다시 한번 닛산을 예로 들어보자. 그는 새로 나온 닛산 300ZX를 살 정도로 완전 이상했고, 열여섯 살이 되고는 대니가(아니면 우리 중 누구든) 원할 때 언제든지 차를 쓰게 해줄 정도로 완전 멋졌다.

우리가 어머니나 다른 친구들 때문에 발이 묶여서 데리러 오라고 대니에게 전화를 걸면, 전화를 받은 그는 기분이 좋을 경우 이런 식으로 말하곤 했다. "아, 안녕, 친구. 난 요즘 좋아. 아주 좋아. 우리 색시 줄 달걀 요리를 만들고, 개를 데리고 나가 오줌도 누이고, 잔뜩 매달린 라즈베리를 구경할 거야." 상황이 좋던 시절, 그러니까 햇칫 부인이 죽기 전에 그는 부인을 색시라고 불렀다.

　기분이 좋지 않을 때는 대개 전화를 받지 않았다. 어쩌다 전화를 받으면, 상대방이 누구인지 제대로 알지 못할 때가 많았다. 우리를 어른이나 회사 동료로 착각했다. 어느 쪽이든 그는 몹시 조용하고 구슬픈 목소리로 말했다. "아, 친구. 난 좋지 않아. 정말 좋지 않아. 저기, 내가 돈이 좀 필요한데 말이야." 혹은 전화를 받자마자 소리를 지르면서 상대방과 상관없이 혼자 떠들어대기도 했다. "다신 안 해. 씨팔, 다시는 안 해. 너랑 다시는 말 안할 거라고."

　상황이 좋지 않을 때, 우리는 대개 전화를 끊거나 주말에 대니와 노는 것을 포기했다. 연락을 하기가 너무 힘들었다. 다 큰 남자가 무너지는 소리를 전화로 듣고 앉아 있는 것은 당시 우리에겐 버거운 일이었다. 우리는 전화를 끊고 다른 애, 이를테면 언제든 집에서 빠져나올 핑계를 만들어 우리가 어디 있든, 뭘 하고 있든 개의치 않고 좋다고 얼씨구나 달려오는 트레이 스티븐스 같은 애한테 전화를 걸었다. 트레이 스티븐스의 지하실 방이 지닌 신선함은 진작 사라지고 없었다.

　햇칫 부인이 죽은 뒤 햇칫 씨의 상황은 거의 늘 좋지 않았다. 술을 점점 더 많이 마셨다. 아마 약도 했을 것이다. 좀 이상하기만

하던 옷차림은 하루아침에 추레해졌다. 구내염을 앓는 듯한 입냄새, 말똥 또는 썩은 생선 냄새를 풍겼다. 머리칼은 희끗해졌다.

그럼에도, 우리는 고등학교 시절의 마지막 이 년 동안 햇칫 집 안에 남겨진 남자 두 명과 이상하리만큼 많은 시간을 함께 보냈다. 칡넝쿨이 무성하게 자란 대니 아버지의 집은 우리 모두가 처음으로 담배를 피운 곳이었다. 햇칫 씨가 불을 붙여주기까지 했다. 그는 우리에게 맥주도 사주었다. 트레이 스티븐스의 아버지도 그렇게까지 하지는 않았다. 노라 린델 때문에 마음을 잡지 못하던 우리에게 그곳은 안식처였다. 우리는 거기서 부모의 간섭없이 터놓고 이야기할 수 있었다. 특히 트레이 스티븐스가 갑자기 침울해하며 우리를 지하실에서 쫓아내던 밤에는 더욱 그랬다.

햇칫 씨네 집 문은 항상 우리에게 열려 있었다. 그리고 우리는 그 점에 감사했다. 그런 관대함을 마다하기는 어려웠다. 기억하겠지만, 햇칫 씨네 집은 노라 린델이 사라진 다음해 핼러윈 파티 장소의 최종 후보지 중 한곳이었는데 세라의 딱한 상황과 우리의 일거수일투족을 통제하려는 제프리스 부인의 의지로 인해결국 제프리스 씨네 집으로 낙찰되었다. (아마 우리 부모들 중햇칫 씨네 집의 자살 사건을 좋아한 사람은 한 명도 없었을 것이다. 그러나 솔직히 그 집에서라면 얼마나 으스스하고 굉장한 핼러윈 파티가 되었을까?)

그 성인영화의 밤에 우리가 간 곳도 햇칫 씨네 집이었다. 그곳은 우리가 몽롱하고 취하고 시끄럽고 비겁함에 시무룩해진 채 갈 수 있는 유일한 장소였다. 그곳이라면 즉각 적발되어 바로 격리되거나 심문당하거나 벌을 받지 않을 수 있었다.

다들 기억하겠지만, 그날 밤 우리가 햇칫 씨네 집으로 차를 몰고 갔을 때 햇칫 씨는 이미 약간 혼미한 상태였다. 위층의 불이 꺼져 있었고, 우리 중 몇몇은 대니에게 아버지가 주무시는 것 같으니 그만 가야겠다고 말했다. 그러나 대니는 우리가 한 말을 못 들은 척했다. 대니는 차고 비밀번호를 입력하고 문이 열릴 동안 뒤로 물러섰다. 차고의 불도 꺼져 있었고, 그 순간 우리 모두는, 아마 대니조차 잠깐이나마 그의 어머니에 대해 생각하지 않을 수 없었다.

오랜 소문에 따르면 차고에서 그녀를 발견한 사람은 대니였다. 그런데 대니가 개를 친 후 얼마 되지 않아서, 폴 엡스타인이 와일드 터키 두 모금에 취해서는 뜬금없이 대니에게 다 털어놓으라고 했다. 잠시 상상해보자. 어느 열여섯 살짜리 바보가 슬픔에 잠긴 또다른 열여섯 살짜리 바보에게 그의 엄마가 어떻게 죽었는지, 그리고 그가 정말로 그 자리에 있었는지 털어놓으라고 요구하는 장면을 상상해보잔 말이다. 폴의 경솔함을 비난하기는 쉬울 것이다. 그의 둔감함을 비웃기도 쉬울 것이다. 그러나 우리 대부분은 술에 취해 그런 질문을 한 게 자신이 아니어서 안도했다. 왜냐하면 우리도 모두 그게 궁금했기 때문이다.

대니는 폴에게 여러 가지 반응을 보일 수 있었다. 어떤 반응이든 전적으로 정당하고 당연하고 용서할 수 있는 반응이었을 것이다. 우선 대니는 폴을 때릴 수 있었다. 그건 확실히 정당화될 수 있다. 폴 엡스타인의 상판대기는 세상에 태어난 그날부터 거의 한 시간에 한 번씩 턱을 정통으로 갈겨달라고 애걸하는 것 같았기 때문이다. 또다른 경우 대니는 울 수도 있었다. 그랬다면 분위기가 끔찍이도 민망했을 테지만, 우리는 그 눈물을 이해하고 결국 용서했을 것이다.

가장 용서하기 어려운, 또 (적어도 우리 입장에서는) 가장 예측하기 어려운 경우는 대니가 태연하게 당시 일을 생생히 묘사하는 것이었다. 그런데 실제로 그 일이 일어났다. 그 일이 일어났을 때 우리가 있었던 지하실이 어디더라? 트레이네 지하실이던가? 이른 저녁이었다면 마티 멧카프네 지하실이었을지도 모른다. 누구네 집 지하실인지는 중요하지 않다. 중요한 점은 폴이 심각하리만큼 부적절한 질문을 했고, 아무도 폴을 나무라거나 폴의 콧잔등에 주먹을 날리지 않아서, 대니는 폴에게, 그리고 우리에게 우리가 원한 것보다 더 많은 이야기를, 우리가 알 자격이 있는 것보다 훨씬 더 많은 이야기를 들려주기로 결심했다는 사실이다.

솔직히 이야기를 시작했을 때 대니는 안심한 듯 보였다. 그럴 만도 했다. 햇칫 부인은 죽었다. 햇칫 씨는 이따금 맨정신일 때를 제외하고는 완전히 고주망태가 되어 지냈다. 우리가 다니는 고등학교에서는 아직 카운슬러를 고용하지 않았다. (카운슬러는 일 년 후 여자애 하나가 실종되고 나서야 고용되었다.) 그러니 마침내 누군가가 정말로 무슨 일이 있었던 거냐고 물었을 때 대니 햇칫은 고마웠을 수도 있다. 좀 끔찍한 얘기 같지만 그럴 수 있다. 그동안 대니가 달리 누구와 이야기를 나눌 수 있었겠는가? 아무도 없었다.

"나는 아니었어." 대니는 말문을 뗐다. "그랬으면 싶기는 했지. 나도 모르겠어. 그냥 나 혼자서 엄마를 마지막으로 한번 보고 싶었거든. 역겹지? 모르겠어. 그런데 나는 아니었어."

우리가 서로를 알고 지낸 후 처음으로 대니 햇칫이 우리를 압도하고 있었다. 대니가 이야기를 시작하자 척 굿휴, 잭 보이드, 윈스턴 러더포드 할 것 없이 모두—특히 폴 엡스타인이—조용해졌다.

"엄마는 아팠어." 대니가 말했다. "머리가 이상하다거나 그런 건 아니고, 우울증 같은 거 말이야. 하지만 암도 있었지. 아버지도 알고 있었어. 엄마는 아팠고, 모든 일을 알아서 하는 할머니 때문에 걱정이 많으셨어. 아마 내 걱정도 하셨던 것 같아." 대니는 말을 멈추고 이마의 딱지를 뜯어냈다. 우리는 피가 나길 기다렸지만 피는 나지 않았다. "어느 날은 나도 이해할 수 있었어. 말도 안 되는 엄마의 논리를 이해할 수 있었다고." 대니가 또다시 딱지를 뜯었다. 이번에는 빨간 핏방울이 맺혔다. "하지만 보통때는 그렇지 않았어. 대부분의 날이 진짜 거지같았다고." 우리 중 몇몇이 폴 엡스타인을 험상궂게 노려보았고, 폴은 모른 척 시치미를 뗐다.

대니는 바지 주머니에 한 손을 찔러넣더니 갑자기 대마초를 꺼냈다. "여기." 그가 말했다. "누가 불 좀 붙여봐." 누군가 불을 붙였고, 우리 모두 돌아가며 대마초를 피웠다. 어찌된 일인지 그냥 그렇게, 대니와 대마초와 심지어 그의 아버지는 우리의 나머지 고등학교 시절에 고착되어버렸다. 대니와 함께 시간을 보내고 같이 지낸 것은 대니가 우리 팀의 일원인 것에 대해, 우리의 어머니들이 절대로 똑같은 운명에 처하지 않도록 보장해준 것에 대해 우리가 대니에게 할 수 있는 최고의 감사 표시였다. 편집증이든, 우연의 장난이든, 창피스러운 미신이든 간에, 여러 정황상 대니 햇칫의 어머니처럼 끔찍한 운명의 나락에 떨어지는 어머니가 한동네에 두 명 이상 나올 수는 없었다.

그렇다. 그 성인영화의 밤, 매미들이 절규하는 가운데 불 꺼진 차고 문이 우리 앞에서 천천히 열릴 때, 우리는 동굴처럼 텅 빈 공간에 홀로 있었던 햇칫 부인을 생각하지 않을 수 없었다. 그녀 주위는 온통 차가운 콘크리트였다. 차고 안의 선반에는 대니가 버려둔 운동 장비와 햇칫 씨가 쓰지 않는 연장들이 가득차 있었다. 엔진 연기가 그녀의 폐에 짙게 들어찼을 것이다. 그러나 우리가 지나치게 숙연해지기 전에 안에서 불이 켜졌고, 문가에 햇칫 씨가 막 딴 맥주를 들고 서 있었다.

"얘들아." 그는 이렇게 말했을 것이다. "잘됐구나. 여기들 있었네. 말동무가 있으면 했는데."

아마 햇칫 씨는 학부모 중에서 그 성인영화의 밤에 일어난 일을 제일 먼저 알게 된 사람이었을 것이다. 아마도 여자애들이 자기 엄마에게 그 일을 말하기로 결정하기도 전에, 우리는 이미 햇칫 씨에게 털어놓기로 마음먹었다. 어쨌든 그는 안전했으니까. 어떤 면에서는 더이상 부모도 아니었다. 그들보다는 오히려 우리 쪽에 가까웠다.

"그 자식들이 세라 제프리스를 건드렸다면, 내가 무슨 짓을 할지 몰라." 대니가 말했다.

"넌 아무 짓도 하면 안 돼, 꼬마야." 햇칫 씨가 말했다. "네가 낄 일이 아니야."

햇칫 씨가 우리만큼 모욕감을 느끼지 않고, 하급생들이 얼마나 도가 지나쳤는지에 대해 우리처럼 소리 높여 분개하지 않는 것을 보고 우리는 허를 찔린 기분이었다. 우리는 화난 햇칫 씨, 전화를 건 상대가 누구든 그를 결딴낼 기세로 식은땀을 흘리며 전화를 받던 사람을 기대하고 있었다. 그러나 우리가 본 햇칫 씨는 기분이 좋지 않았다. 우리가 본 햇칫 씨는 우울하고 가라앉고 시무룩했다. 그는 몇 번씩이나 같은 말을 했다. "사람들 말이야. 사람들이 서로에게 하는 짓을 보면 너무 심해. 안 그렇니?" 그는 맥주 한 병을 새로 따서 대니에게 건넸다. "이건 너무 많은데." 대니가 말했다. 그러나 우리 중 적어도 두 명 이상이 맹세하건대, 대니는 그 맥주를 단숨에 가뿐히 마셔버렸다. 맥주병을 들더니 머리를 뒤로 젖히고 쭉 들이켰다. 우리는 천장을 보고 있는 대니를 보았다. 그리고 오 분 뒤, 우리는 길가에 서 있었다. 우리 뒤로 차고 문이 닫혔다. 아침이 되면 무슨 일이 일어날지 우리는 궁금했다.

물론 노라는 또 임신했다. 물론 그녀는 섹스를 딱 두 번 했는데 두 번 임신한 것이다. 섹스가 쾌락을 위한 것이 아니라면 어떤 명분이 있어야 했기 때문이다. 그리고 좋든 싫든 아기가 그녀의 명분이었다. 적어도 그녀는 자신에게 그렇게 말했다.

두번째 임신은 처음보다 쉬웠다. 그녀는 무슨 일이 일어날지 알고 있었다. 그녀는 혼자가 아니었다. 첫 임신 때 많은 시간 그녀 곁에 있어주었던 멕시코 남자가 여전히 함께 있었다. 그리고 이번에는 그들의 아기였다. 노라 안에서 자라는 그 이상한 것은 노라뿐 아니라 멕시코 남자에게도 속해 있었다. 우리가 훗날 언젠가 가족이 생기면 식구들끼리 서로 가까워지기를 바란 것처럼 그들 모두는 더 가까워졌다. 노라와 멕시코 남자, 노라와 그녀의 딸들인 여자아이들, 자매끼리도.

그녀의 얼굴에 살이 붙었다. 그녀는 자기 같은 여자를 품을 수 있을 만큼 튼튼한 창문과 거울을 끝도 없이 노려보았다. 그녀는 볼에 바람을 넣고 여자애들을 보았다. "나 꼭 얼룩다람쥐 같지." 그녀는 그렇게 말했을 것이다. "흉측해." 여자애들은 낄낄거리면서 엄마와 똑같이 볼에 바람을 넣었을 것이다.

"당신은 남자아기를 낳을 거야." 멕시코 남자가 말했다. "당신 얼굴을 보면 알아."

"얼굴에 살이 쪘을 뿐이에요." 그녀가 말했다. 그녀는 그를 보면서 또 볼에 바람을 넣었다.

"당신은 아름다워." 그가 말했다. "그 어느 때보다 더." 그는 두 손으로 그녀의 얼굴을 감쌌다. 그녀가 좋아하는 행동, 자신이 작고 연약하게 느껴지는 행동이었다. "지금 당신은 혈색이 좋아. 당신은 여자야."

그녀는 그 말을 듣고 얼굴을 찡그렸다.

"당신은 내 여자야." 그가 말했다.

"난 당신의 여자아이가 되고 싶어요." 그녀가 말했다. "여자가 되긴 싫어요."

"정신 나간 치카 같으니. 당신은 정신 나간 미국 치카야. 당신이 내 것인 한, 당신은 무엇이든 될 수 있어."

"아기에 대해 말해줘요." 그녀가 말했다. "스페인어로요. 아기 이야기를 해줘요."

멕시코 남자는 몇 시간이고 아기 이야기를 할 수 있었다. 노라가 방에 있든 없든 이야기를 할 수 있었다. 그는 그 부탁을 좋아했다. 누가 자기 말을 알아들을까봐 걱정할 필요 없이, 마음껏 소리내고 지껄일 수 있는 기회였다. 노라가 여전히 그의 언어를 이해하지 못했기 때문이다. 이 년이나 지났는데도 그랬다. 처음에는 그녀도 노력했지만 결국 포기했다. 언어는 포기했지만, 멕시코 남자를 포기한 건 아니었다.

멕시코 남자가 스페인어로 말하면 여자애들은 깔깔거리며 뒤로 넘어갔다. 여자애들은 엄마보다 그의 말을 잘 알아들었다. "시." 그가 말했다. "우나 크리아투라. 작은 남자아기. 이리 와." 그는 노라에게 말했다. "우리가 먹을 푸짐한 저녁을 차릴 거야. 소혀와 소라를 넣어서 말이지. 당신도 아주 좋아할 거야. 아니, 초콜릿은 안 돼. 피부가 검은 아기는 싫어. 당신한테 우유를 줄게. 우유를 먹으면 아기가 당신보다 더 뽀얘질 거야. 내가 장담하지. 하지만 검은 음식은 안 돼. 그건 절대로 안 돼. 내가 만들어주는 소혀와 소라를 먹으면 당신 뱃속에 있는 아기가 토실토실해질 거야."

아기는 그녀의 뱃속에서 토실토실해졌고 그녀 뺨의 혈색도 여전했다. 그녀는 여전히 건강해 보였고 행복을 느꼈다. 저녁이면 그녀는 차 뒷좌석에 여자애들을 태우고 멕시코 남자의 퇴근 시간에 맞춰 마중을 나갔다. 그녀는 혼자 있는 것이 점점 싫어졌다. 그녀는 멕시코 남자가 없는 시간을 거의 견디지 못했고 여자애들과 함께 있는 데 점점 더 익숙해졌다. 그렇게 마중을 나가는 밤이면, 그녀는 픽업트럭을 식당 뒤쪽으로 몰고 가서 우유 상자와 빈 마분지 상자들이 쌓여 있고 쓰레기통과 짐 싣는 경사로가 있는 곳 옆에 주차했다. 거기서 멕시코 남자가 그녀에게 돌아오기를 기다렸다.

그녀는 조수석에서 졸 때가 많았다. 여자애들도 뒤에서 잠을 잤는데, 자면서도 늘 서로의 손을 잡거나 조몰락거렸다. 그녀는 창문을 내리고 식당 주방의 방충망을 통해 새어나오는 라디오 소리를 들으면서 조는 둥 마는 둥 했다. 언제나 멕시코 채널이었는데, 그것은 멀고 낯설고 이국적이었다. 출신이 임박할 무렵에는 귀뚜라미 울음소리가 절정에 이르렀다. 귀뚜라미는 그해 애리조나를 점령했다. 그것들만 아니라면 고요했을 후미진 밤의 주차장은 기척도 없이 무자비한 장막이 드리운 것 같았다.

어느 날 밤 그녀는 퇴근한 멕시코 남자가 식당 주차장에서 차를 몰고 나와 모퉁이를 돌 때까지, 산들바람이 그녀의 얼굴을 어루만질 때까지 잠에서 깨지 않았다. 그런 밤이면 그에게 꾸지람을 들어야 했다. "이 정신 나간 미국 여자야. 그 무엇도 당신을 해칠 수 없다고 생각하지. 하지만 누가 당신을 훔쳐가려고 할 수도 있어. 그러면 어떡할래?"

"하지만 이미 당신이 날 훔쳤잖아요." 그녀가 말했다. "어떻게 사람을 두 번 훔칠 수 있어요? 그럴 가능성odds이 얼마나 돼요?"

"그래, 당신은 이상해odd."

"그런 말이 아니고요." 어느 날 밤 그녀는 웃으며 그의 목 뒤를 잡고 이렇게 말했을지도 모른다. "운이나 기회, 재수 같은 걸 말하는 거예요."

그러면 그는 우울해졌을 것이다. 우리가 그녀를 나무라고 싶었던 것처럼, 아마 그도 그녀를 나무랐을 것이다. "운 같은 소리 하지 마." 그는 말했을 것이다. "운 같은 소리 다시는 하지 마. 운명은 그런 말을 좋아하지 않아. 그건 당신이 할 말이 아니야. 결정은 운명이 내리는 거야."

"노인네 같으니라고." 그녀는 그가 갑자기 심각해지는 것을 이해하지 못하고 그렇게 대답했을 것이다. 그리고 아마도 두려워졌을지 모른다. 그러나 그는 곧 마음을 풀고 웃었을 것이다.

"정신 나간 미국 치카와 그 여자의 정신 나간 늙은 멕시코 남자." 그가 말했다. "우린 한 쌍이야, 그렇지?"

"그럼요." 그녀가 말했다. "우린 한 쌍이에요."

그는 홀린 표정으로 그녀를 보면서 혀를 찼다. 그리고 집에 돌아오면, 그녀가 마중나온 밤에 늘 하던 대로 했다. 조수석 문을 열고 그녀가 차에서 내리도록 도와주었다. 그리고 그녀도 그런 밤에 늘 하던 대로 그의 팔을 잡고 자신을 도와주려는 그의 행동을 받아들이며 "내 남자"라고 말했다. 그리고 나서 배에 한 손을 올리며 덧붙였다. "내 남자들." 그때마다 그녀는 웃었다. 멕시코 남자가 뒷좌석에서 여자애들을 안아올리고, 그렇게 온 가족이 집안으로 들어가 잠자리에 들었다.

　이런 일이 일어났을지도 모른다. 노라 린델이 셋째를 낳다가 죽은 것이다. 그녀의 엄마가 그랬던 것처럼, 두번째 임신은 그녀에게 무리였다. 합병증, 과다 출혈, 실패한 제왕절개, 응혈. 그런 것은 중요하지 않다. 중요한 점은 아기가 살았다는 것이다. 남자아이가 아니라 여자아이였다. 하지만 노라는 죽었다. 멕시코 남자는 여자애 셋과 함께 남겨졌다. 그중 둘은 엄마처럼 피부가 하얗고 빨간 머리였다. 가장 작은 아이는 갈색 눈에 갈색 피부였다.

　멕시코 남자는 알 수 없었을 것이다. 어떻게 알 수 있었겠는가? 노라는 애리조나에 사진 한 장 가져오지 않았다. 다른 인생의 증거는 전혀 없었다. 그러나 노라의 엄마를 가장 많이 닮은 것은 막내였다. 노라가 그걸 알았다면 얼마나 행복했을지 그는 몰랐을 것이고, 대신 자기 때문에 노라의 혈통이 더러워졌다는 데 낙심했다. 둘이서 노라를 닮은 아기를 하나 더 낳지 못하고, 이상하고 검고 이국적인 모습의 아기를 만들어내서 슬펐다. 그는 갓난아기에게서 그 자신을 너무 많이 보았다. 어쩌면 그래서 그는 노라가 떠나온 가족을 찾기로 결심했을 것이다. 어쩌면.

아니면 이런 일이 일어났을지도 모른다. 노라 린델은 스물한 살쯤에 셋째 아이를 낳았다. 그렇다. 여자아이였고 믿을 수 없을 만큼 가무잡잡했다. 그리고 노라는 죽지 않았다. 살아서 멕시코 남자와 애리조나 사막에서 함께 여자아이 셋을 키웠다. 진짜 터키석과 가짜를 구별하는 법, 냄새만으로 매운 고추를 골라내는 법, 신선한 알로에를 잘라 상처에 바르는 법, 정원을 가꾸고 수영하는 법, 사막의 하늘에서 별을 찾는 법 따위를 아이들에게 가르쳤다. 여자애들은 멕시코 남자의 언어를 배웠고 노라의 언어도 배웠다. 그들 다섯 사람은 아주 친밀했다. 또는 적어도 그들 네 사람, 쌍둥이와 아기와 멕시코 남자는 아주 친밀했다. 노라는 멕시코 남자하고만 가까웠기 때문이다. 그녀는 구경꾼, 방관자 같은 엄마였다. 그녀는 멕시코 남자를 기쁘게 해주려고 최선을 다했지만 그외에는 무력하고 무능했다.

갓난아기가 울면 노라는 머리가 깨질 듯이 아파서 낮에도 침대에 누울 때가 많았다. 그녀가 침대에서 보낸 날은 자주, 여러 번이어서 멕시코 남자는 식당 일을 하다가 집으로 돌아와야 했다. 그럴 때면 노라는 멕시코 남자가 그렇게 열심히 일해야 한다는 것에 죄책감이 들어서 울었다. 그녀는 늘 사과했지만, 그가 여자애들을 보라고 데려올 때마다—"제발." 그는 말했을 것이다. "애들이 엄마를 찾아."—등을 돌리고 더 크게 울었을 것이다. 두통은 점점 더 심해졌을 것이다.

그런데, 그렇다면 그녀가 왜 그곳에 머물렀겠는가? 그녀가 아이를 낳고 나서 우리와 시시와 아버지를 떠났던 것처럼 멕시코 남자를 떠나지 않았을 이유가 없지 않은가? 느닷없이, 불가사의하게, 예기치 못하게 말이다. 아니면 셋째 딸을 낳고 나서, 멕시코 남자가 여자애들을 전부 똑같이 사랑하고 그들 네 사람이 함께 행복한 것을 볼 때까지 충분히 오래 있다가 떠났을지도 모른다. 그렇다면 멕시코 남자는 노라가 떠난 후 홀아비가 되어 여자애들을 제대로 키우지 못할까봐 두려워서, 노라가 아니라 노라가 버린 가족을 찾기로 결심한 것이 아닐까? 그것이 자신의 의무라고 느꼈다면? 그 이상한 여자애들을 사랑하지 않아서가 아니라 너무나 사랑해서 그랬다면? 그러지 말란 법이 있을까?

아마도 그녀는 우리에게서 사라진 것과 똑같이 그에게서 사라졌을 것이다. 설명이나 경고 없이, 아무것도 없이. 오늘까지 거기에 있다가, 다음날 사라졌을 것이다. 남은 것이라곤 암시와 짐작, 반쪽짜리 진실인 이야기, 일어났을지도 모르는 일에 대한 소문뿐일 것이다. 아마도. 그런데 왜 그녀는 멕시코 남자의 가슴을 찢어놓았을까? 우리에게 주지 않은 것을 왜 그에게도 주지 않았을까? 그는 받지 못했나? 우리보다도 더 받지 못했나? 우리야 어릴 때 그녀를 알았다. 우리는 어린애였고 그녀도 어린애였다. 아이들이 서로에게 무엇을 기대하겠는가? 하지만 남편은? 확실히 아내는 남편에게 기대하는 것이 있다.

그렇다면 그녀가 멕시코 남자에게 솔직히 말했다고 상상해보자. 한 소녀, 한 여자의 몸에서 아기 셋이 나오고도 그 소녀, 그 여자가 진정 사랑한 한 남자에게 더 진실해질 수 없었다는 것은 좀처럼 믿기 어렵다. (혹시 궁금한 사람이 있을까봐 말해두자면, 그렇다. 노라는 그를 사랑했을 것이다. 우리가 노라 린델이 멕시코 남자를 사랑했기를 바라는 유일한 이유는 그가 우리 중 누구와도 비슷하지 않아서이다. 그녀가 우리와 비슷하지만 우리가 아닌 누군가와 같이 있는 것은 상상만으로도 너무 가혹할 것이다.)

그녀는 떠나기 위해 겨울이 될 때까지 기다렸을 것이다. 눈과 얼음과 추위는 떠날 때임을 확신하는 데 도움이 되리라는 걸 알고 있었기 때문이다. 겨울에는 수영장을 덮고 사용하지 않았다.

쌍둥이는 완전한 문장을 말했고, 아무데나 스페인어를 끼워넣었다. 밤에 멕시코 남자가 일터에서 돌아오면, 자기들 방에서 이렇게 소리질렀을 것이다. "우리, 아키(여기) 있어요. 암브리엔타(배고파요). 우리 둘은 배고픈 카니나스(개들)예요!" 배고픈 늑대들, 그는 집에 돌아와 쌍둥이를 팔에 하나씩 안아올리고 꽉 껴안으며 이렇게 말했을 것이다. 나의 배고픈 늑대들.

그리고 가장 어린 가무잡잡한 여자애, 그애는 말은 하지 못하지만 이제 걸었다. 걷고 때로는 뛰기도 했다. 그애는 작았다. 쌍둥이가 걸음마를 할 무렵보다 훨씬 더 작았다. 그러나 그애는 볼 만했다. 몸으로 대단히 저돌적인 모험을 하곤 했다. 늘 어느 방향으로든 자기 몸을 발사했다. 소파를 뛰어넘었다. 침대를 뒤집었다. 그리고 노라가 떠날 무렵, 그 어린것은 실내 출입구의 몰딩을 벗겨낼 수 있었다. 혹은 발을 손처럼 사용해 뛰어오른 다음 문틀 꼭대기에 매달릴 수도 있었다. 길들여질 수 없는 아이들이 있다. 곡예는 두통을 더 심하게 만들 뿐이었다.

노라는 여자애들이 깨기 전 아침 일찍 떠났다. 침실은 어둑했다. 겨울이라 몇 시간 동안은 내내 어두울 터였다. 밖에 눈이 쌓여 있어서 땅을 밝히고 침실 창문도 밝혀주었을 수 있지만, 실제로는 그렇지 않았다. 빛을 반사해줄 달이 없었다. 하늘에 구름만 자욱해서 방안이 어둑했고 바같은 더 어둑했다.

그녀는 팔을 벌려 멕시코 남자를 안았다. 그는 그녀에게서 등을 돌리고 있었다. 그의 손이 그녀의 팔을 잡았을 때, 그녀는 그가 깨어 있다는 것을 알았다. "정신 나간 미국 여자." 그가 말했다.

"그래요." 그녀가 말했다. "그게 나예요."

"치카, 왜 당신이 떠날 것만 같지?"

그녀는 그를 더 꽉 안았다.

"내가 맞았군." 그가 말했다.

"왜 당신을 떠나려고 하는지 나도 모르겠어요." 마침내 그녀가 말했다. "나는 여기 속한 사람이 아니에요. 미안해요."

"텔레비전에서 나오는 말처럼 들려. 나 때문이에요. 당신 때문이 아니에요." 멕시코 남자는 이 말을 할 때 새된 목소리를 냈다. 아마도 드라마에 나오는 여자 배우를 흉내내는 것처럼. "거짓말처럼 들려. 변명 같아."

그녀는 잠자코 있었다.

"내가 너무 많은 걸 요구했나?" 멕시코 남자가 말했다. "내가 무슨 짓을 한 거야? 내가 할 수 있는 일이 있을까?"

그녀의 눈가에 작은 눈물방울이 고였다.

"당신은 완벽해요. 당신은 완벽해요."

"그럼 아이들은?" 그가 물었다. "아이들은 뭐지?"

"애들도 완벽해요." 그녀가 대답했다.

"장난하지 마." 그는 화가 났다. "그런 뜻 아닌 거 알잖아."

"알아요. 날 용서해줘요." 그녀가 말했다. 침묵이 흘렀고, 그녀는 그를 더 꼭 안았다. 그의 살에 그녀의 손톱이 파묻혔다. "애들은 데려갈 수 없어요." 마침내 그녀가 말했다.

그녀는 그의 몸에서 힘이 풀리는 것을 느꼈다. 그러나 그의 손은 느슨해지지 않았다. "좋아. 적어도 그 정도로 정신이 나가진 않았군." 그가 말했다.

그녀의 호흡은 얕고 불규칙했다.

"당신은 나에게 돌아오지 않겠지." 그가 말했다. 그 말은 질문일 수도 있었다. 그녀는 확신할 수 없었다. 그는 종종 문법을 잊었다.

"네." 그녀가 말했다.

그는 몸을 돌려 그녀를 보았다. 여전히 어두웠다. 여전히 서로를 볼 수 없었지만, 그가 그녀의 손을 자기 얼굴로 가져가 댔다. 그의 얼굴은 축축했다.

"이해해." 그가 말했다. "당신은 당신의 늙은 멕시코 남자가 이해 못한다고 생각하겠지만, 그 남자는 이해하고 있어."

"아니, 아니에요." 그녀가 말했다. 그녀는 고개를 저었다. 그녀의 온몸이 떨렸다. "그렇게 생각하지 않아요."

"이제 잘 들어야 해." 그가 말했다. 그녀는 엄지손가락으로 그의 젖은 얼굴을 닦아주었다. "잘 듣고 약속해……"

"그럴게요!"

"……조용히 해. 떠나기 전에 당신 가족에 대해 얘기하겠다고 약속해줘." 노라는 말이 없었다. 그녀가 그의 입을 막으려고 손을 올렸지만, 그는 그 손을 치웠다. "이건 협상할 문제가 아니야." 그가 말했다. "내가 최대한 많이 알아야 애들한테 공평해."

그녀는 그에게 달라붙어 그의 겨드랑이에 얼굴을 비볐다. 그리고 천천히, 차분하게, 놀라울 만큼 스스럼없이 말하기 시작했다. "막내, 그 작고 짐승 같은 애는 우리 엄마랑 똑같아요. 쏙 빼닮았죠. 그애는 우리 중 누구보다도 아름다워질 거예요. 내 동생보다 더요. 내가 그애 이야기를 했던가요?"

우리는 환상 속에서도 그녀 곁에 우리의 몸을 둘 수 없었다. 우리가 그들의 결혼생활을 끝내버린 이 시점에도 노라 옆에 있는 우리 자신을 상상할 수 없었다. 그 마지막 시간에 그녀가 진실을 말해준 사람은 멕시코 남자였다. 그녀는 조용히 진실을 말했다. 우리조차 들을 수 없는 작은 속삭임이었다.

그들은 그렇게 한 시간을 더 있었다. 어쩌면 두 시간. 노라는 쉬지 않고 말했다. 지난 몇 년간 한 말보다 더 많이. 마침내 아침의 첫 광채가 높다란 침실 창문으로 새어들어왔고, 그녀는 아이들이 깰 시간이라는 것을 알았다.

"시간 다 됐어요." 그녀가 말했다.

"정 그렇다면." 멕시코 남자가 대꾸했다.

"침대에 있어요. 자는 척해요. 그래야 내가 편해요."

"노라는 노라가 가지고 있는 것을 원해." 그가 말했다.

"아뇨." 그녀가 말했다. "노라는 노라가 원하는 것을 가져요."

"아, 물론이지." 그가 말했다.

그녀는 담요를 끌어당겨 그의 어깨를 덮어주었다. 그리고 그의 눈에 손을 올려놓았다. 눈가는 이제 말라 있었다. "어서 자요." 그녀가 말했다. 그러자 멕시코 남자는 정말로 잠이 들었고, 한 시간 후 깼을 때 노라는 없었다.

뭔가 다른 상상을 한다는 건 무리다.

그녀는 폭격이 일어난 뭄바이에 있었다. 그녀는—그녀가 맞지 않을까?—우리 지역 텔레비전 뉴스에, 앵커 뒤 배경에 등장했다. 놀랍게도 황금시간대 뉴스였다. 앵커가 그녀를 알아보지 못하는 게 신기했다. 그녀 주위에 가득한 어중이떠중이들과 이상하고 습한 도시를 생각하면 그럴 만도 하지만. 그러나 얼마나 엄청난 이야기가 될 뻔했는가. 노라를 알아보고 집으로 데려와서, 그 오랜 세월 동안 우리를 성가시게 했던 미스터리를 마침내 풀었더라면.

폭격이 일어난 그해에 우리는 모두 서른 살이 되었고, 그 말인즉슨 노라도 서른 살이 되었다는 뜻이다. 적어도 살아 있다면 말이다. 스투 즈블로스키는 텔레비전에서 그녀를 보았다고 말했다. 사라질 당시 열여섯 살이었던 소녀의 서른 살 버전이었다고 했다. 마티 멧카프도 그녀를 보았다. (마티는 앵커와 사랑에 빠졌기 때문에 뉴스를 보고 있었다. 그 여자 앵커는 마티가 열일곱 살이었을 때, 그의 부모 집에서 열린 송구영신 파티에 참석한 적이 있었다. 그녀는 술에 취해 판단을 제대로 하지 못하고 실수를 저질렀다. 그리고 앞으로 다시는 그런 일이 없을 거라고 맹세했다. 그후로 마티는 영원히 사랑에 빠졌다. 살다보면 때로 그런 일이 생긴다.) 스투는 자기가 본 것을 이야기하려고 어머니에게 전화를 걸었다. 그러나 마티는 현장에 있는 뉴스 앵커와 그녀가 처한 위험에 대해 걱정하느라 정신이 없어서 집에 전화 걸 생각을 미처 하지 못했다.

폭격이 있고 한 달 후, 누군가의 집에서 열린 크리스마스파티(러더포드네 집이던가, 보이드네 집이던가? 자그마한 흰색 전구 대신 붉은 고추 모양 전등으로 장식된 트리가 있던 파티였다) 때였다. 우리는 스투에게 그가 본 것에 대해 물었다. (마티도 그 자리에 있었지만, 그는 정보를 내놓으라는 압박을 받으면 아무짝에도 쓸모없어질 때가 많았다. 그의 머리는 그 뉴스 앵커와 그가 자란 집의 외투 수납장, 노련하고 축축한 혀에 묻어 있던 샤블리 와인 맛밖에 생각하지 못하는 것 같았다. 놀랄 일도 아니지만, 마티는 트레이 스티븐스와 대니 햇칫처럼 결혼하지 않았다.

그 셋은 어른이 되어서도 어린 시절의 이상하고 부당한 짐을 평생 짊어지고 살았다.)

"분명히 그애였어? 아니면 그애일 수도 있다는 거야?" 우리는 스투를 지하실로 데리고 갔다. 아내들과 어머니들이 없는 그곳에서 우리는 터놓고 노라에 대해 물어보았다.

"틀림없어." 스투가 말했다. "분명히 그애였어." 스투는 연휴 때만 동네에 왔다. 그는 베서니가 임신했을 때 약속한 대로 뉴잉글랜드로 이사했다. 그리고 베서니 역시 그녀가 약속한 대로, 스투라고 부르면 선뜻 대답하는 노란색 래브라도를 그에게 주었다.

대니 햇칫은 넓적다리를 긁적거리더니 뒷주머니에서 대마초를 꺼냈다. 우리 모두 실망했다는 듯 고개를 저었다. 물론 대니의 주머니에 대마초가 있는 것이 놀랄 일은 아니지만, 녀석도 이젠 철들 때가 되지 않았나? 그러나 대니가 대마초를 돌렸을 때는 거절하지 않았다. 물론 우리는 어른이었고, 그것은 우리 인생이고 우리 결정이었지만 몇몇은 층계와 꼭대기에 있는 문을 흘끔거리며 문이 제대로 닫혔는지, 들킬 위험은 없는지 확인했다. 이제 와서 우리에게 정말로 의미 있는 꾸지람을 할 사람이 누가 있단 말인가?

"씨팔, 걔가 뭄바이에서 뭘 하고 있겠어?" 드루 프라이스가 물건이라도 되는 양 욕지거리 폭탄을 떨어뜨렸다. 우리보다 30센티미터나 작은 키를 무마하기 위해 그가 쓰는 수법 중 하나였다.

"그애가 지금까지 살아 있었는데 폭격으로 죽은 거라면?" 척 굿휴가 말했다. "그애는 늘 우리가 발견하자마자 사라지고 죽었어. 그런데 이번에는 진짜라면."

"야, 그러면 어쩔 건데? 바보처럼 굴지 마." 폴 엡스타인이 말했다. 거의 십오 년 전, 우리 모두가 동의하기로는, 시시를 걸레라고 불러서 그애가 우리를 떠나 기숙사로 가게 했던 그해 이후로 노라에 대해서는 쭉 침묵을 지켰던 녀석치고는 이상하게 공격적인 반응이었다.

"내가 왜 바보야?" 척 굿휴가 말했다.

"꼭 설명을 해줘야겠어?" 폴이 대니의 대마초를 낚아챘고, 우리는 폴이 쉬지도 않고 연기를 빨아들이는 모습을 바라보았다. 아마 우리는 그때 처음으로 폴이 이제 어른이라는 것, 말 그대로든 은유적이든 하자가 많은 놈이지만 어쨌든 폴 역시 우리 중 하나라는 현실을 받아들였던 것 같다.

"뒈져버려, 폴."

"너나 뒈져, 척." 그때 우리 대부분은 웃고 있었다. 그럴 생각은 아니었는데 참을 수가 없었다. "네 마누라한테 안부 전해주라."

"갑자기 무슨 소리야?" 이렇게 질문한 사람은 척이 아니었다. 다른 누구였다. 대니였던가? 아니면 잭? 누가 알겠는가? 그러나 우리에게 관두자고 말한 사람은 척이었다. 제일 먼저 계단을 올라가 무리를 떠나버린 사람은 척이었다. 우리는 척이 가는 모습을 보려고 했지만, 척의 퇴장에 마땅한 존중을 보이려고 했지만, 우리 마음은 우리에게서 멀어지고 있었다.

"난 서른 살이야." 윈스턴이 말하고 있었다. "한 달 있으면 매기가 아기를 낳을 거야. 나는 저당도 많고 임대한 차에 들어가는 돈도 많아. 그런데 노라는 폭탄이 터진 뭄바이에 있어. 씨팔, 나는 질투가 나. 누가 나한테 설명 좀 해줘."

그러나 우리는 그럴 수 없었다. 우리는 잠자코 맥주만 마셨다. 그러고 나서 위층 거실로 올라가 떼 지어 몰려다니면서 아내들이 이제 가자고 말해주길 바라며 크리스마스파티가 끝나길 기다리는 동안, 아마 노라가 뭄바이에 있을 가능성뿐 아니라 그 예상의 그럴듯함에 대해 한 사람씩 차례로 생각했을 것이다. 어쩌면 우리의 생각이 겹쳤을지도 모른다. 실종된 그애가 거기 있다면, 도대체 어떻게 갈 수 있었던 걸까? 돈이 어디서 났을까? 카탈리나를 탄 남자가 줬을까? 그애는 지금껏 내내 거기 있었던 걸까? 훔쳤을까? 언제, 누구한테서? 그리고 여권은? 그 모든 계획은? 말이 되는 것이 아무것도 없었다. 모든 것이 그럴듯하지 않았다. 그런데도 스투 즈블로스키와 마티 멧카프는 확신했다. 적어도 그것이 사실일 가능성을 무시하기란 불가능했다.

우리 중 누구에게 묻든지, 그해 크리스마스 파티 끝물에 술이 술술 들어갔다는 이야기를 들려줄 것이다. 대니의 퀴퀴한 대마초에 취한데다, 노라에 대한 새로운 정보(혹은 잘못된 정보)에 동요되어 우리는 홀짝홀짝 마셔야 할 술을 벌컥벌컥 들이켜고 있었다. 우리가 아내들을 볼 때마다, 아내들은 안 된다고, 아직은 갈 시간이 아니라고, 상냥하지만 확실하게 고개를 저었다. 우리는 주방에 임시로 마련된 바로 가서, 에그노그, 따끈한 럼 토디, 스트레이트 진 등 다른 손님들이 남기고 간 것을 닥치는 대로 잔에 따랐다.

그럼에도 불구하고, 걸신들린 식도와 머리 꼭대기까지 취한 상내에도 불구하고, 지금까지 그날 파티에 대해 잊을 수 없는 몇 가지가 있다. 놀랍게도 노라와는 전혀 관계없는 것들이다. 고추 모양 전등에서 으스스한 분홍색 광채가 흘러나왔던 것 따위만이 아니다. (거기가 러더포드네 집이었나? 그들이 그때부터 그렇게 조잡했나? 아니면 뭔가 비꼬고 싶은 기분이었을까? 그 모든 일이 누구네 집에서 일어난 건지 기억하는 녀석이 분명히 있을 텐데?) 예를 들어 트레이 스티븐스가 거기 있었다는 사실을 말하려는 거다. 트레이가 폴 엡스타인의 딸과 그 일을 함께 하게 될 때까지는 아직 십 년이 남아 있었고, 당시 폴의 딸은 세 살이었다. 그러니까 그것은 마침내 범죄가 저질러졌을 때, 나중에 과거를 이야기하고 돌이켜보고 재평가하고 때로는 수정하기까지 할 때 기억하게 되는 그런 종류의 일이었다. 그 파티 말이야? 맙소사, 트레이 스티븐스도 거기 있지 않았어? 상상이 돼? 맙소사, 그때 알았더라면. 무엇보다 이것은 트레이를 위한 것이고, 트레이를 위한 것이어야 했던 후렴구이다. 그때 알았더라면. 그러나 우리는 몰랐다. 절대로 알 수 없었다. 우리가 아무리 여러 번 그 파티 또는 다른 파티에 가더라도 말이다. 실제로 그 일이 일어나기 전까지는, 트레이가 한 일로 인해 그에 대한 우리의 생각과 성인 남자, 아버지, 친구, 남편으로서의 우리 자신에 대한 생각이 바뀌기 전까지는, 결코 결과를 바꿀 수 있을 만큼 충분히 알 수 없었다. 그의 결과도 아니다. 우리의 결과도 아니다. 어떤 결과는 피할 수도 바꿀 수도 없고, 어떤 영향도 절대 받지 않으며, 완전히 예측 불가능하다. 어떤 결과는 그런 식이다. 하지만 아마도 노라의 결과는 그렇지 않았을 것이다. 아마도 노라는 자신의 운명에서 도망친 유일한 사람이었을 것이다. 완전히 불가피하지 않은 그 무엇이 될 기회가 있었던 유일한 사람. 어쩌면 말이다. 그게 아니라면, 아마도 그녀는 열여섯 살 때 우리 동네에서 카운티 두 개 너머에 있는 물가, 나무들이 이상하게 모여 있는 곳에서 눈보라 속에 파묻혀 죽었을 것이다.

그러나 지금은 노라를 잊자. 요점에 충실하자. 노라 없이도 그 파티는 기억할 만했다. 고등학교 시절 제프리스 씨네 광에서 시시와 케빈 소프가 했던 일을 재빨리 퍼뜨려 폴 엡스타인의 가슴을 찢어놓았던 척 굿휴가 위층 손님방에서 밍카 디너만과 애무를 하다가 들켰기 때문이다. 밍카는 미혼이었지만 척의 새신부는 아래층에 있었다. 참 묘하게도, 둘이 있는 방에 들어간 사람은 폴 엡스타인이었다. 지하실에서 폴이 감정을 터뜨린 것이 이제야 설명된다. 그러나 당시에는 설명이 되지 않았다. 오 년 후 밍카의 장례식까지 폴은 자신이 본 것에 대해 입을 꾹 다물고 있었다.

폴이 척의 어깨에 손을 얹고 다음과 같이 말했을 때 잔인하게 굴 의도는 전혀 없었다. "정말 유감이야. 그애가 너한테 의미 있는 사람이었다는 거 알아." 폴은 콕 집어 말하려는 의도가 없었지만, 척이 눈물처럼 보이는 것을 훔쳐내고 그의 아내가 얼굴이 빨개져서 딴 데로 가버렸을 때, 우리 모두는 무슨 일이 있었던 것이 틀림없다는 낌새를 챘다. 그때는 사태를 파악하지 못했다 해도, 몇 시간 후 폴의 지하실에서는 확실히 파악했을 것이다. 거기서 우리는 밍카를 추모하며 우리끼리 밤을 지새웠다. 디너만 씨 집에서 가족끼리 하는 행사에는 초대받지 못했는데, 물론 그 행사를 주최한 사람은 나이가 더 들었지만 여전히 매력적인 러시아 미녀 디너만 부인이었다.

척과 그의 아내에게 들릴 염려가 없는 안전한 지하실에서(물론 척 부부는 오지 않았다. 그들은 오 년에 걸친 불륜의 상처를 봉합해보려고 안간힘을 쓰는 중이었다), 폴은 자기가 본 것을 우리에게 이야기했다.

"그렇게 오래 이어졌다니." 윈스턴 러더포드가 말했다. "나는 작년에 알았어. 하지만 척 말로는 한 번뿐이었다던데." 어찌된 일인지 그날 밤새도록 우리는 밍카의 죽음보다 척의 그 일 때문에 훨씬 더 우울해했다. 우리가 몰랐던 일과 모르는 일이 너무나 많다는 걸 깨달은 것 같아 두려웠고, 소외감, 단절감, 슬픔이 느껴졌다.

하지만 그런 단절감은 오 년 후에나 일어날 일이었고, 고추 모양 전등과 이상하게 기름진 술안주가 나왔던 그 크리스마스파티 때, 우리는 그저 지하실에서 그다음엔 거실에서 떼 지어 몰려다니고 있었다. 우리는 노라 린델을 생각했고, 모두 자기만 그애 생각을 하고 있다고 확신했으며, 그래서 그 생각은 훨씬 더 감미로웠다. 우리는 뭄바이와 수많은 사람과 소음과 열기와 냄새를 생각했고, 그곳에 있는 자신을 상상했다. 우리 앞에 있는 카페 테이블과 우리 몫으로 나온 차이티와 빨대, 그리고 홀로, 무사히, 살아 있는 노라를 바라보는 우리 자신의 시선을 상상했다. 우리는 윗입술에 맺히는 땀방울을 느낄 수 있었다. 몸을 피하려고 앞다투어 달려가는 사람들의 비명소리, 어디서 들려오는지 알 수 없는 둔탁한 신음 소리를 들을 수 있었다. 우리는 폭발을, 그리고 우리의 심장에 두려움이 쿵 내려앉는 것을 느낄 수 있었다. 맙소사, 그렇다. 우리는 연기 자욱한 도시, 폐허가 된 도시 뭄바이를 똑똑히 볼 수 있었다.

아마 노라 린델은 뭄바이에서 춤을 추었을 것이다. 아마 술도 마셨을 것이다. 사리를 입고 팔찌를 차고 샌들을 신었다. 그녀가 춤을 추거나 술을 마실 때, 혹은 춤을 추면서 술을 마실 때 팔 길이만큼 줄줄이 걸린 팔찌가 짤랑거렸다. 어쩌면 그녀는 자신을 트린카라고 불렀을 것이다. 아무 의미 없는 이름이었다. 그냥 생각해낸 이름, 늘 그 자리에서 누가 가져가길 기다리고 있었던 것 같은 이름이었다. 그녀는 애리조나에서부터 체중이 늘었다. 그녀에게 애리조나가 존재한 적이 있다면 말이다. 중요한 것은 그녀가 고등학교 이후로, 우리를 떠난 이후로 체중이 늘었다는 점이다. 그녀는 키가 더 크고 살이 더 붙고 더 여성스러워졌다. 한번도 원한 적 없었지만 가슴도 커졌다. 그리고 자기도 모르게 그것에 감탄했다. 그녀는 가슴이 돋보이는, 좋든 싫든 그녀가 여성이라는 사실이 돋보이는 옷을 입었다. 가느다란 끈이 달린 원피스와 아주 얇은 티셔츠 같은 옷들. 어찌됐든 인도에서 그녀의 성[性]은 중요하지 않았다. 인도에서 그녀는 여성 외의 무엇이었다. 외부인이었다. 다른 나라에서 온 사람이었다. 그녀는 원하면 무엇이든 할 수 있었고 춤을 출 때 관심을 받으면 기분이 들떴다.

그녀가 어떻게 거기 갔는지, 폭격이 일어나기 전 얼마나 오래 거기 있었는지 누가 알겠는가? 어쩌면 애리조나에서 두 번의 출산을 한 뒤에 갔을 것이다. 어쩌면 카탈리나의 남자와 헤어진 뒤에 갔을 것이다. 어쩌면 사라진 후로 쭉 거기 있었거나, 어쩌면 폭격이 일어나기 몇 달 전에 갔을지도 모른다. 누가 알겠는가?

중요한 것은 그녀가 뭄바이에 온 뒤부터 술을 마시고 춤을 추고 원피스를 입기 시작했을 거라는 점이다. 원피스는 헐렁한 동시에 몸에 딱 맞아서, 마침내 그녀의 몸이 자유롭게 움직이게 되었을 때도 그 몸을 감쌌다. 그리고 그 모든 것 중에, 춤과 술과 인생의 목적인 순전한 삶의 기쁨을 즐기던 중에 언젠가부터 사랑에 빠졌을 것이다. 그녀는 한 여자와 사랑에 빠졌을 것이다. 왜 그랬을까? 간단하다. 우리가 남자니까. 그러니 노라가 여자에게 반했다고 상상해보자. 그녀가 묵던 호텔 건너편 작은 방에서 헤나 문신 새기는 일을 하는 여자였다.

"미국 사람." 어느 날 문신 새기는 여자가 말했다. "거기 미국 사람, 이리 와."

노라는 길을 건넜다. 그러지 말아야 한다는 생각은 전혀 들지 않았을 것이다.

"당신 몸으로 나한테 집적거리려는 거야?" 문신 새기는 여자가 물었다. "당신이 날마다 내 옆을 지나가는데, 날마다 나한테 집적거린다는 생각이 들어."

노라는 고개를 저었다.

"대답을 못하면." 여자가 말했다. "내 말이 맞는 거야."

노라는 또 고개를 저었다. 어쩌면 마음이 끌려서 조금 웃었을지도 모른다. 그녀의 가슴이 살짝 발그레해졌다.

"가까이서 보니까 나이가 더 든 것 같네, 그렇지?"

"나는 어린애가 아니에요. 당신 말이 그 뜻이라면." 노라가 말했다. 그것이 노라가 여자에게 처음으로 한 말이었다. 그녀는 그 말을 항상 기억할 것이다. 나는 어린애가 아니에요. 왜 그렇게 말했을까? 그녀는 어린애로 남아 있길 원하지 않았던가? 그 카탈리나에 앉아 있을 때도 그녀는 알 수 없는 미래의 언젠가 자신에게서 성적 특징이 벗겨지기를, 경험이든 피부든 성욕과 관련된 것은 무엇이든 벗겨지길 원하지 않았던가? 성별 없는 존재, 불가능하고 낯선 동시에 순진한 존재가 되기를 간절히 원하지 않았던가? 하지만 그 여자아이는 지금의 그녀에게서 너무 멀리 있었다. 그 시절은 너무나 먼 과거의 일이었다.

문신 새기는 여자가 웃었다. "그렇고말고, 당신은 어린애가 아니지. 그 몸으로는 절대 어린애일 수 없어. 당신은 여자로 태어난 것 같아. 나한테 집적대기 위해 그 몸으로 태어난 거야."

노라는 또다시 발그레해졌다. 그러나 어쩌면 듣기 좋은 말인데도 그녀는 약이 올랐을 것이다. 문신 새기는 여자가 무엇을 원하는지 또는 왜 길 건너에서 자신을 불렀는지 이해할 수 없어서 약이 올랐다. 문신 새기는 여자가 말을 걸기 전까지 자신이 외롭다는 것을 깨닫지 못해서 약이 올랐다. 말을 주고받는 그 간단한 행위를 지금껏 아주 오랫동안 그리워하고 있었다는 사실을 깨달아서 약이 올랐다. 그리고 갑자기 그녀를 덮친 외로움의 무게가 없었다면 그런 사실을 깨닫지 못하는 상태가 좀더 오래 지속되었을지도 모른다는 생각이 들어서 약이 올랐다.

끌림은 빠르고 복잡하고 설명하기 어려웠다. 먼저 다가간 쪽은 틀림없이 문신 새기는 여자였을 것이다. 노라는 남자에게든 여자에게든 다가가는 방법을 몰랐을 테니까. 여자의 이름은 아브자였다. 아브자 사피아. "내가 물에서 태어났고 아버지는 내가 순결해지길 바랐기 때문이지. 하지만 나는 그렇지 않아." 그녀는 처음

만난 날 등을 베개로 받치고 바닥에 누워 말했다. "모든 이름은 뜻이 있어야 해. 모든 건 의미가 있어. 너도 이해하지, 그렇지?"

"네." 노라가 대답했다.

"좋아, 그럼 이제 트린카라는 이름은 쓰지 마. 그건 아무 의미도 없어."

문신 새기는 여자는 위험하리만치 강렬했다. 아마 그래서 노라는 그녀에게 끌렸을 것이다. 그녀를 상상해보라. 우리도 그랬으니까. 아내들이 옆에 없을 때, 혼자서 순간적으로 뻔뻔해졌을 때, 우리는 기다랗고 멋진 팔다리, 공격적이고 이국적인 눈을 상상했다. 어쩌면 우리는 그저 우리가 어릴 때 디너만 부인의 모습을 상상한 건지도 모른다. 우리는 러시아 미녀의 인도 버전, 더 검고 더 열정적이고 아이를 낳은 적이 없는 버전, 우리 자신의 발명품이고 창조물이라서 원본보다 더 특별한 버전을 상상하고 있었다. 그리고 우리는 노라 말고는 공유할 사람이 아무도 없었다.

우리는 그런 끌림을 이해했다. 누구라도 그랬을 것이다. 노라는 아브자가 가지고 있는 길들여지지 않은 야성의 조각이었다. 그녀 자신만의 미국. 그녀는 외계에서 온 뭔가 익숙하지 않은 존재였다. 어쩐지 노라가 그녀의 성性보다 더 위대해 보였던 것도 사실이다. 물론 여성스러움이 있었다. 그러나 그보다 훨씬 더 많은 것이 있었다. 다듬어지거나 길들여지지 않은, 비현실적인 느낌. 그리고 그 첫날밤 이미 그들 두 사람 다 한방에 있어야 할 필요를 느꼈다. 마찬가지로 그런 필요가 존재한다는 사실을 그들 두 사람 다 기뻐하면서도 증오했다. 우리가 아직 어려서 잘 모를 때는 사랑을 그런 식으로 상상했다. 우리는 언제나 그런 사랑을 바랐다.

"호텔방 천장에 선풍기 있지?" 밤이었다. 그들은 술에 취했다. 아니, 어쩌면 술에 취한 것은 노라뿐이었을 것이다. 그들은 여전히 바닥에 누워 있었다. 여전히 베개로 등을 받치고 있었는데, 베개의 천이 살에 달라붙는 느낌이 나쁘지 않았다.

"네." 노라가 말했다. 노라는 팔을 들어올려 자신의 오른손과 아브자의 왼손으로 깍지를 꼈다. 그녀는 손가락들이 얽혀 있는 모습, 무정형의 덩어리처럼 뭉쳐 있는 모습을 자세히 살펴보았다. 그다음에는 손가락들이 떨어져나오는 모습을, 손가락 하나하나가 다시 형체를 얻고 마침내 완전한 손이 되어 오직 그녀의 손만 남는 모습을 자세히 살펴보았다. "천장에 선풍기, 있어요."

"좋아." 아브자가 말했다. "넌 오늘밤 거기 가서 잘 거야. 여기는 미국 사람에겐 너무 더워. 이제 가. 하지만 아침에 다시 와. 그럼 헤나를 해줄게. 네 피부를 나와 어울리게 해줄게."

"너무 피곤해서 못 가겠어요." 노라가 말했다. "왜 가라고 하는 거예요?"

"여기는 미국 사람이 밤에 있을 곳이 못 돼." 아브자는 일어났다. 그리고 눈 깜짝할 사이 어깨에 사리를 둘러 헤나로 검게 장식된 젖가슴을 가리고 매듭을 지었다.

"전에는 가슴을 본 적이 없는 것 같아요." 노라가 말했다.

"네 가슴이 있잖아. 매일 보겠지."

"그건 달라요."

"그럼 네 엄마 것이라도."

"엄마는 죽었어요."

"그럼 엄마가 죽기 전에라도."

"기억이 안 나요."

"그럼 내 것을 기억해. 이제 넌 가슴을 본 거야." 아브자가 웃었다. "그리고 절대 잊지 마. 난 확실히 네 가슴을 잊지 않을 테니까."

그날 밤 어떻게 돌아왔는지 노라는 기억하지 못했다. 그녀가 기억하는 사실은 한밤중에 길거리에서 들려오는 시끄러운 소리에 잠이 깼다는 것이다. 그녀는 땀을 흘리고 있었고, 천장의 선풍기 바람 아래서 몸을 떨었다. 그녀는 하루를 기억해보려고 애썼지만 그저 잠깐 스쳐가는 이미지만 떠올랐을 뿐이었다. 일출. 쓰레기. 바나나 껍질과 가무잡잡한 아이들. 맥주 한 잔. 그녀의 발. 그녀의 더러운 발가락. 여자. 더 많은 맥주. 베개. 그녀의 팔. 가슴.

그녀는 또다시 몸을 떨었다. 기억들이 진짜 같지 않았고 진짜가 아닌 것 같지도 않았다. 그것들은 애틋하지 않았고 애틋하지 않지도 않았다. 그러나 그것들은 그녀의 위산을 깨워 위장을 움켜쥐게 만드는 촉매제였다. 그녀는 배를 부여잡고 모로 누웠다. 너무 피곤하고 나른해서 화장실에 갈 수도 없었다. 그녀의 몸이 들썩거렸다. 아무것도 나오지 않았다. 그녀는 담요를 끌어당겨 어깨를 덮고 무릎을 잡았다. 카탈리나의 남자가 존재한 적이 있다면, 그 오래전 눈 내리는 숲속 빈터에서 나뭇잎을 덮었던 밤이 정말로 존재한다면, 분명 노라는 이 순간 그날 밤을 떠올렸을 것이다. 우리가 떠올리지 않을 수 없는 것처럼. 그녀는 그 공포와 추위를 떠올렸을 것이다. 따뜻하게 하려고 몸을 웅크렸던 것, 차가운 공기에 닿는 표면적을 줄이려고 무릎을 앞으로 끌어당기고 두 팔로 감쌌던 그때를 떠올렸을 것이다.

그러나 그것은 카탈리나가 존재했다고 가정할 때의 일이다. 그러지 않았다면, 그 순간 그녀가 무슨 생각을 했을지는 알 수 없다. 아마 그녀는 그저 아브자를 생각했을 것이다. 단순한 이미지들을 버리고 마침내 구체적인 것, 단어, 감정을 기억하기 시작했을지도 모른다. 아마도. 중요한 점은, 노라가 기억하는 한, 그

날 밤 처음으로 몸이 그녀를 내팽개치고 있다고 느꼈다는 것이
다. 몸을 전혀 원치 않았던 어린 시절 이후로 마침내 그것을 발
견하고 완전하고 강력하게 되찾을 권리를 요구했지만, 그것은
이미 조금씩 사라지면서 약해지기 시작하고 있었다. 자신이 상
상한 것보다 시간이 더 적을지도 모른다는 느낌에 그녀는 덜컥
겁이 났다. 인도에서 살 수 있는 시간이 적을 뿐 아니라 살아 있
는 시간 자체가 적을지도 모른다는 생각이 들었다. 그녀는 잠깐
엄마를 생각했지만 슬퍼하기에는 너무 많은 시간이 지나가버렸
다. 잠시 애써보았지만 구체적인 느낌이 전혀 들지 않았다. 그다
음에는 시시를 생각했다. 그녀는 아주 오랜만에 여동생의 기억
을 제대로 떠올리는 것을 자신에게 허락했다. 그 기억은 효과가
있었다. 가슴의 통증이 더 날카롭게 느껴지고 눈에 눈물이 고였
다. 그러나 왠지 모르지만 시시를 생각하는 것만으로도 자신의
몸이 훨씬 덜 중요하게 느껴졌다. 맥주를 너무 많이 마시고 햇볕
을 너무 많이 쬔 탓이기를 바랐지만, 실제로는 더 영구적이고 더
불길했다. 뭔가가 그녀를 갉아먹고 있었다. 그게 뭔지 말할 수는
없지만, 자기 안에 불청객이 뿌리내렸다는 것을 확실히 느낄 수
있었다. 몸이 들썩거렸고 계속 눈물이 흘렀다. 그러다 결국 잠이
들었다.

아침이 되자, 그녀는 길을 건너 문신 새기는 여자에게 갔다.

거기서 옷을 벗고 자신의 피부 색깔을 바꾸도록 여자에게 몸을
내맡겼다.

린델 씨가 죽었다. 삐뚤어진 심보지만, 우리는 그가 죽은 애리
조나 사막이 아니라 우리 동네에서 장례식이 열릴 거라는 소식
에 들떴다. 부고기사는 예술이었다. 망자가 생전에 받지 못했던
관심을 받게 해주는 종류의 글이었다. 우리는 그것을 읽고 또 읽
었다. 그것을 연구했다. 눈에 불을 켜고 흔적을 찾았다. 우리는
수화기를 들었다가 다시 내려놓았다. 우리는 그 기사에서 우리
를 가리키는 표시, 우리 또한 그의 인생의 일부였다고 인정하는
표시를 찾고 싶었다.

6월 16일 금요일 저녁, 허버트 휴 린델은 향년 67세로 자택에
서 가족에게 둘러싸여 일 년여에 걸친 췌장암과의 싸움을 조용

히 끝마쳤다. 조지아 주 브런즈윅에서 태어나 애틀랜타에서 성장한 허버트는 애리조나에서 딸 시시와 함께 살았고 그곳에서 평화롭게 생을 마감했다.

칭찬의 말이나 몸짓을 좋아하는 사람은 결코 아니었지만, 성실하고 진실한 친구, 향토 음식을 즐길 줄 아는 진정한 미식가, 언어의 달인, 정직한 변호사, 객관적인 중재자, 지정학 전문가, 훌륭한 남편이자 아버지였다는 나의 표현에 그가 이의를 제기하지는 않으리라 생각한다.

손녀들에 따르면, 그는 괜찮은 사람이었고 남자 중의 남자였다고 한다. 그의 딸과 조지아 주 마리에타에 사는 누이 낸시, 그리고 사랑스러운 많은 손주들은 그를 몹시 그리워할 것이다.

허버트를 기리는 공개 장례식은 요청대로 대서양 인근 중부 지방에서 치러질 것이다.

갑작스럽게, 느닷없이 등장한 일인칭이 내내 우리 뇌리를 떠나지 않았다. 부고기사는 시시의 솜씨였다. 틀림없었다. 그녀가 아무렇지도 않게 딱 한 번 사용한 나라는 단어를 보자마자, 그녀의 목소리, 그녀의 몸, 그녀의 이상한 존재감이 우리에게 완전히 되살아났다. 그러나 우리의 눈길을 사로잡고 우리를 멈칫하게 한 것, 진정으로, 진정으로 우리를 불편하게 한 것은 그녀 아버지의 부고기사에 노라 린델의 이름이 없다는 명백하고 불가해한 사실이었다.

일요일 아침, 아내들이 세면대에서 아기를 씻기거나, 저녁식사를 준비하기 위해 감자 껍질을 벗기거나, 일주일 만에 처음으로 위층에서 늦잠을 자는 동안, 우리는 각자 식탁에 앉아 애리조나에서 온 부고기사를 다시 읽었다. 그리고 (아주 잠깐이나마) 노라 린델이 존재하고 있을지 생각해보았다.

우리를 정신 차리게 한 것은 어머니들이었다. 한 번에 한 집씩, 비상연락망이 부활했다. 즈블로스키 부인은 보이드 부인에게 전화를 걸었고, 보이드 부인은 엡스타인 부인에게 전화를 걸었다. 그리고 언제나처럼 정보 전달의 사명에 충실한 어머니들은 우리에게도 전화를 걸었다.

"봤니?" 그들이 물었다.

"뭘요?" 우리는 늘 그렇듯 시치미를 떼고 말했을 것이다.

"신문 말이야." 그들은 조바심을 내면서 못 믿겠다는 듯이 말했다. 그들이 손가락을 번갈아가며 식탁 위를 두드릴 때마다 손톱이 딱딱거리는 소리가 들렸다. "린델 씨 말이야."

"아, 그거요." 우리는 말했을 것이다. 우리의 아내들은 도대체 무슨 유난스러운 용무가 있어서 일요일에 그러는지 궁금해하며 눈썹을 찌푸리고 있었을 것이다. 아마도 우리는 그들을 향해 눈을 부라리거나 고개를 저었을 것이다. 아마도 우리는 어머니들이 이 대화를 그만두길 원치 않는다는 뜻을 비치기 위해 그들을 향해 호들갑스레 손을 움직였을 것이다. 그러나 그 기사와 기사 내용, 우리가 어머니들에게 넌지시 알려줬으면 하는 새로운 정보를 털어놓거나 흘리거나 기사에 몰두해 있었다는 인상을 주는 일 따위는 하지 않았을 것이다.

우리는 아내들에게 등을 돌린 채 그들과 멀찌감치 떨어진 현관이나 서재, 지하실로 가서 통화를 계속했다. "물론 봤죠. 그런데 읽을 시간은 없었어요." 우리는 말했을 것이다. "왜 죽었다던가요?"

"그게 중요해?" 그들은 말했다. 그들에게는 그들의 나이가 훨씬 더 현재적인, 훨씬 더 실질적인 문제였다. "노라 이야기가 싹 빠진 걸 못 봤다는 거니? 그애가 살아 있지도 않았던 것처럼 빼버린 걸 못 봤어? 이렇게 망신스러울 수가. 정상이 아니야."

"이제 애리조나에 가서 살 마음은 없으신가봐요."

"애리조나에 대해서는 입도 뻥긋 안 했다. 누가 애리조나에서 살고 싶다던?" 우리의 어머니들이 말했다.

"장례식에 가실 거예요?" 우리가 물었다. 우리의 심장이 마구 뛰었다. 박동이 점점 빨라지며 다음 박동을 끝없이 추월하려고 애쓰는 것 같았다.

"글쎄, 시시가 노라를 무시했다고 린델 씨까지 무시하는 건 옳지 않을 거야. 그렇지 않니?"

"아마 시시가 그런 게 아닐 거예요. 신문사에서 그랬겠죠." 우리는 말했다. "어쩌면 이미 있는 양식 중 하나에 채워넣은 건지도 몰라요."

"하!" 그들은 언제나처럼 울분을 터뜨렸다. 전화를 끊고 나서 그들은 자신들의 부고기사를 작성하기 시작했다. 아무것도 빠뜨리지 않고 모든 것을 있는 그대로 한 페이지 분량에 집어넣었다. 아이들이란 믿을 수 없으니까. 게다가 특히 우리는 그들을 완전히 실망시켜왔다.

그러나 그들은 한결 차분해져서 한 사람씩 차례로 다시 전화를 걸어왔다. 아마도 그들 자신의 인생을 회고하면서 까칠했던 기분이 누그러졌을 것이다. "열시에 데리러 와라. 장례식에 늦는 건 예의가 아니야."

물론 우리는 참석했다. 어떻게 그러지 않을 수 있겠는가? 교회에 도착한 우리는 어머니들에게 앞줄에 앉자고 고집을 부렸다. 그러나 그들은 가족에게 방해되지 않도록 친구들과 함께 뒤쪽에 앉겠다며 반대했다. 그들은 한 사람씩 차례로 우리에게서 떨어져나가고 결국 우리만 남았다. 이제 우리는 어머니라는 평계가 없으면 앞줄에 가서 앉지도 못할 만큼 소심해졌다. 우리는 떼 지어 뒷자리로 갔다. 어머니들이 앉은 건너편 자리였다. 우리는 이상해 보이는 서른세 살 남자들의 무리였다. 우리는 어린애, 난생처음 정장을 입은 소년처럼 이상해 보였을 것이다. 우리는 예절을 잊어버렸다. (디너만 부인이라면 우리에게 버릇까지 잊어버렸다고 했을 것이다.) 우리는 우리가 취해야 할 자세, 우리의 어머니들이 오랫동안 가르쳐온 모든 것을 잊어버렸다. 누군가 코를 팠다. 대니 햇칫이었나? 또다른 누군가는 콧방귀를 뀌었다. 폴 엡스타인이었나? 누가 그딴 걸 기억하겠는가? 그러나 아마도 폴 엡스타인이 맞았을 것이다. 폴은 항상 좀 무신경했다. 그도 어쩔 수 없었다. 너무 긴장한 나머지 그냥 튀어나온 것이다. 그는 교장실에 들어가면 주체를 못하고 트림을 하곤 했다. 그래서 항상 오해를 받았다. 피할 수 없는 불안 증상이 아니라 고의적인 무례함이라는 오해를.

드루 프라이스가 몸을 숙이더니 속삭였다. "오르간 주자가 연주하는 저 노래, 〈판초와 레프티〉* 아니야? 내가 장담하는데, 〈판초와 레프티〉가 분명해." 우리도 똑같은 생각을 하고 있었지만 그의 말을 무시했다. 하지만 그가 우기는 걸로 봐서, 우리 생각

---

* 노상강도인 멕시코 사람 판초와 그를 배신한 동료 레프티에 대한 노래.

이 틀린 것 같았다. 드루 프라이스가 언제 옳은 말을 한 적이 있나? 카탈리나의 남자에 대해서든 자기 생부에 대해서든, 맞는 말을 한 적이 있나?

윈스턴 러더포드가 제일 먼저 앞줄에 앉은 빨간 머리 두 명을 알아보았다. "맙소사." 그가 말했다. "씨팔, 맙소사. 그애들이야. 노라의 딸들." 잭 보이드가 장례식에 있었다면 그애들이 피닉스 공항에서 본 여자애들이 맞는지 확인해주었을 것이다. 하지만 그는 그 자리에 없었다. 우리 스스로 판단해야 했다.

우리가 그 상황에 대한 윈스턴의 주장을 놓고 입씨름을 벌이기도 전에, 옆방에서 시시가 나타났다. 그녀는 검은 옷을 입고 있었다. 검은 바지, 검은 터틀넥, 검은 장갑. 그녀 옆에는 또다른 여자애, 자그마하고 가무잡잡하고 불타는 빨간 머리가 아닌 여자애가 있었다. 시시는 우리가 예상했던 그대로였다. 키가 크고 날씬하고 위엄이 있었다. 모성애를 풍기지만, 우리의 어머니들 같지는 않았다. 그리고 우리의 자식을 낳은, 또 앞으로 낳게 될 우리의 아내들 같지도 않았다.

그들이 자리에 앉은 모습은 볼만했다. 그들이 유족이어서가 아니라, 나란히 앉은 방식 때문이었다. 등밖에 보이지 않았지만 가장 큰 사람부터 가장 작은 사람까지, 시시를 시작으로 빨간 머리가 셋이고, 네번째의 그 이상하고 작은 갈색 머리 여자애가 끝이었다. 그들은 모두 울었다. 어린 여자애들만이 할 수 있는 방식으로 내내 울었다. 그들은 주먹을 꼭 쥐었다. 서로 부둥켜안았다. 서로의 어깨에 기대 가녀리게 흐느끼며 눈물을 흘렸다.

반면 시시는 감정을 드러내지 않았다. 때때로 바로 옆에 앉은 아이에게 팔을 두르거나, 몸을 기울여 몇 자리 건너에 앉은 작은 여자애의 무릎을 어루만질 뿐이었다. 그러나 대개는 똑바로 앉아서 앞을 보고, 기다렸다.

어느 시점에서 누군가가 시시가 앉은 의자 맨 끝에 덩치 큰 멕시코 남자가 앉아 있는 것을 알아차렸다. 그는 우리보다는 우리의 어머니들 나이에 가까웠다. 그는 울지 않았지만 불편해 보였다. 한두 번 우리와 눈이 마주쳤지만 곧 시선을 돌렸다. 그는 대부분 같은 줄에 앉은 여자애들, 시시 옆에 앉은 여자애들에게 시선을 고정하고 있었다. 그들을 보호하려면 거리가 필요한 듯 그들에게서 가까운 동시에 먼 자리를 고른 것 같았다. 때때로 그는 누가 오기를 기다리는 것처럼 우리 뒤의 문을 바라보았다.

윈스턴 러더포드는 그 남자가 틀림없이 가장 어린 여자애의 아버지일 거라고 말했다. 우리는 그를 보고 웃었다.

"그래, 그럼 엄마는 누군데? 노라, 아니면 시시?" 우리가 물었다.

"멍청하게 굴지 마." 윈스턴이 말했다. "저애는 시시랑 똑같잖

아. 하지만 국경 남쪽의 피가 약간 섞였다고." 우리는 혼자만 색이 다른 그 이상한 여자애를 한번 더 보았다. 그러고 나서 시시를 보았다. 그러고 나서 다시 멕시코 남자를 보았다.

"시시는 저치와 섹스할 맘이 났을까?" 우리가 말했다. "저치가 두 배는 나이가 많을걸."

"걔는 대니하고도 했잖아." 윈스턴이 말했다. 우리는 그냥 무시하며 시선을 돌렸다. "네 아버지의 닛산 뒷좌석에서였지. 그렇지, 대니?"

"뒈져버려." 대니가 목소리를 낮춰 말했다. 그리고 어디에 강조를 둬서 욕을 해야 할지 모르겠다는 듯 덧붙였다. "이제 내 차야, 등신아." 통로 건너편에서 누군가의 어머니가 기침을 했다.

"어쨌든. 그게 그러니까 팔 년 전이었나? 크리스마스였어, 아니면 추수감사절이었어?" 폴 엡스타인이 말했다. "지금이라면 대니는 시도도 못해볼걸."

"뒈져버려, 엡스타인." 대니가 말했다. "넌 고등학교 때도 걔를 못 가졌어."

"팔 년이야." 엡스타인이 말했다. "저기 저 어린애가 몇 살인 것 같아?"

"닥치라고 했지." 대니가 말했다.

토미 바울스, 아마도 그의 형과 세라 제프리스와 닷지 뒷좌석에 대한 소문 때문이겠지만(토미는 절대로 닻지를 몰지 않았다), 늘 조금은 죄지은 사람 같던 그가 말했다. "여기 장례식장이야, 얘들아. 그만 좀 해." 우리는 잠시 우리 자신과 우리의 나이와 우리의 아내들, 그리고 얼마 후 집으로 돌아가면 모범을 보이려고 노력해야 할 우리의 아이들을 떠올렸다.

멕시코 남자의 이름은 문도였다. "세상이란 뜻이지." 그가 말했다. 그리고 두 손으로 가상의 행성을 둥글게 만들어 보였다. "그게 나야." 그가 웃으며 말했다. 그는 키가 작았지만 몸은 술통처럼 컸다.

우리는 모두 그와 악수했다. 그는 우리 중 누구라도 쉽게 바닥에서 들어올릴 수 있을 것 같았다. 우리는 집에 가기 싫어서, 시시와 말 한마디 못 나누고 떠나기 싫어서, 집에 가서 아내 대신 아이를 보기 싫어서 주차장에 서 있었다.

"린델 씨와 아는 사이셨나요?" 드루 프라이스가 물었다. 때때로 드루를 한 대 치고 싶었다. 도대체 어디까지 멍청해질 수 있는 녀석인지 알 수 없었다.

멕시코 남자는 드루를 무시했다. 드루의 말을 제대로 듣지 못했을 수도 있다. "시시는 시시가 가지고 있는 것을 원해." 그가 말했다. "그래서 내가 여기 있는 거야. 그리고 허버트는 아주 좋은 사람이었으니까." 우리는 대화를 어디로 이끌지 난감해하면서 고개를 끄덕였다.

"문도와 인사들 했네." 시시가 말했다. 어쩌된 일인지 시시는 어느 틈에 우리 옆에 와 있었다. 우리는 모두 그애가 우리를 알아봐줄 순간을 기다리고 있었다. 하지만 마침내 그 순간이 왔는데 우리는 전혀 준비가 되어 있지 않았다. "문도가 없었으면 작년에 우리는 버틸 수 없었을 거야. 바보 같은 호스피스보다 훨씬 더 간호를 잘해주셨어. 인간 고해소 같아. 맹세하는데, 이분을 보고만 있어도 나는 품안에 안긴 기분이 들어." 그녀는 그 말을 우리가 아닌 문도에게 했다. 우리는 몰래 엿보고 있는 기분이었다. 그러나 우리는 시선을 돌리지 않았다.

문도가 웃었다. "고해소라. 그런 건 잘 몰라." 그는 시시에게 눈을 찡긋했다. "하지만 내가 요리사 겸 정원사고 집 지키는 사람이긴 하지." 그가 조용히 말했다. "네가 원하는 게 무엇이든지. 그게 나야. 내 손가락으로 만드는 세상." 그는 다시 두 손으로 가상의 행성을 만들어 보였다. 시시가 손을 내밀었고, 그는 거기에 키스했다. 그리고 나서 그 커다란 손으로 그녀의 얼굴을 감싸고 이마에 입을 맞췄다. 우리는 보고 있었다. 우리가 거기 있는 것이, 그들이 우리 앞에서 그러고 있는 것이 옳지 않아 보였다. 대니 햇칫의 얼굴이 벌게졌다. 문도는 고개를 숙이고 여자애 셋이 있는 쪽으로 느릿느릿 걸어갔다. "저분은 우리 아버지를 아주 좋아했어." 시시가 말했다. "두 분이서 체스를 두셨지. 음, 실은 체커였어. 하지만 아버지는 체스라고 우겼지. 그게 체커인 줄 알면, 우리가 문도나 아버지를 존경하지 않을 거라고 생각하셨나봐. 하지만 우리는 무척 가까워졌어. 이제 우리는 그 사람 없인 어디도 안 가."

시시가 그를 바라보는 우리를 바라보았다. 그의 주위에 있는 여자애들을 바라보는 우리를 바라보았다. 우리는 다시 7학년으로 되돌아갔다. 아무 말도 할 수 없었다. 누가 먼저 불러주기를, 괴롭혀주기를 기다리고 있었다. 무엇이든. 우리는 먼저 말을 걸어줄 여자애를 기다리고 있었다.

"제일 큰 애, 보라색 원피스를 입은 저애는 머리를 묶은 애와 쌍둥이야. 둘이 완전히 똑같지는 않지만. 이름은 루시, 우리 엄마 이름을 땄어." 우리는 고개를 끄덕였다. 마치 〈사운드 오브 뮤직〉의 한 장면 같았다. 다만 코미디인지 풍자극인지는 알 수 없었다. 시시는 무표정했다. 그리고 아이들을 소개할 때조차 우리를 놀리는 것 같았다.

"루시와 쌍둥이인 애는 아이비야. 친척 이름을 땄어. 얼굴 찡그리지 마, 폴. 무례하잖아." 바로 그때, 시시가 제프리스 씨네 광에서 케빈 소프와 그 유명한 밀회를 가졌던 날 이후 폴이 고등학교 한 해 동안 그녀를 부를 때 했던 그 끔찍한 말을 그녀가 기억하고 있는지 아주 잠깐이라도 궁금해하지 않기란 불가능했을 것이다.

우리는 시시의 말을 들으며 여자애들을 바라보았다. 시시를 똑바로 바라보는 게 내키지 않았다. 그녀의 얼굴을 속속들이 기억하게 될까봐 겁이 났고, 더 정확히 말하면, 우리의 환상이 현실과 어긋날까봐, 현실에 거부당할까봐 내키지 않았을 것이다. 여자애들은 우리에게 관심이 없었다. 아이들은 서로와 서로의 옷에 정신이 팔려 있었다. 쌍둥이 중 하나가 작은 아이의 치맛단을 반듯이 펴주었다. 그러자 작은 아이는 다른 쌍둥이의 볼에 붙은 눈썹을 떼어주었다. 그애들은 원숭이 같기도 했고 야생 조랑말 무리 같기도 했다. 굉장히 이국적으로 보였고, 우리의 집에 있는 길들여진 아이들과는 완전히 달라 보였다.

"갈색 머리 애는 노라야." 시시의 말이 다시 우리 주의를 끌었지만 시시는 우리와 눈을 맞추지 않았다. 우리는 잠시 우리 앞에 있는 그 자그마하고 가무잡잡한 노라, 우리가 아는 노라와는 영 딴판인 그애를 바라보았다. 한 사람씩 차례로, 기껏해야 몇 초 간격을 두고, 거무스름한 피부의 대니 햇칫을 바라보았다. 그리고 당구 홀과 테킬라, 그의 아버지의 차(지금은 그의 차!) 닛산 뒷좌석에서 시시 린델과 그 사이에 있었던 일을 다시 기억해냈다. 우리는 머릿속으로 계산을 하느라 바빴다. 어느 순간에는 충분히 그럴 수 있다고 확신했다가, 다음 순간에는 절대 그럴 리 없다고 확신했다. 팔 년이었다. 그 짧았던 관계의 결과치고는 저 애 나이가 너무 많지 않나? 확실하게 알기는 어려웠다. 그애의 몸집도 헷갈렸다. 그러나 대니에게 물어보는 것은 생각도 할 수 없는 일이었다. 특히 장례식장에서는. 그날은 어머니들의 태도가 우리에게도 다분히 영향을 미치는 날이었다.

"여기 얼마나 있을 거야?" 마침내 완전한 문장을 말하는 데 성공한 녀석은 윈스턴 러더포드였다.

"확실하지 않아요." 쌍둥이 중 하나, 아마도 사춘기의 경계에 있는, 사춘기가 시작되기 직전인 듯한 아이비가 말했다. 문득 보호받고 싶은 듯 그애는 시시 옆에 섰다. 시시가 한쪽 팔로 그애를 꽉 안았다. 달래려는 게 아니라 그저 애를 조용히 시키려는 것 같았다.

"두고봐야지." 시시가 말했다. "하지만 아마 오늘밤 늦게 하이 스트리트에 있는 술집에 가 있을 거야. 고모님이 애들을 봐주시기로 했어. 원한다면 소문내. 누구라도 와주면 반가울 테니까."

시시 아버지의 장례식 날 밤 우리가 하이 스트리트의 술집으로 오라는 시시의 생각지도 못한 초대를 받았다고 말했을 때, 우리의 아내들은 이상하게 고분고분했다. 처음에 우리는 그들이 오해를 했다고 생각했다. 함께 가자는 말로 알아들은 줄 알고 겁에 질렸다. 그들은 우리의 혼란을 즐기는 듯했다. 그런 장난은 우리를 미숙한 어린아이처럼 느끼게 만들었고 우리는 그게 마음에 들지 않았다. 어찌된 일인지 우리는 나이를 먹으면 먹을수록 여자들, 그러니까 어머니들, 아내들, 나중에는 딸들에게조차 점점 더 진지한 대접을 받지 못했다.

"걱정 마요." 그들은 아기를 위아래로 어르면서, 그 작은 허파에서 마지막 딸꾹질이 나오게 하려고 애쓰면서 말했다. "나는 초대받지 않았다는 거 아니까. 괜찮아요. 개 산책시키고 영화나 보죠. 정말 괜찮아요." 그들은 우리의 등을 쓸어주며 웃었다. "긴장 풀어요." 그들이 말했다. "당신은 아직 젊어서 정말이지 그런 걱정스러운 표정은 안 어울린다고요." 등을 쓸어주는 것은 기분 좋았지만 동시에 어린애 취급을 받는 느낌이라서, 그런 복합적인 감정이 의미하는 바가 무엇인지 신경이 쓰였다.

여덟시 무렵, 우리 대부분이 술집에 있었다. 폴 엡스타인, 잭 보이드, 윈스턴 러더포드, 척 굿휴, 스투 즈블로스키, 드루 프라이스, 마티 멧카프, 트레이 스티븐스, 대니 햇칫까지도. 아니, 특히 대니 햇칫. 우리 모두 거기 있었다. 드루와 폴은 당구를 쳤고 나머지는 바에 자리를 잡았다. 대니는 모두를 위해 테킬라를 주문했고 우리 중 몇몇이 그 술값을 결국 누가 내게 될지 궁금해할 때, 트레이가 그날 밤 술값은 전부 자기가 낸다고 공언했다. 우리가 존경하기도 하고 증오하기도 하는 그의 행동 중 하나였다. 어쨌든 계산서는 처리되었고 그건 다행이었다. 그러나 한편으로는 우리가 먼저 그런 제안을 하지 못했다는 사실에 갑자기 얼간이가 된 기분이 들었다.

우리는 여름방학 때 처음 아르바이트를 해서 번 돈을 손에 쥐고 레코드 가게에서 돈을 쓰고 싶어 안달난, 마음에 꼭 드는 앨범을 찾아야 한다는 절박함을 느끼는 아이들 같았다. 평생 처음으로 우리는 노라 린델에 대해 이야기하지 않았다. 그 여자애 셋은 물론이고, 심지어 덩치 큰 멕시코 남자에 대해서도 이야기하지 않았다. 트레이는 뒤뜰에 수영장을 만드는 것에 대해 이야기했다(그는 최근에 받은 유산을 펑펑 쓰고 있었다). 그러나 부동산을 천직으로 선택한 잭 보이드, 장례식을 놓쳤지만 공항에서 택시를 타고 곧장 술집으로 달려온 잭은 반대했다. "수영장은 돈 잡아먹는 귀신이야. 네가 그 집에서 죽을 계획이 아니라면, 수영장 생각은 접는 게 좋을 거야." 잭이 말했다. "어쨌든 넌 결혼 안 했잖아. 놀아줘야 할 아이가 있는 거랑은 달라. 젠장, 네가 수영장을 만들어서 여름 동안 우리 애들을 봐주고 싶은 거냐?" 우리는 잭의 말을 듣고 웃었다. 그때까지 우리가 들어본 말 중에 최고로 정신 나간 것인 양. 세상에 누가 자진해서 자기 자식이 아닌 애를 봐주려고 하겠는가? 트레이도 웃었다. 물론 그는 그랬다. 왜 아니겠는가?

요즘 우리는 뒤뜰에 불을 피우고 숯을 준비하고 스테이크를 양념에 재면서, 트레이가 그때도 자신의 성향을 알고 있었을지 궁금해한다. 그때 이미 그것이 그의 안에 있었을까? 아니면 진저 엡스타인을 본 것이 그것을 끌어내는 계기가 되었을까? 우리가 모르는, 절대로 알 수 없는 다른 아이들이 있었을까? 아내들이 우리 어깨를 가만히 잡으면 비로소 그런 몽상에서 빠져나온다. "여보." 아내는 말한다. "숯 준비됐어요? 애들 배고파요." 그리고 그런 순간 그들은 항상 부드럽다. 마치 우리의 생각과 두려움과 근심을 읽을 수 있는 것처럼 불가능할 정도로 넓은 이해심을 보인다. 때때로 그들은 남자가 된다는 것, 아버지, 남편, 다른 사람의 인생을 책임지는 인간이 된다는 것, 그것이 얼마나 큰 중압감을 주는지 거의 다 이해하는 것 같았다.

우리가 그 술집에서 얼마나 오래 기다렸는지 누가 알겠는가? 폴과 드루가 얼마나 많은 게임을 하고 몇 번이나 지고 이겼는지 누가 알겠는가? 우리가 아는 것은 시간이 늦고 다들 취했을 때,

바텐더가 수화기를 들고 이렇게 말했다는 사실이다. "대니얼 해처 씨 계세요? 대니얼 해처?"

"햇칫이에요." 누군가 말했다.

"누가 받을 거요?" 바텐더가 물었다.

대니가 전화기 있는 데로 향했다. 우리는 대니를 보지 않으려고 했다. 누가 전화했는지 또는 왜 전화했는지 신경쓰지 않으려고 했다. 아마 우리는 처음으로 텔레비전에 눈길을 주었을 것이다. 어쩌면 관심도 없는 게임인데 바텐더에게 볼륨을 키우라고 말했을 것이다. 이 모든 것은 우리가 신경쓰지 않는 것처럼 보이기 위해서, 대니와 우리와 자기 자신에게 그 전화에 전혀 신경쓰지 않는다는 것을 보여주기 위해서였다.

나중에 드루 프라이스는 전화를 끊자마자 대니가 바를 주먹으로 내리치는 걸 보았다고 장담했다. 때때로, 항상은 아니지만 때때로 드루는 다른 사람의 고통에서 기쁨을 얻는 경향이 좀 심했다.

"그애는 안 올 거래." 대니는 고개를 돌려 우리를 보며 말했다. "시시야. 애들한테 무슨 일이 있나봐. 어쨌든 안 올 거래."

"썅, 그럴 줄 알았어. 난 갈래." 척 굿휴가 말했다. 그러고는 작별인사도 없이 술집에서 나갔다. 우리는 척의 집에, 페그와 딸들에게 무슨 일이 있을지도 모른다는 생각에 아침에 전화해서 괜찮은지 물어보자고 머릿속에 메모를 해두었다. 다음날 우리가 전화했을 때(아침은 아니었다. 우리는 오후가 한참 지나서야 그가 술집에서 갑자기 나간 것을 기억해냈다) 척은 더없이 차분했다. 아무 일 없느냐고 진지하게 묻는 우리에게 낄낄거리기까지 했다. "괜찮아, 정말이야. 전화까지 해주고 넌 좋은 놈이야. 아무 문제 없어." 물론 지금은 우리도 안다. 술집에서 시시를 기다리던 그날 밤 척은 일주일 중 밍카 디너만과 함께 보낼 수 있는 몇 시간을 상당히 많이 까먹었을 것이다. "쌍." 우리는 그가 나가면서 했던 말을 기억한다. "쌍, 쌍."

대니는 술집 앞에 닛산을 그대로 세워두었고 트레이는 바텐더에게 신용카드 번호를 알려주고 우리를 잘 부탁한다고 말한 다음, 대니를 집에 데려다주었다. 문 닫는 시간까지 남아 있었던 나머지 사람들은 자정에 집에 들어가는 것보다 새벽 두시까지 뭉개다 가는 게 덜 시끄러울 거라고, 아니, 어차피 다음날 아침에 일어날 일 따위는 상관없다고 판단할 만큼 취해버렸다.

언제부터인가 우리의 집에서 수영장 파티가 열리기 시작했다. "너무 심한 것 같아서요." 우리는 어머니들에게 말했다. "어머니한테 친구 녀석들과 애들 대접을 부탁하는 게요. 저희 집으로 오세요. 그게 여러모로 더 편할 거예요." 물론 그들은 그게 어떤 의미인지 알고 있었지만 수긍했다. 그것은 우리가 마침내 한창때에 이르렀고, 마침내 어른이 되었고, 마침내 우리 자신과 가족을 돌볼 수 있게 되었다는 의미였다. 요컨대 그들이 늙어가고 있고, 반환점을 돌고 있고, 패배를 인정하게 될 거라는 의미였다. 어쨌든 그게 인생이고 살아가는 과정이었다. 우리는 그렇게 살기 위해 태어났다.

우리에게는 집이 있고 아내가 있었다. 우리 중 몇몇은 벌써 애가 둘 이상이었다. 여러 면에서 우리는 왕이었다. 모든 것이 우리 앞에 있었다. 운동은 의무가 아니라 자발적이었다. 우리의 몸은 언제까지나 호리호리함과 근육을 유지할 것처럼 보였다. 아내들은 엄마가 되어가고 있었지만, 여전히 우리에게 홀딱 빠져 있었다. 그들이 밤늦게 아기를 재우고 나서 침대에 살그머니 들어와 우리가 원하는 말, 우리가 들어야 할 말을 속삭여줄 때면 우리는 여전히 고등학생처럼 느껴졌다.

드루 프라이스와 그의 아내는 우리 중 가장 큰 수영장과 최고의 야외 바비큐 장비를 갖추고 있어서 당연히 자기 집에서 수영장 파티를 열고 싶어했다. 토요일이 이상적이었다. 아내들은 우리가 마시는 술의 양에 관대해졌고, 아이들은 느긋하게 빈둥거리면서 학교나 캠프에서 내준 숙제를 해치우는 등 주중에 못한 일들을 만회했다. 그날도 토요일이었다. 그해에 우리는 스물아홉 살이었다. 프라이스 부부가 그 여름의 마지막 수영장 파티, 즉 척 굿휴와 밍카 디너만의 불륜이 시작된 시점으로 기록될 수영장 파티를 열었다.

모두가 거기 있었다. 즈블로스키 부부, 폴 엡스타인과 그의 아내와 그들의 어린 딸, 잭 보이드와 아내 넘버원(그녀는 아기를 하나 낳고 상당한 이혼수당을 타낼 수 있을 때까지만 그의 곁에 있었다), 척과 당시엔 약혼녀였던 페그 휘트니, 페그와 척이 새로 개업한 병원의 간호사 중 한 명과 동행한 트레이 스티븐스, 밍카(디너만 메르세데스에서 그녀의 위치는 모든 수영장 파티에 최신 고급 세단을 타고 올 수 있음을 의미했다. 우리는 아내들이 매번 그걸 의식한다는 것을 의식했다), 심지어 예측 불가능한 공사장 일정 때문에 항상 같이 있지는 못했던 대니 햇칫마저 그날은 잠시 거기 있었다. 그리고 물론 우리의 부모들도 그 파티에 있었다. 그들은 일찍 와서 진토닉을 몇 잔 마시고 해가 떨어지자마자 집으로 돌아갔다. 그 무렵이 되면 우리의 아이들은 잠자리에 들어야 하는 것과 아이스크림을 더 먹지 못하는 것 그리고 마지막으로 한 번밖에 수영을 못하는 것에 대해 불평하기 시작했다. 아이들의 불평은 항상 우리의 부모들에게 자리를 뜰 빌미를 주는 것 같았다. "예전에 다 겪은 일이지." 그들은 변명이나 사과를 할 시도조차 하지 않고 차 있는 곳으로 가면서 말했다. "애들이 울부짖는 소리를 듣고 있기에 우린 너무 늙었어. 이젠 너희 차례야."

부모들이 떠나고 얼마쯤 지났을 때, 우리 중 몇몇은 맥주에서 더 센 술로 갈아타기 위해 슬쩍 집안으로 들어갔다. 우리 부모들은 정오에 진토닉을 마셨지만, 그들 앞에서 독한 술을 마시는 건 여전히 어색하게 느껴졌다. 우스운 일이지만, 우리는 인생에서 그렇게 당당하고 완벽한 주도권을 쥔 것처럼 느끼면서도 여전히 과거의 리더였던 그들의 지위에 순종했다. 조만간 노쇠함이 그들에게서 그런 지위를 완전히 박탈할 것이다. 그러나 당분간은, 변화를 감지하고 우리의 밀물과 그들의 썰물을 느낄지라도 우리는 여전히 그들이 젊었던 시절의 기억을 존중했다. 그 기억이 까마득히 멀긴 하지만 언젠가 우리 자신도 그런 썰물을 맞이하리라는 사실을 알았던 것 같다. 언젠가. 물론 당장은, 당장은 아니었다. 당시에는 이미 태양에 흠뻑 취한 채 더 센 것, 더 좋은 것으로 취할 기대감을 안고 살그머니 집안으로 들어갔을 뿐이다.

그러나 정말로 그런 나날이었다. 우리가 가족과 함께 집으로 돌아오면 높다란 침실 창문이 열려 있고, 산들바람과 함께 수영장의 소독약 냄새가 올라오고, 수영장 주변에 심은 나무들에서 희미한 보리수 냄새가 풍겨오고, 아기들은 옆방에서 칭얼거리고, 아내들은 우리 위에서 혹은 아래에서 꾸준히 몸을 움직이고, 여전히 날쌔게 손을 놀리고, 여전히 젊고, 여전히 적극적이던 그런 나날이었다. 그때 우리가 가지지 못한 게 무엇이었던가? 우리가 손에 쥔 것, 우리의 집에 있는 것 말고 다른 무엇에 대해 환상을 품을 수 있었을까? 노라 린델은 잊자. 아니, 노라 린델을 결코 완전히 잊을 수는 없다. 대신 잠시만이라도 그애가 여전히 우리와 함께 있고 언제나 우리와 함께 있었던 척하자. 우리가 갖고 있는 것도 좋지 않은가? 이런 인생도 완벽하게 충분하지 않은가? 그애는 우리의 아내들이 갖지 못한 것을 정말로 우리에게 줄수 있었을까? 어쩌면 그랬을 것이다. 어쩌면. 하지만 그날 밤, 그해 여름 마지막이었던 프라이스 부부네 수영장 파티 후에는 모든 것이 근사하게 느껴졌다. 우리는 충만했고, 완전했고, 만족스러웠다. 우리는 과음을 했고 무두질한 가죽처럼 살을 태웠다. 그리고 왕처럼 잠들 준비가 되어 있었다. 여름은 거의 끝났고, 우리는 그날 밤, 그해 내내 행복했다. 진심으로 그랬다고 생각한다.

"이 하늘은 애리조나 하늘 같아." 노라가 말했다.

"무슨 소리야?" 아브자가 물었다.

"애리조나? 미국의 주 이름이야." 노라가 대답했다. "그랜드 캐니언, 스키, 사막, 선인장이 있는 곳이지. 산엔 사자도 있어. 알고 있었어? 애리조나는 좋은 오크나무라는 뜻이야. 아리츠 오나. 아마 당신 마음에도 들 거야. 의미가 있으니까. 주를 대표하는 새는 피닉스*야. 아니, 그건 말이 안 되지. 피닉스는 주도_{州都} 이름이야. 주를 대표하는 새는 뭔지 모르겠어. 내가 하나 지어낼 수도 있겠지. 홍관조 같은 걸로. 풋볼 팀 이름**처럼 말이야."

---

* 불사조.

침묵이 흘렀다.

"다 끝났어?"

"응." 노라가 말했다. 그녀는 아브자의 셔츠 위로 손을 가져가 젖꼭지를 딱딱해질 때까지 비틀었다. 아브자가 노라의 손을 치웠다.

"내 말이 그런 뜻이 아니라는 거 알잖아."

"당신 말이 그런 뜻이 아니라는 거 알아. 맞아."

"그럼 이 하늘이 어떻게 애리조나 하늘 같은지 설명해봐."

그들은 노라가 묵는 호텔 옥상에 반듯하게 누워 있었다. 아브자가 담요를 깔았다. 그녀는 항상 더러움에 대비하는 듯 보였다. 노라는 항상 놀랐다.

"터키색, 붉은색, 주황색." 노라가 층층이 색깔이 다른 하늘을 가리키며 말했다. "요란하다garish는 말 알아?"

"날 가르치려는 거야?"

"당신을 가르칠 생각 같은 건 없어." 노라가 말했다.

"그래, 어쩌면. 좋아, 그것도 설명해봐. 그 요란하다는 말."

"추하지는 않지만 조잡한 것."

"조잡해?"

** 애리조나 카디널스를 뜻한다.

206

"요란한 거."

"너 선생은 못 되겠다."

그들은 손을 잡고 있었다. 도시의 열기, 옥상 자체의 열기가 엄청났지만, 그날 밤에는 그들의 몸 위로 산들바람이 살짝 지나갔다.

"애리조나에서 나는 유칼립투스를 길렀어. 거의 매일 수영을 했고. 뒤뜰에 수영장이 있었어."

"나는 평생 네 번 수영을 해봤어." 아브자가 말했다.

"태어난 날에도 했지."

"맞아." 아브자가 말했다. "내가 태어난 날에도 수영을 했어. 네 기억력이 마음에 들어."

그들은 잠시 조용히 있었다. 아브자가 노라의 손을 꼭 쥐었고 노라도 똑같이 했다.

"나는 애리조나에 아이가 셋 있어." 마침내 노라가 말했다.

다시 침묵이 흘렀다.

"어떻게 생각해?"

"너한테 아기들이 있다는 건 알고 있었어. 하지만 몇 명인지는 몰랐어."

"어떻게 알았는데?"

"네 가슴." 아브자가 말했다. "넌 엄마의 가슴을 가지고 있어."

딱정벌레가 노라의 넓적다리를 간질였고, 노라는 그것을 떨어냈다.

"그애들은 더는 아기가 아니야. 하지만 다른 식으로는 상상이 안 돼. 자연스럽지가 않아. 나는 지금 일어나는 일이나 일어났던 일만 생각할 수 있어. 다른 건 아무것도 떠오르지 않아. 이 녀석이 창의성이 없어." 그녀는 주먹으로 자기 머리를 두드렸다.

"아기 이야기를 하고 싶어?"

아래쪽 길에서 경적 소리, 아이들이 고함치고 웃는 소리, 발로 깡통을 차는 소리가 들려왔다. 도시의 캐리커처. 그러나 다른 곳에서 오는 캐리커처였다. 그들 아래에는 뭄바이가 펼쳐져 있었다. 어디에나 사람들이 있었다. 그러나 노라에게 그런 것들을 생각하는 것은 무리였다. 하물며 상상한다는 것은 더더욱.

"아니." 마침내 그녀가 말했다. "그냥 당신이 알았으면 해서."

"날 봐." 아브자가 말했다. 노라는 그렇게 했다. 그리고 그들은 키스했다. "이제 다시 하늘을 봐." 노라는 그렇게 했다. 아브자가 그녀의 목에 키스했다.

"뭔가 있어." 노라가 말했다.

"뭔가 있다니?"

"내가 아픈 것 같아."

"술 때문이야." 아브자가 말했다. 그녀는 노라의 목에 축축한 입술을 대고 부드럽게 말했다. "알다시피 내 생각은 그래. 네가 술을 줄이면 나는 신경쓰지 않을 거야."

"그래." 노라가 말했다. "하지만 아니야. 내 말은 그런 뜻이 아니야. 나는 죽어가고 있는 것 같아."

"거봐. 말로는 아니라고 하지만, 넌 상상력이 풍부해."

"아니." 노라가 말했다. "상상이 아니야." 그녀는 아브자의 손을 잡고 자신의 왼쪽 가슴에 올려놓았다. 아브자는 그것을 쓰다듬었다. "여기." 노라는 아브자의 손가락으로 자기 가슴을 짚으며 말했다. "느껴봐." 아브자는 손가락을 앞뒤로 움직이며 혹을 만졌다. "느껴져?"

아브자가 일어나 앉았다. "그게 뭐야?" 그녀는 화가 났다.

"제발 다시 누워. 당신 없이 혼자 누워 있긴 싫어."

아브자는 그렇게 했지만 노라를 보지 않았다. 주황색은 서서히 붉은색으로 바뀌며 사라져가고 있었다. 터키색은 거의 검은색이 되었다. 하늘이 여느 밤하늘과 거의 비슷해졌다.

"암인 것 같아." 마침내 노라가 말했다. "집안 내력이야. 암이 너무 많아. 그런 면에서 우리는 운이 좋지 않아."

"이런 걸로 농담하지 마." 아브자가 말했다.

"농담 아니야." 노라의 눈가에 눈물이 고였다. "농담이 전혀 아니야. 나는 내 몸이 사라져가는 걸 느낄 수 있어. 내 몸이 항상 여기 있지는 않을 것 같아. 느낄 수 있어. 내 말 믿어져? 이해할 수 있어?"

"이제 돌아갈 때가 된 것 같아." 아브자가 말했다.

"난 여기가 좋아. 아직 많이 늦지는 않았어." 노라가 대꾸했다.

"그런 뜻이 아니야. 너는 날 오해하는 데 도가 텄어. 난 그게 싫어."

"당신은 그걸 좋아해. 난 확실히 알아." 노라가 말했다.

"그렇다면, 난 지금 네가 굉장히 싫어."

"그것도 확실히 알아." 노라가 말했다.

"잘 들어, 미국 계집애야." 마침내 아브자가 노라의 손을 다시 잡았다. 목소리도 다시 다정해졌다. 거의 엄마 같은 목소리였다. "너는 이제 가족에게 돌아가야 해. 네가 어디서 왔든지, 그곳으로 돌아갈 시간이야. 네가 남겨두고 온 사람들, 그 사람들이 너에게 좋은 병원을 찾아줄 거야. 그럼 넌 어른이 될 때까지 살 수 있어."

노라는 아브자의 한쪽 가슴을 한 손으로 감쌌다. 그리고 그 가슴에 대고 말하기 위해 몸을 움직였다. 가슴은 감싸여 있었지만 땀으로 축축했다.

"난 어린애가 아니야." 노라가 말했다. 그러나 그녀는 어린애였다. 그녀는 항상 어린애일 것이다. 어떻게 그녀가 우리에게 어린애 말고 다른 무엇일 수 있겠는가?

"그래, 네가 그 말 한 거 기억나. 맞아, 넌 어린애가 아니야. 하지만 날 위해서 그렇게 해, 응?"

"아니." 노라가 말했다. "난 여기가 좋아. 여기가 내가 있고 싶은 곳이야. 처음으로 내가 있고 싶은 곳을 정확히 찾았어. 이해할 수 있어? 나는 소음이 좋아. 여긴 내가 죽기에 좋은 곳이 될거야. 당신도 보게 될 거야. 나는 아주 잘 죽을 테니까, 기다리기만 해." 노라는 아브자의 얼굴을 어루만졌다. "당신이 무척 자랑스럽도록 만들어줄게." 노라는 이제 본격적으로 울고 있었지만 동시에 웃고 있었다. 그리고 그 웃음은 처음으로 아브자에게 두려움을 안겼다. 처음으로 아브자는 노라가 정말 아플지도 모른다고 생각했다.

그러나 좀더 가능성 있는 이야기는 다음과 같다. 아브자가 노라의 죽음을 도와주기 전에, 린델 씨의 몸이 조금씩 망가져갔던 것과 매우 비슷하게 그녀의 몸이 조금씩 망가지는 것을 둘이 함께 보기도 전에, 아브자는 폭격으로 죽는다. 노라도 그날 그곳에 있었을 것이다. 스투 즈블로스키와 마티 멧카프가 장담한 것처럼 그녀는 어느 카페에 있었다. 그녀는 맥주를 마시고 있었고, 아브자는 밀크티를 마시고 있었다. 한 영국인 관광객이 그들의 사진을 찍게 해달라고 부탁했다. "사진을 찍어도 괜찮을까요?" 그는 카메라를 가리켜 보였다. 노라는 아브자에게 기댔고 그들은 서로의 몸에 팔을 둘렀다. 그러자 그들의 문신이 경계를 알아볼 수 없을 만큼 하나로 합쳐지면서, 연속된 선들이 한 여자의 팔에서 다른 여자의 팔로 자연스럽게 흘러들어가는 디자인이 되었다. "아름다워요." 영국인 관광객은 가기 전에 말했다. "정말 아름다워요."

사진 찍은 사람의 칭찬에 둘 다 기분이 좋아졌다. "네가 공손히 부탁하면 맥주 더 사줄게." 아브자가 말했다. 암이 존재하지 않는 척하던 날들이었다. 그들은 그것에 대해 한 번도 이야기한 적이 없는 것처럼 행동했다.

"키스해줘." 노라가 말했다. 그리고 그녀는 키스했다.

첫번째 폭발이 일어났을 때 아브자는 삼사십 초 만에 사라졌다. 시끄러웠다. 아니, 귀가 먹먹할 지경이었다. 사방에서 소리가 났지만 먼지는 길 건너편에서 일었다. 비명소리도 길 건너편에서 들렸다. 다음번 폭발은 더 가깝고 더 심했다. 먼지가 더 짙게 일었고, 비명소리가 지척에서 들렸다. 노라는 고개를 돌려 아브자가 보이는지 확인하려 했지만, 카페는 사라지고 없었다. 안에 있던 사람들도 사라졌다. 어쩌면 혼돈의 속임수였는지도 모른다. 어쩌면 먼지 때문에 카페가 보이지 않은 것인지도 모른다.

비명소리가 더 들렸고 폭발이 또 있었다. 그후에도 더 있었는지 모르지만, 그녀는 기억하지 못했다. 그곳에 있던 사람들 중에 폭발을 전부 기억하는 사람은 없었다. 이야기들이 서로 모순되었다. 어떤 이는 첫번째 폭발이 노라가 있던 카페에서 일어났다고 주장했고, 또다른 이는 아니라고, 첫번째 폭발은 노라와 아브자가 있던 곳 건너편의 카페에서 일어났다고 말했다.

먼지가 가라앉는 데도, 사람들이 입을 다물고 안정을 찾고 치료를 받기까지도 몇 시간이 걸렸다. 뉴스 카메라가 현장을 찍기 시작했을 때, 노라는 팔에 붕대를 감고 있었다. 그녀는 어떻게 팔에 붕대가 감기게 되었는지도 몰랐다. 노라가 자기 고향의, 우리 고향의 뉴스 앵커를 보았는지는 알 수 없다. 그러나 보았다면 틀림없이 알아보았을 것이다. 어찌됐든 노라가 뉴스 배경으로 거기 있었다는 건 이상하다. 아마도 단순히 충격 때문이었을 것이다. 설령 의도적이었을 가능성이 있다 해도, 그것은 그런 상황에서 생각해낼 수 있는 작은 구조 요청이었을 것이다. 그녀는 아마 이런 식으로 생각했을 것이다. 사람들이 이걸 보면, 나를 발견하면 좋을 거야. 하지만 그러지 못해도 괜찮아. 아니면 그게 아니었을 수도 있다. 아무 생각도 없었는지 모른다. 어쩌면 그녀의 뇌는 다시 한번 이미지들의 세계, 단어가 없는 세계로 후퇴했는지도 모른다. 맥주 한 병, 차 한 잔, 문신한 팔, 카메라, 영국식 억

양, 키스, 비명, 먼지.

그 일에 대해서는 짤막한 동영상이 있을 뿐이다. 우리는 모두, 한 사람씩 차례로 그것을 보았다. 일터에서 뭔가 추잡한 일을 하려는 것처럼 사무실 문을 닫았다. 그리고 인터넷에서 동영상을 찾아냈다. 마티 멧카프와 스투 즈블로스키가 본 것이 사실인지 확인하기 위해, 우리는 회사 컴퓨터로 동영상을 보고 또 보았다.

솔직히 동영상 자체는 그다지 설득력이 없었다. 노라 린델로 추정되는 여자도 잘 보이는 부분에서조차 뿌옇고 작았다. 그 여자는 빨간 머리다. 노라가 그 나이쯤에 되었음직한 모습 그대로 체격이 크면서도 호리호리하다. 얼굴에는 주근깨가 있는 것처럼 보이지만, 어쩌면 햇볕에 타거나 폭발 때문에 더러워진 것일 수도 있다. 오른팔에 붕대가 감겨 있고, 동영상이 재생되는 사십 초 혹은 오십 초 동안 그냥 멍하니 서 있었다. 헤나를 한 것처럼 보이는 가슴 앞으로 왼손을 쫙 펴고 있다. 문신은 어쩌면 그냥 그을음이 묻은 것일 수도 있지만, 우리 눈에는 아무렇게나 생긴 얼룩이 아니라 복잡한 디자인으로 보인다.

설득력 있는 것은 따로 있다. 마티와 스투, 그들이 각기 다른 거실, 다른 도시에서 다른 텔레비전으로 그 뉴스를 보았다는 점이다. 스투는 뉴잉글랜드에서 갓 임신한 아내와 함께 부드러운 가죽소파에 앉아 있었고, 마티는 자신이 자란 집에서 세 블록 떨어진 2층짜리 크래프츠맨 하우스에서 할머니가 주신 2인용 패브릭 안락의자에 앉아 있었다. 두 사람 모두 뭄바이에 있는 부상당한 빨간 머리 여자의 모습을 보았고, 둘 다 그녀가 노라 린델이라고 믿었다. 훨씬 더 흥미로운 점은 그 뉴스 앵커, 연모하는 연상의 그녀에게 관심이 온통 쏠려야 마땅했을 때 마티가 그 모습을 알아보았다는 사실이다.

그러나 냉소적인 사람이나 남의 말을 잘 믿지 못하는 사람, 전혀 다른 두 사람이 공유하는 단순한 생각보다 더 물질적이고 덜 정신적인 뭔가를 요구하는 사람들을 위해, 우리는 이 이야기를 하려고 한다. 바로 사진이다. 우리는 모두 그것을 보았다. 본인의 의도와 전혀 상관없이 맨 먼저 사진을 본 사람은 윈스턴 러더포드였다. 우리 나머지 사람들이 사진을 본 건 우연이라고 할 수는 없었다. 우리는 사진을 보러 그가 말해준 곳으로 갔다. 워싱턴 DC에 새로 지은 미디어 뉴스 박물관의 남서쪽 동이었다. 지금은 유명해진 사진작가 엘리 브라운의 영구 컬렉션 속에 컬러로 확대되어 액자에 끼워진 그 사진이 걸려 있었다.

사진은 기울어져 있고, 간단하게 〈뭄바이, 첫번째 폭발이 일어나기 사 분 전〉이라고 적혀 있다. 사진 속 여자들은 매력적이다. 서양 여자는 비정상적으로 말랐고 아파 보인다. 반면 인도 여자는 『내셔널 지오그래픽』에 자주 나오는 타입이다. 피부가 갈색이고 그보다 더 어두운 갈색으로 문신을 했고, 문신이 그녀의 검은 팔에서 하얗고 주근깨투성이인 서양 여자의 팔로 뛰어들어간 것처럼 보였다. 관광객과 가이드일까? 교사와 학생일까? 이 여자들은 커플일까? 연인일까? 사랑하는 사이일까? 이런 것들을 확실히 말하기는 불가능하다. 하지만, 그렇다, 이 질문들의 답은 주어져야 한다. 그녀가 노라 린델일까? 음, 그것 역시 확실히 말하기는 불가능하다.

하지만 꼭 그래야 하는가? 우리 모두가 결정을 내리지 않았기 때문에 모두 같은 결론에 이르게 된다. 윈스턴 러더포드를 제외한 모두가. 그는 조용히, 존중하듯이 말할 것이다. 사진 속 여자는 노라 린델이 아니라고. 그가 그렇게 말하고, 이제 전부 그냥 내버려두자고 말하면, 거의 그 말을 믿고 싶어질 것이다. 하지만, 하지만 말이다. 애초에 그가 사진에 대해 말하지 않고는 못 배겼다는 사실이 웃기지 않은가? 우리가 직접 확인할 수 있도록 그 사진을 찾는 방법을 구체적으로 알려준 것이 이상하지 않은가?

윈스턴 러더포드의 아내는 첫아기에 이어 둘째 아기도 잃었다. 잃은 아기의 수를 세는 것, 한 아기가 다른 아기보다 더 가슴 아팠다고 말하는 것은 옳지 않아 보인다. 그러나 첫아기는 달이 꽉 찼었기 때문에 실로 고문이나 다름없었다. 그들은 예정일 일주일 전에 아기의 심장이 멈춘 것을 알았고, 다음날 매기 러더포드는 사산아를 낳았다. 상상해보자. 우리도 그러니까. 우리는 줄곧 상상하고, 우리의 아내들이 그런 비극의 희생자가 되지 않았다는 데 안도감과 감사함을 느낄 때 스스로가 미워진다.

안도감은 홀로 있는 순간들에 찾아온다. 밤에 욕실 창가에서 이를 닦을 때, 아침 안개 속에서 혼자 개를 산책시킬 때, 별안간 설명할 수 없는 감사함이 느껴진다. 그 느낌이 뱃속을 가득 채우고 목구멍 끝까지 차올라, 웃음을 터뜨리지 않을 수 없다. 목구멍 뒤에 걸린, 어떤 원초적인 소리를 힘껏 내지르고 싶어서 견딜 수 없다. 마치 그런 야생의 소리만이 우리가 여기 있고, 살아 있다는 단순한 안도감을 설명할 수 있다는 듯이. 바닷가에 서서 폭풍우에 가라앉는 배를 바라볼 때처럼, 우리는 이마의 땀을 훔치고 믿기지 않는 우리의 행운을 의아하게 여긴다.

우리는 아기의 장례식에 갔다. 화장火葬을 했는지 하지 않았는지 알 수 없을 만큼 관이 너무 작았다. 우리는 궁금한 동시에 죄책감이 들었다.

그것은 우리가 참석한 첫번째 장례식은 아니었다. 첫번째 장례식은 대니 햇칫 어머니의 장례식이었다. 당시에는 몰랐지만, 다음 장례식은 린델 씨의 장례식이었다. 그리고 그다음은 밍카 디너만. 매기의 둘째 아기는 삼 개월도 채우지 못했고, 그들은 장례식을 치르지 않았다.

임신했다는 이야기는 함부로 하는 것이 아니라고 한다. 우리가 아내들에게서 배운 것이었다. 안심할 수 있을 때까지는 아무에게도 입을 열어선 안 된다. 매기와 윈스턴은 둘째를 가졌을 때 모두에게 말했다. 그들이 어땠는지 봤어야 한다. 그들은 파티를 열었다. 작은 파티였지만 우리 대부분이 참석했다. 우리는 가기 전에 어머니들과 상의했는데, 애들은 도우미에게 맡기는 편이 좋고, 다른 일이 일어나지 않고 전화 연락만 확실히 된다면 할머니 할아버지에게 맡기는 편이 더 좋다는 이야기를 들었다. 우습게도 우리는 그 파티가 두번째 임신을 알리기 위한 것인 줄도 모르면서 아이들을 데리고 가지 않기로 결정했던 것이다.

매기의 얼굴에서는 빛이 났다. 정말 그랬다. 그녀는 예스럽게 건강해 보였다. 말하자면 우리의 어머니들이 그녀 나이일 때 그랬을 것 같은 모습처럼 건강해 보였다. 아, 그들이 소식을 전했을 때 우리는 진심으로 기뻐해주었다. 우리의 아내들이 거실에서 샴페인을 홀짝거리며 이야기를 나누는 동안, 윈스턴 러더포드는 우리에게 부엌에서 좋은 스카치를 마시자고 했다. 우리가 부엌으로 들어갈 때 아내들이 한 사람씩 차례로 슬픈 강아지 같은 눈빛을 보였던 것, 우리가 늘 그렇게 멍청한 것이 매우 안타깝다는 듯 또는 그냥 인간 자체가 안타깝다는 듯 애달픈 표정을 지었던 것을 당시 우리는 이해하지 못했다. 그때는 몰랐고, 나중에야 이해할 수 있었다.

우리는 아이들을 재운 뒤 셔츠 단추를 풀고 바지를 벗어던지며 무신경하게 악의 없는 말을 했을 것이다. "내가 뭐랬어? 러더포드 부부는 괜찮을 거야. 괜찮을 거라고." 그 어린애 같은 말, 바보 같은 언사에 아내들은 말문이 터져 격하게 혀를 놀리지 않을 수 없었다. 우리는 머저리들이었다. 매기는 겨우 팔 주라고,

그들이 말했다. 팔 주! 정말 모르겠어? 글쎄, 뭐 대충. 우리는 이해한다고 말했다. 그러나 그들은 말했다. 아니라고, 우리는 모른다고. 지금은 매기가 아예 임신하지 않은 것으로 생각하는 것이, 적어도 한 달 동안은 그녀의 자궁 안에 있는 그것을 현실로 여기지 않는 편이 더 낫다고. 그녀가 다시 희망을 갖는 것, 윈스턴과 우리가 다시 희망을 갖는 것은 무책임한 짓이라고 아내들은 말했다. 정말이지 무책임한 짓에 불과하다고.

"하지만 그건 그녀의 권리가 아닐까?" 우리는 눈치를 보며 슬며시 물었다. "희망을 갖는 건 그녀의 권리가 아닐까? 어쩌면 벅찬 희망이 아기가 사는 데 도움이 될지도 모르잖아?"

우리의 그런 우둔함, 진정으로 순진한 천치 같은 면모에 그들은 울음을 터뜨리며 쓸데없이 멍청한 우리의 품에 몸을 던졌다. 우리가 뭘 알겠는가? 아무것도 몰랐다.

"아." 그들은 울었다. "아, 아, 당신 때문이 아니야. 당신한테 화난 게 아니야. 그냥 그녀가 너무 가엾어서 그래. 너무 안타까워. 아이가 무사하면 정말 좋겠어. 정말이야, 정말이야."

그리고 우리 모두 그러기를 바랐다. 그 작은 것이 뿌리를 내리고 무럭무럭 자라서, 마침내 세상에 태어나 첫 숨을 쉴 때까지 무사하기를 간절히 바라고 또 바랐다. 하지만 그러지 못했다. 세 번째 임신이 있었지만, 파티도 없고 아기도 없었다.

셋째 아기를 잃은 지 얼마 되지 않아 윈스턴 러더포드는 우리에게 워싱턴 DC 박물관의 그 사진에 대해 말했다.

윈스턴은 매기를 워싱턴으로 데려갔다. 아마 그들의 일상생활, 아기 문제를 잊기 위해서였을 것이다. 그들은 조약돌이 깔린 동네에 있는 아담하고 역사적인 호텔에 묵었다. 우리의 아내들이 항상 데려가달라고 조르는 그런 곳이었다. 그들은 여기저기 산책을 많이 다니고 매일 밤 외식을 했다. 우리의 아내들이 딱 좋아할 만한 것들이었다. 윈스턴은 모든 박물관에 그녀를 데려갔고, 노라 린넬로 추정되는 사진을 우연히 보게 된 미디어 뉴스 박물관도 그중 한곳이었다. 그는 그 사진을 매기에게 보여주지 않았다. 어쩐지 그러면 상황이 악화될 것 같은 느낌이 들었다. 우리의 어머니들처럼, 우리의 아내들도 노라 린넬을 포기하지 못하는 우리 때문에 괴로워했다. 그들은 그것이 질투와 회한 말고는 이끌어낼 것이 없는 감정의 사치라고 여겼다. 어쩌면 그들이 옳았을 것이다.

DC에서는 윈스턴이 바란 대로 상황이 흘러가지 않았다. 매기가 울거나 소란을 피운 것은 아니었다. 그녀는 위로하기 어려운 사람도 아니었다. 다만 그녀는 무엇을 해도 시들했다. 저녁식사를 하러 가면, 자기 앞에 놓인 것만 먹고 자기 잔에 따라진 것만 마셨다. 어느 날 밤 윈스턴이 춤추는 곳에 데려갔을 때는 마치 좀비처럼 움직였다. "씨팔, 좀비 같았어." 그가 말했다. "내가 좀 세게 잡았다면 그대로 부서져버렸을지도 몰라." 윈스턴은 그녀가 예전보다 어려 보인다고, 그런데 좋은 쪽, 활기차고 근심이 없어 보인다는 의미에서는 아니라고 우리에게 말했다. 그녀는 정신적으로 퇴보하고 있는 듯 보였다. 그는 달리 어떻게 말해야 할지 몰랐다. 그녀는 살이 빠지고 잠을 못 잤고 그는 더이상 그녀에게 무슨 말을 해야 할지 몰랐다. "나는 그녀를 잃고 있어." 그가 말했다. "그녀를 잃고 있는 것 같아."

어느 날 밤, 워싱턴에서 돌아온 지 일이 주가 지났을 무렵, 윈스턴이 자다가 깼는데 매기가 침대에 없었다. 그는 시계를 보았다. 새벽 네시가 넘은 시간이었다. 처음에 그는 그녀가 욕실에 있다고 생각하고 다시 잠들 뻔했다.

그는 거실에서 그녀를 발견했다. 커피 테이블에 좋은 스카치가 놓여 있고, 그녀의 손에는 유리잔이 들려 있었다. 벌써 꽤 오래전부터, 어쩌면 둘째 아기 때 이후로 그래온 것이 틀림없었다. 그는 그녀를 소파에 남겨두고 위층으로 올라가 방문을 닫고 척 굿휴에게 전화를 걸었다. 척은 자기 아내를 깨워 어떻게 해야 하는지 물었다. 페그와 척 둘 다 결국 상담을 받으라고 권했다. 두 사람 다 받으면 더 좋고, 매기만이라도 꼭 받아야 한다고. 지금 와서 생각해보면, 우습게도 굿휴 부부는 부부 문제로 조언을 구하는 전화를 걸기에 가장 어울리지 않는 사람들이었다. 그러나 당시에는 그러는 게 합리적으로 보였다. 이름들과 전화번호들이 교환되었고, 권고가 내려졌다. 매기는 일주일에 두 번 치료사를 만나기 시작했다. 그리고 그들 부부는 아기를 가지려는 노력을 그만두었다.

십 년 후 매기는 윈스턴에게 딴사람을 만나고 있다고 말했다. "나는 개 없이는 못 자." 그가 그녀의 말을 듣고 한 말은 그게 전부였다.

"대단하군." 윈스턴이 우리에게 그 이야기를 하자, 대니 햇칭이 말했다. "대단해, 러더포드. 마음에 들어. 나는 개 없이는 못 잔다니. 자식아, 네 처 그 말 듣고 엄청 열받았을 거야."

우리 중 몇몇은 큰 그림을 보지 못하는 대니의 무능력에 넌덜머리가 난다는 듯 고개를 저었다. 고개를 저으면서, 언제 어디서나 느닷없이 등장하는 대니의 대마초가 나오기를 기다렸지만 나오지 않았다. 어쩌면 우리가 그동안 고개를 너무 많이 저었는지도 모를 일이었다. 게다가 대니는 평생 처음으로 제대로 살아보려 하고 있었다. 놀랍게도 우리는 그러는 대니가 짜증났다. 우리 중 몇몇은 힘든 시기에 예기치 않게 등장하는 대마초에 익숙해진 듯했다. 우리 중 몇몇은 그것을 기다리기까지 했다. 대니가 뭔가 잘못되었다는 것을 느낀 모양이었다. 누가 뭐라고 하지도 않았는데 갑자기, 불쑥 이렇게 말했기 때문이다. "난 마흔셋이야. 우린 마흔셋이라고. 어차피 언젠가는 이렇게 행동해야 하잖아."

우리가 우리 자신, 우리의 아내들, 러더포드 부부 말고 다른 것에 관심을 기울이고 있었다면, 그때 대니에게 대마초가 없는 것을 더 궁금해했을지 모른다. 그 문제가 대니의 인생에서 차지하는 부분에 대해, 그리고 대니가 가장 오래된 친구들 중 하나인데도 점점 더 알 수 없는 사람처럼 보인다는 사실을 궁금해했을지 모른다. 사실 아주 많은 미스터리가 있었다. 예를 들면 우리가 닛산 안을 들여다볼 때마다 늘 뒷좌석에 있던 그 꾸러미들은 무엇이었을까? 우리는 그것이 마약일 거라 짐작했고, 그래서 한 번도 묻지 않았다. 그러나 이제는 그것이 시시와 여자애들을 위한 짐이 아니었을까 생각한다. 우리가 좀더 궁금해했더라면, 약쟁이로 삼십 년을 살아오다가 갑자기 약을 끊으려고 한 대니의 결심이 여섯 개 주 떨어진 곳에 사는 시시 린델과 잘해보려는 바람, 완전히 터무니없지 않다면 진심 어린 바람과 관계있다는 것을 이해하거나 적어도 짐작했을지 모른다. 우리 모두가 노라에게 마음을 빼앗긴 것과 달리 대니는 노라에게 마음을 뺏긴 적이 없었을 것이다. 아마도 내내 시시를 마음에 두고 있었을 것이다.

정말로 그런 것들을 파악할 수 있었을지도 모르지만 그러지 못했다. 우리는 우리 자신의 삶에 너무 바빴다.

집에서 나가기로 한 사람은 매기 러더포드였다. 실제로 그녀는 아예 우리 주를 떠나 남쪽으로—아마도 플로리다?—내려갔다. 슬퍼하는 사람들의 모임에서 만난 남자와 함께였다.

"누구도 영원히 슬퍼할 순 없어." 매기가 새 남자의 차 조수석에 앉아 다시 돌아오지 않을 시커모어 거리의 자갈길을 빠져나갈 때, 윈스턴은 소리질렀다.

그리고 우리가 알기로 매기 러더포드, 결혼 전엔 매기 프래지어였던 여자는 낳은 적도 없는 세 아이를 애도하면서 자신처럼 슬픔에 온 생애를 바친 남자와 결혼해 플로리다에서 생을 마쳤다.

우리는 밍카 디너만의 아버지가 왜 1층 화장실 변기 아래 후미진 구석에 『허슬러』를 쑤셔박아두었는지 이해하지 못했다. 디너만 부인은 모든 어머니 중에서 가장 섹시한 여자였다. 어떤 면에서는 그녀가 어머니라고 불리는 것 자체가 수치였다. 그녀에게는 그것이 격 떨어지는 호칭 같았다. 그녀라면 나보다 못한 위치라고 말했을지 모른다.

어쨌든 우리 모두 좀 이상하다고 생각했다. 삶에서 벌거벗은 섹시한 여자를 두 명 이상 필요로 하는 디너만 씨의 그 탐욕스럽고 안목 없는 욕구라니. 아마 우리는 트레이 스티븐스가 굳이 변기 뒤쪽을 살펴볼 생각을 한 것도 이상하다고 여겼겠지만, 트레이가 다른 사람들의 물건을 뒤지는 것이 무엇을 의미하는지 혹은 그것이 어떤 결과로 이어질 수 있는지 우리가 깊이 생각하기도 전에, 그는 우리에게 샅샅이 살펴봐주길 기다리는 정품『허슬러』잡지가 있다고 귀띔해주었다.

우리는 디너만네 집을 방문할 때마다 돌아가며 1층 화장실을 쓰기 시작했다. 아마 디너만 부인은 이상하게 여겼을 것이다. 네 명에서 많게는 여덟 명이나 되는 소년이 어느 날 갑자기 집에 들러서는 돌아가며 화장실을 쓰겠다고 하다니. 아니면 우리가 왜 그런 짓을 하는지 알았을지도 모른다. 그녀는 확실히 말로 내뱉는 것보다 더 많이 아는 여자였다. 지금 와서 드는 생각이지만, 그녀는 누드 잡지를 구입해 십대 딸의 남자 친구들이 '우연히' 발견할지 모르는 적당히 눈에 띄는 곳에 숨겨둘 수 있는 여자이기도 했다. 누가 알겠는가? 무엇이든 가능하다. (돌이켜보면, 우리는 트레이가 잡지의 존재를 알려주고 나서 정작 자신은 디너만네 화장실을 쓰지 않는 이유를 의아하게 여겼어야 했다. 그가 디너만 부인에게 "그런 느낌이 들지 않는다"고 항변하긴 했지만, 당시 우리는 그가 그녀와 시간을 더 많이 보내고 싶어서라고 의심했다.)

지금 와서 우습게 느껴지는 것은 밍카 디너만에 대한 생각이다. 당시에는 귀엽다기보다 소심하게만 보였던 그 아이가 위층 자기 방에서 여자 친구 두어 명과 숙제를 하는 동안, 훗날 그녀와 함께 있기 위해 결혼생활을 위태롭게 만들 척 굿휴는 아래층 화장실에서 수음을 하고 있었다. 누가 그런 일을 예측이나 할 수 있었겠는가?

그리고 오 년에 걸친 그들의 불륜이 (밍카의) 자동차 사고 때문에, 그리고 예기치 않게 터져나온 (척의) 감정 때문에 드러나게 될 줄 누가 예측할 수 있었겠는가? 장례식에서 척이 울기 시작했을 때 페그 굿휴의 모습은 정말 보기 힘들었다. 그녀는 온몸이 얼룩덜룩하고 불그스름하게 변했다. 일반적으로 페그는 섬세한 타입이라고 할 만한 여자는 아니었다. 그녀의 정신의학 학위를 생각하면, 우리는 연민과 슬픔은커녕 두려움과 의심을 느끼곤 했다. 그러나 밍카의 장례식 날, 그녀는 시종일관 어린 소녀처럼 발그레하니 붉은 기운을 띠고 있었다. 그녀를 보는 것만으로도 온몸이 가려웠다. 사실 그 장례식 날 확실한 건 아무것도 없었지만, 바보가 아니고서야 척의 눈물이 무슨 의미인지 깨닫지 못할 리 없었다. 대니 햇칫이라면 모를까. 장례식이 끝난 후 그 모든 소동이 무엇 때문이냐고 물었던 녀석이 대니 아니었나?

척이 그렇게 경솔했던 것을 비난하기는 쉽다. 척이 오 년 동안 밍카를 만나면서 결혼생활을 열정 없는 것으로 몰아갔다는 말은 아니다. 그들은 고추 모양 전등과 기름진 술안주가 나왔던 그 크리스마스파티 때부터 이미 몰래 만나고 있었다. 그에게 책임을 묻거나 화를 내기는 쉽다. 그의 불륜은 우리의 가정생활에도 아무 도움이 되지 않았다. 적어도 소문이 돌기 시작하고 몇 주 동안 페그 굿휴와 척 굿휴의 대결 구도는 아내들과 남편들의 대결 구도가 되었다. "그 둘은 잘해보려고 애쓰고 있어." 우리는 그 화제가 나올 때마다 아내들에게 말했다. "어째 페그보다 당신이 더 화난 것 같아."

"그게 중요한 게 아니잖아요." 아내들은 말했다. "중요한 건 남자들이 바보라는 거예요. 페그는 매력적인 여자라고요."

"밍카도 그렇게 나쁘진 않았어. 맙소사, 그애 어머니를 봐."

"당신들은 역겨워요." 그들은 우리에게 말했다.

"밍카는 죽었어." 우리가 말했다. "죽은 여자를 질투할 수는 없지." 아마도 우리는 약간 낄낄거리는 투로, 발로 냉장고 문을 닫거나 차가운 맥주병의 마개를 비틀면서 그런 말을 했을 것이다.

"그렇다고 불륜이 아무것도 아닌 게 되진 않아요." 그들은 스윙 도어를 쾅 밀며 부엌으로 들어갔다. 그들의 헛된 노력과 그들이 지나간 후 맥없이 왔다갔다하는 문을 보니 우리는 왠지 기분이 좋았다.

우리가 자란 곳에서는 결혼을 하지 않을 거라거나 사랑에 빠지지 않을 거라거나 아이를 낳지 않을 거라거나 가정을 꾸리지 않을 거라는 말을 하지 않았다. 어떤 식으로든 그런 이야기를 할 필요가 없었다. 우리는 모두 그렇게 하리라 가정하고 있었으니까. 특히 여자애들은 더 그랬다. 그래서인지 몰라도, 언제부터 그렇게 보였는지 꼬집어 말하기는 어렵지만, 누가 결혼을 하지 않고 데이트도 하지 않으면 이상해 보이기 시작했다. 그리고 어느 시점이 되자 확실히 이상한 일이 되었다.

예를 들어 우리의 아내들이 연휴 때 밍카를 파티에 초대하지 말자고 암시하기 시작할 때부터, 우리는 그애가 결혼하지 않았다는 것을 의식했다. "이상해." 그들은 말했다. "이상하지 않아? 데이트도 안 하잖아. 어쩌면 당신네들 중 하나에 관심이 있는지 몰라." 그들이 그렇게 희한한 암시를 던질 때마다, 우리는 웃어넘기면서 그들의 걱정을 덜어주었다. 정말이지 척 굿휴를 제외하고 우리 중 누구에게도 밍카는 불륜 같은 일에 적당한 상대로 여겨지지 않았다.

우리는 밍카가 독신인 게 우리의 파티에 참석할 권리와 무슨 관계가 있는지 진정으로 이해하지 못했지만, 아내들의 유별난 요구를 받아들이지 않으면 길게는 일주일간 침묵시위에 시달리다가 결국 우리의 굴복으로 끝나게 되리라는 것을 알고 있었다. 그런 요구가 이상하긴 했지만, 싸울 가치는 전혀 없었다. 밍카 디너만은 확실히 싸울 가치가 없는 대상이었다.

우리에게는 대니 햇칫과 트레이 스티븐스가 독신인 게 더 눈에 띄었다. 아마도 그들이 눈에 띄도록 만들었을 것이다. 특히 총각 파티 때마다 그랬고, 혹은 포커 게임이 밤늦게까지 이어져서 모임이 파하기 전 우리 중 몇몇이 아내 대신 애를 보러 자리에서 일어나야 할 때 티를 냈다. "애들은 잠들었잖아." 우리는 아내들이 강제로 정한 귀가 시간을 연장해보려고 그렇게 주장하곤 했다. "그런데 무슨 휴식이 필요하다는 거야?"

"그게 중요한 게 아니야." 우리가 불평하면 아내들은 말했다. "그래서 아기를 낳는 데 두 사람이 필요한 거야. 한 사람이 아기를 키울 수 있으면, 만드는 것도 여자 혼자 할 수 있을걸." 우리는 햇칫 부인의 자살 후 대니가 말한 일명 '엄마의 논리'를 그들이 그토록 자연스럽게 발전시킨 것을 보고 얼굴을 찡그렸다.

트레이 스티븐스를 우리가 다니는 직장의 독신 여성들과 엮어주자는 아이디어를 누가 냈는지—우리였나? 아내들이었나?—기억이 가물가물하다. (폴 엡스타인의 딸과 관련된 그 사건이 일어나기 오 년 전, 혹은 칠 년 전쯤이었지 아마?) 아마도 우리는 트레이가 독신인 것에 지쳤을 것이다. 아마도 그에게 짝이 필요하다고 진심으로 생각했을 것이다. 그러나 우리는 아는 독신 여성들을 대니 햇칫과 맺어줄 생각은 추호도 하지 않았다. 대니보다는 트레이가 더 가능성이 있었고 친해지기 쉬웠고 더 평범했다. 트레이는 최근에 목돈도 생겼고, 서른다섯 살이라는 젊은 나이에 벌써 여유가 있었다. 하지만 대니는 여전히 땀복을 입고 다녔고, 여전히 하루 벌어 하루 먹고살았고, 여전히 기분 내킬 때만 공사장에서 일을 했다. 대니 햇칫은 월세방에 살았고, 트레이 스티븐스는 자기 집이 있었다. 우리가 다니는 법률회사나 병원의 독신 여성들에게 둘 중 누구를 소개할지는 질문의 여지가 없었다.

트레이와의 더블데이트는 항상 재미있었다. 그는 술을 잘 마셨고 먹성도 좋았다. 그의 공립학교 취향은 어느새 우리보다 더 세련되어 있었다. 어쩌면 돈이 그를 세련되게 만들었을 것이다. 어쨌든 그의 취향은 고무적이었다. 그 때문에 우리는 와인 맛을 알고 싶어졌다. 그 때문에 우리는 기꺼이 돈을 썼다. 게다가 그는 추잡하게 굴지 않고도 우리의 아내들을 매혹시킬 수 있었다. 이유가 뭔지 몰라도(그게 뭐든 지금은 부정하겠지만), 트레이는 우리의 아내들이 인정하는 몇 안 되는 친구 중 하나였다. 어쩌면 아내들은 그와 시시덕거리는 게 좋았을 것이다. 우리는 순진한 놈들이었다. 그러나 솔직히 아내들은 그와 함께하는 시간, 그가 아내들의 대화 상대로 열심히 애쓰는 모습을 즐기는 듯했다. 마치 그가 그녀들이 잊고 있던 내면의 소녀를 되살린 것 같았다.

그는 그녀들에게 고등학교 때 반했던 사람, 옛 애인, 밤늦게 몰래 외출했던 일, 첫 졸업파티 따위에 대해 물었다. 그게 무슨 수작이었는지 누가 알겠는가? 우리가 남편으로서 알아차린 것은 트레이와 저녁 시간을 보낸 다음 집으로 돌아오는 길에는 항상 아내들이 좀더 재미있는 사람으로 느껴졌다는 사실이다. 평소보다 좀더 명랑했고 유혹적이었고 살짝 더 취해 있었다.

어떤 면에서 트레이는 우리보다 더 빨리 남자로 성숙했다. 그는 우리 아버지들이 했던 것 같은 농담을 했고, 그때마다 우리는 그만 좀 하라고 말하듯이 눈을 부라렸지만, 우리가 그를 소개하려고 집으로 초대한 여자란 여자들은 하나같이 깔깔거렸다. 그래서 우리는 우리 아버지들이 진부하다고 생각했으면서도, 그들이 우리를 위해 우리 여자들을 즐겁게 해주는 것을 대체로 좋아했다.

자식도 없는 트레이가 어떻게 그런 재주를 익혔는지 우리는 몰랐다. 어쩌면 아버지에게서 배웠을지도. 스티븐스 씨는 약간 취해서 지하실로 내려올 때면, 트레이만 빼고 모두가 넋을 잃고 들을 만한 이야기나 조언을 해주는 타입이었다. 어느 날 그런 파티가 있었다. 대니 햇칫이 개를 친 직후였던가? 스티븐스 씨는 마지막까지 남아 있던 무리가 막 일어나려고 할 때 지하실로 내려와서 컨트리음악 작곡법에 대해 이야기하기 시작했다. 그는 말했다. "니들은 말이다, 니들은 이런 걸 해봐야 해. 다음에 언제

술이나 약에 적당히 취하거들랑." 그는 여자애들 무리가 있는 쪽으로 윙크를 했다. "밖으로 나가 별이 쏟아지는 하늘 아래 앉아라. 어쩌면 여자애랑 같이 나가는 것도 좋겠지. 아니지, 반드시 여자애랑 같이 나가거라. 그러고는 거기 앉아서 컨트리음악을 만들어보는 거야. 간단해. 약에 취해라. 술에 취해라. 컨트리음악을 만들어라. 그리고 떼돈을 벌어라. 그게 내 충고야, 녀석들아. 잘 듣고 그대로 살아. 니들 가슴과 입 사이에 핑곗거리를 두지 마라. 생활의 지혜지. 내 말 명심해."

자신의 카리스마가 먹힌다는 것을 알아차리면, 스티븐스 씨는 트레이뿐 아니라 우리 모두의 신경을 거슬리게 했다. 누구였더라? 드루 프라이스? 폴 엡스타인? 키가 작은 놈이었던 건 거의 확실하다. 어쨌든 누가 그의 이야기를 듣고 당연히 할 수 있는 말, 예를 들면 "와, 아저씨가 한번 작곡해보세요. 대단한 생각인데요" 같은 말을 별생각 없이 던지면 스티븐스 씨는 갑자기 퉁명스러워져서 선지자가 아니라 정신병자가 되었다. "그렇지." 그는 유리잔을 손에 든 채 말했다. "바로 그런 핑계! 하, 니들 손과 입 사이에 핑곗거리를 두지 마라. 아니 가슴과 입이었나? 어느 쪽이든 상관없어. 너 아주 제대로 알아들었구나. 엡스타인, 내가 처음에 했던 말을 적어둬라. 그리고 내일 내게 알려주렴. 아마 그 자체가 컨트리송일 거다. 어서 받아적어. 펜 있니?" 스티븐스 씨는 반가운 참견꾼에서 제대로 물 만난 침입자로 갑자기 돌변했다. 그의 방해는 기껏해야 오 분 혹은 십 분 정도였지만 때로는 한 시간이나 이어지기도 했다.

트레이가 아버지에게서 카리스마를 배웠다면, 자제력과 신중함으로 그것을 누그러뜨리는 법도 배웠을 것이다. "너무 조심스러웠어." 우리의 아내들은 이제 와서 이렇게 말한다. "그 사람은 항상 어딘가 지나치게 조심스러웠어. 마치 연기를 하는 것처럼. 튀지 않으려고 아주 열심히 애쓰는 것 같았어." 맹세코 당시에 그녀들은 그를 그런 식으로 보지 않았다. 우리도 마찬가지였다. 우리는 그를 운 좋은 녀석, 매력 넘치는 녀석으로 보았고, 유일한 흠이라면 꾸준히 관심을 쏟을 만한 여자를 찾지 못한 것뿐이라고 생각했다. 그러나 그것은 트레이의 결함이 아니라고 우리는 생각했다. 동네의 한계 탓이었다. 우리 친구들이 변변치 못한 탓이었다. 우리가 책임을 져야 마땅했다. 트레이 탓이 아니었다. 절대.

그러다가 진저 엡스타인이 열세 살이 되었고, 엡스타인 부인이 그들이 함께 있는 것을 발견했다. 우리의 어머니들은 우리에게 전화를 걸었다. "상상이 되니?" 그들은 말했다. "상상이나 되는 일이라니?"

"아뇨." 우리는 말했다. 상상할 수 없었다. 감히 꿈에서도 상상할 수 없는 일이었다.

밍카의 장례식 이후, 굿휴 부부가 계속 같이 살 거라고 생각한 사람은 아무도 없었다. 그들의 결혼이 지속될 거라고 생각한 사람은 아무도 없었다. 러더포드 부부도 세 아기의 죽음을 극복하지 못했는데, 굿휴 부부가 무슨 수로 오 년간의 불륜을 극복할 수 있겠는가? 하지만 그들은 해냈다. 어쨌든 그랬다. 페그와 그녀의 정신의학 학위와 엄격한 북부식 가정교육과 관계가 있을지도 모른다. 누가 알겠는가? 페그는 우리 중 하나가 아니었다. 그녀는 한 번도 그랬던 적이 없었다. 척은 대학에서 그녀를 만나 우리 동네로 데려와서 개업하고 가정을 꾸렸다. 그리고 그동안의 모든 일에도 불구하고, 그들은 그냥 그렇게 살았다. 그들은 한집에 살았고, 근방에서 제일 예쁜 여자애 둘을 키웠고, 어쩐지 그 일로 인해 더 잘 지내는 듯 보이기도 했다.

디너만 부인은 장례식 이후 폭삭 늙어버렸다. 변함없이 성적인 생각을 불러일으키는 원숙한 여자였던 그녀가 하룻밤 사이 그냥 나이든 여자로 변했다. 부모가 자식을 잃는 것은 순리가 아니다. 누구나 그것을 안다. 디너만 씨는 메르세데스 함대를 팔고 그리스식 복고풍의 분홍색 집을 내놓았다. 잭 보이드와 그의 둘째 부인 몰리가 즉시 그 집을 낚아챘다. 그리고 디너만 부부는 러시아로 이사했다. 그런 식으로 밍카와 그녀의 어머니는 이곳에 한 번도 살지 않았던 것처럼, 아예 존재하지도 않았던 것처럼 되었다. 집들이 때 우리의 아내들이 위층 침실을 구경하면서 몰리의 집 꾸미는 솜씨에 감탄하고, 그녀가 스물다섯 살밖에 되지 않고 자신들보다 열 살이나 어린 것에 신경쓰지 않는 척하려고 애쓰는 동안, 잭은 그들이 유일하게 남긴 것을 우리에게 보여주었다. 그것은 너덜너덜해진 『허슬러』였다.

고층건물 신축 현장인 강독에서 뼈가 발견되었을 때, 우리는 카운티 두 개 너머에서 일어난 그 일에 별 관심이 없었다. 리버뱅크 콘도미니엄. 독창성이라곤 없는 이름이었다. 여기 살면 지금쯤 집에 도착해 있을 텐데.* 멍청한 슬로건이지만 요점은 잘 짚었다. 정말로 거기 산다면 우리는 지금쯤 집에 있을 테니까. 문제는 투자자들이 조사를 제대로 하지 않았다는 것이다. 그들은 존재하지도 않는 주택 매입 수요를 기대하고 있었다. 그들은 경관이 멋진 아담한 동네를 원하는 조기 은퇴자들을 찾고 있었다. 그러나 카운티 두 개 너머의 동네에는 편의시설이 없었다. 적어도 아

---

* 시내와 가까워서 통근 시간이 짧은 콘도형 주택을 선전하는 광고 문구.

직까지는 말이다. 그래서 아마 공사는 그들이 발견한 뼈와 상관없이 결국 중단되었을 것이다. 뼈는 빌미가 되었을 뿐이다.

마티 멧카프가 속한 공사장 팀이 그 현장에 고용되었다. 마티가 일터에서 술을 마시는 것 때문에 해고되지 않았다면(팀 전체가 그와 함께 해고되었다), 사람들이 뼈를 발견하고 경찰에 연락했던 화요일에 현장에 있었을 테고, 우리 모두는 그 이야기를 좀더 빨리 들을 수 있었을지 모른다. 우리 모두가 노라, 카탈리나, 낯선 사람, 숲속에서 일어났을지도 모르는 몸부림의 현실적인 가능성을 받아들였을지 모른다. 정말로 그럴 수 있었을지 모른다. 그러나 마티는 해고되었다. 그는 자금이 부족해서 해고되었다고 말했지만, 우리는 그해 지역 신문에서 경찰 보고서, 창녀, 마티의 공공연한 술버릇에 대한 기사를 이미 본 터였다. 그래서 마침내 우리가 뼈가 발견되었다는 이야기를 듣게 된 것은 그로부터 이 년이 지나서였다.

우리는 마흔네 살이었고, 밍카 디너만의 장례식 이후 구 년이 지나 있었다. 그 무렵 야심이 지나친데다 우리 동네 출신도 아닌 기자 게일 커밍스가 약간의 조사를 하고 나름대로 끼워맞춰본 뒤, 뼈를 검사하면 실종된 노라 린델의 것으로 밝혀질지도 모른다고 편집부에 제안했다. 경찰은 커밍스 씨의 조사 능력에 큰 인상을 받은 것 같지 않았다. 그러나 그녀는 스스로 연줄을 찾아다녔다.

우습게도 그녀는 린델 가족에 대한 정보를 얻기 위해 우리에게 연락했다. "린델 씨와 린델 부인을 만나려면 어디로 가야 하는지 아세요?" 우리의 아내들이 우리에게 수화기를 건네주자, 그녀는 자기소개를 하고 전화 건 목적을 말했다.

"린델이라." 우리는 말했다. "익숙한 이름이네요. 하지만 아뇨. 나는 그 가족에게 무슨 일이 일어났는지 잘 몰라요." 우리의 아내들은 고개를 저으며 방을 나갔다. 우리는 우리가 방어적으로 굴고 있다고 생각했다. "사라진 여자애요? 아주 오래된 일이죠. 걔가 린델 씨네 아이였어요?" 어떻게 생겨먹은 기자가 린델 씨와 린델 부인이 죽은 것도 모르는 걸까? 우리는 도울 땐 돕더라도 그렇게 아무 정보도 없는 사람을 도울 수는 없다고 생각했다.

우리와 같이 행동하지 않은 녀석은 대니 햇칫이었다. 기자를 포기시키기 위해 우리가 가동한 비상연락망에도 불구하고—척 긋휴는 윈스턴 러더포드에게, 러더포드는 스투 즈블로스키에게, 즈블로스키는 마티 멧카프에게, 멧카프는 드루 프라이스에게, 프라이스는 대니 햇칫에게 전화를 걸었다—대니는 우리의 요구를 무시하고 그 여자에게 사실을 말해주었다.

"린델 씨 부부, 여자애 부모는 죽었어요." 대니가 그녀에게 말했다. "그리고 시시, 노라의 여동생이 지금 서부에 살고 있어요."

"더 이야기해주세요." 게일 커밍스가 말했고, 대니는 그렇게 했다.

물론 우리 중에서 실질적인 정보를 가진 사람이 대니뿐이라는 것을 우리는 몰랐다―어떻게 알 수 있었겠는가? 노라의 부모가 죽었다는 이야기는 우리 중 누구라도 해줄 수 있었을 것이다. 시시가 빽빽거리는 여자애들과 함께 서부에 살고 있다는 이야기는 우리 중 누구라도 해줄 수 있었을 것이다. 우리 중 누구라도 노라 린델이 열여섯 살 때 실종되었고, 데님 재킷 소매를 걷어올리고 한쪽이 흘러내린 긴 양말에 교복을 입고 있었을 때 제일 예뻤다는 이야기를 해줄 수 있었을 것이다. 우리 중 누구라도 기자에게 그런 이야기를 해줄 수 있었을 것이다. 그러나 시시를 찾을 방법과 장소를 말해줄 수 있는 사람, 또 실제로 말해준 사람은 대니, 대니뿐이었다.

그는 말했다. "잘 들어요. 먼저 시시에게 물어봐야 해요. 당신에게 전화번호를 알려줘도 좋은지 확인해야 된다고요."

"그럼 당신은 시시 린델과 직접 연락이 된다는 말인가요?"

"지금은 아니에요." 대니가 말했다. "하지만 마음만 먹으면 할 수 있어요. 당신 번호를 알려줘요. 그러면 내가 전화를 하든지,

그녀가 할 거예요."

"고맙습니다, 햇칫 씨. 고마워요, 고마워요."

틀림없이 시시는 밤새도록 운전해서 동네로 돌아왔을 것이다. 대니 햇칫과 게일 커밍스가 통화하고 나서 하루인가 이틀이 지났을 때, 잭 보이드의 둘째 아내가 시커모어 거리 끝의 커피숍에서 그녀를 발견했기 때문이다.

인사를 나눈 적이 없어서 시시는 잭의 아내를 알아보지 못했겠지만, 잭의 아내는 자신이 본 사진과 들은 이야기로 시시를 알아보았다. 몰리 보이드는 도우미가 보고 있는 애들을 데리러 갈 때까지 한두 시간 여유가 있었다. 그래서 그날은 커피를 가져가는 대신, 시시 린델로 추정되는 여자의 옆 테이블에 앉았다(결과적으로 그녀가 맞았다). 시시 맞은편에는 게일 커밍스가 앉아 있었는데, 시시를 인터뷰하려고 열심이었지만 결국 성공하지 못했다.

"그들은 DNA에 대해 이야기하고 있었어요." 다음 일요일, 몰리는 식료품을 정리하면서 우리에게 말했다. 잭은 몰리가 들은 이야기를 들려주려고 주말 브런치 모임에 우리를 초대했다. "경찰은 샘플을 원하는데 시시는 주고 싶어하지 않아요. 그들은 거의 그 이야기만 했어요. 기자는 이유를 알고 싶어했고요."

"다른 건 없었어?" 잭이 물었다. "분명 다른 게 더 있었을 텐

242

데." 그는 무슨 발표 시간처럼 그녀를 재촉했다. 우리는 개의치 않았다.

"그녀는 사람들 말처럼 그렇게 예쁘지 않았어요." 몰리가 말했다.

"누구 말이에요?" 우리가 물었다.

"그 시시라는 여자요. 나이보다 더 늙어 보이던데요? 주름도 많고요."

우리는 아내들이 옆방에 있는 것을 다행으로 여기며 미간을 찡그렸다.

"그들이 또 무슨 이야기를 했어?" 잭이 말했다. "딴 데로 새지 마."

"말했잖아요. 기자는 시시가 DNA 샘플을 주지 않으려는 이유를 알고 싶어했어요. 누구 샘플인지는 몰라요. 시시 것일까요? 그녀의 언니 것일까요? 그들은 뼈를 검사하고 싶어해요."

"대니 탓이야." 드루 프라이스가 말했다. "그 자식이 다 망쳤어."

"그런데 대니는 어디 있어?"

"출장." 잭이 대답했다.

"출장?" 우리가 물었다. "언제부터? 그게 대체 무슨 소리야? 대마초 사러 출장 가나?"

"난들 아냐." 잭이 말했다. "대니는 더 따뜻한 곳에서 주말을 보낼 거라고 말했어. 나는 더 묻지 않았고."

"더 따뜻한 곳?" 드루가 말했다. "애리조나 같은 데 말이야?" 우리는 그의 말을 무시했다.

"대체 왜들 이러는지 모르겠네요." 몰리가 말했다. "그 기자가 시시랑 이야기하든 말든 누가 상관이나 한대요?"

"당신은 이해 못해." 잭 보이드가 말했다. "이해 못한다고."

"그런 것 같네요." 몰리는 옆방에 있는 우리의 아내들에게 가져갈 미모사 칵테일 쟁반을 조심스럽게 들고, 스윙 도어를 밀면서 뒷걸음질로 부엌을 나갔다.

몰리 보이드는 이해하지 못했다. 그건 사실이다. 그러나 우리는 왜 시시 린델이 게일 커밍스와 이야기하는 게 싫은지, 왜 대니가 그들과 연락을 취한 게 배신처럼 느껴지는지 말할 수 없었다. 그 이유를 딱 꼬집어 말할 수는 없었다. 그냥 뭔가를 빼앗기는 기분이었다. 우리만의 것, 항상 우리만의 것이었던 무엇이 슬금슬금 빠져나가는 기분, 그리고 그와 더불어 안도감도 서서히 사라지는 것 같았다. 우리는 노라 린델에 대한 환상을 열심히 키워왔고, 그녀가 남긴 흔적을 여전히 생생하게 간직해왔다. 그 게일 커밍스라는 여자가 뭔데, 갑자기 우리 일에 끼어들려고 하지?

"뼈가 어디서 발견됐는지 알지?" 마티 멧카프가 말하고 있었다. 요란했던 트레이 스티븐스 사건 이후로, 우리의 아내들은 아이가 없는 독신은 허락할 수 없다는 규칙을 상당히 확고하게 주장했다. 그러나 우리는 잭 보이드의 집에 있었고, 그보다 훨씬 어린 몰리는 규칙에 단호히 반대하는 성격이 아니었다. 마티가 현장에 대해 기사화되지 않은 몇 가지 정보를 제공할 수 있을지도 몰랐다.

"기자가 말해줬어." 우리가 말했다. "그 끔찍한 고층건물이 세워지고 있던 너희 공사장 강둑 옆이었대."

"그래, 음, 동료 하나가 새로운 팀에 고용되었어. 그런데 그들이 두 종류의 뼈다귀를 발견했다는 거 알아? 개뼈하고 사람 뼈?"

"무슨 말을 하고 싶은 거야?"

"그냥……" 마티는 입을 다물었다. 소리내어 말할 수가 없는 것 같았다. 이번만은 우리 모두 침묵을 지켰다. 트레이와 대니와 죽은 개에 대해 적절하게 말할 방법이 없었다. 그들이 오래전 카운티 두 개 너머까지 차를 몰고 가 그것을 나뭇잎으로 덮어줬다는 이야기를 제대로 묘사할 표현이 없었다. 우리는 천장을 올려다보았다. 바닥을 내려다보았다. 각자 손목에 찬 시계를 바라보았다. 우리는 말이 돌아오기를 기다렸다.

"아, 씨팔." 마침내 윈스턴 러더포드가 말했고, 우리 모두는 살짝 한숨을 쉬었다. 적어도 우리 중 하나는 목소리를 되찾았다는 사실에 안도감이 들었다. 매기 러더포드가 다른 남자와 바람이 났다는 것을 윈스턴이 알게 되기까지는 아직 일 년이 남아 있었다. "윌슨 씨네 개네. 아, 씨팔."

우리는 그 말을 듣고 조용히 생각에 잠겼다. 물론 뼈가 윌슨 씨네 개의 것이라 해도, 그건 아무 의미가 없었고 아무것도 증명할 수 없었다. 뿐만 아니라 인간의 뼈가 노라 린넬의 것인지, 또는 시시가 게일 커밍스에게 DNA를 제공할 것인지 여부와도 전혀 관계없었다. 뼈는 아무 의미가 없었다.

그럼에도 불구하고.

그럼에도 불구하고, 아주 오랫동안 아무 느낌이 없었지만, 서서히 그 뼈에 확실히 뭔가 있는 것처럼 느껴지기 시작했다.

물론 마티 멧카프는 그의 어머니가 남편과 이혼한 해, 그러니까 우리가 고등학교 졸업반이던 해에 어머니가 시켜 아버지 집에서 개를 훔쳐야 했던 녀석이었다. 이 이상한 이야기에는 마티를 무섭게 윽박질렀던 멧카프 부인과 거대한 세인트버나드종 개가 등장한다.

　우리는 이렇게 상상해본다. 멧카프 부인, 일찌감치 은발이 된 머리에 키가 크고 몸매가 꼬챙이 같은 그녀는 마티의 아버지와 그의 정부情婦, 즉 프로 테니스 선수이자 마티보다 고작 몇 살 더 많은 드니즈 컴포트에게 미치도록 화가 난 나머지, 어느 토요일 아침 그녀가 예전에 살던 집으로 차를 몰고 가 길 건너편에 세우고 엔진을 끄지 않은 채, 마티에게 개를 데려오라고 시켰다.

마티는 그 일에 대해 한 번도 이야기하지 않았다. 그것은 마티가 아니라 우리에게 일어났더라도 다른 사람들과 공유하고 싶지 않았을 종류의 일이었다. 그래서 우리는 자세한 내막을 털어놓지 않는다고 마티를 탓하지 않았다.

우리는 멧카프 부인에게서 구체적인 이야기를 조각조각 들을 수 있었다. 그녀는 노라가 실종된 후 학교측에서 고용한 카운슬러 중 한 사람이었다. 이혼 때문이든 다른 무엇 때문이든, 아마도 멧카프 부인은 그해에 남의 이야기를 들어줄 형편이 아니었을 것이다. 그녀는 자주 화제를 벗어났다. 우리는 그녀 나름대로 우리에게 다가오려는 노력을 한 거라고 생각한다. 일부러 부적절한 행동을 하려 했다고는 진심으로 믿지 않는다. 그녀는 자신의 망가진 결혼생활이나 그녀의 아들이자 우리의 친구인 마티와의 껄끄러운 관계에 대해 이야기하곤 했다.

그녀는 자연스레 화제를 꺼내는 사람은 아니었다. "음, 예전에 내가 마티하고 같이 차에 앉아 있었지. 그런데……" 이런 식이 아니라, 우리가 말하고 있는 중간에, 노라 린델에 대해 그애가 어디 있을지에 대해 이야기하는 중간에 말을 끊고 불쑥 치고 들어오는 식이었다. "개 훔쳐본 적 있니, 윈스턴? 말해봐. 개를 훔칠 생각을 해본 적 있어?" 혹은 폴 엡스타인에게는 이렇게 말했을지도 모른다. "네 엄마가 네 아빠 집 앞에 차를 세우고, 너한테 집에 들어갔다 나오라고 말하면 어떻게 할 것 같니?" 아마도 폴 엡스타인은 이렇게 대꾸했을 것이다. "우리 엄마 집이 곧 우리 아빠 집인데요?" 혹은 척 굿휴가 드루 프라이스와 윈스턴 러더포드가 말한 대로 카탈리나를 탄 남자의 가능성에 대해 이야기하고 있을 때, 그녀는 이렇게 말했을지도 모른다. "내가 알고 싶은 건 말이야, 넌 세상에서 무엇보다 사랑하는 게 있니? 어쩌면 동물일 수도 있어. 꼭 인간일 필요는 없거든? 내가 묻고 싶은 건 말이야, 넌 사랑이 뭔지 정말로 이해하니? 굿휴 군, 사랑이 뭔지 알아?"

노라가 사라진 후 몇 달이나 계속된 의무 상담 시간 동안, 이런 식으로 우리는 마티와 그의 어머니, 엔진이 헛돌고 있는 그들의 낡은 볼보, 세인트버나드종 개가 등장하는 흥미진진한 '이혼 보복성 개 절도 사건'의 진상을 대략 짜맞춰볼 수 있었다.

척 굿휴는 멧카프 부인이 노라 린넬에 대한 백일몽을 자꾸만 중단시키는 게 짜증스러워 자신만의 질문을 던지며 반응을 보이기 시작했다. 어머니가 시킨 일 중에서 최악이었던 게 뭐냐고 멧카프 부인이 물었을 때, 아마 척은 이런 식으로 앙갚음했을 것이다. "음, 몰라요. 그런데 궁금한 게 있어요. 열일곱 살짜리 고등학생하고 이를테면 서른다섯 살 먹은 기자가 벽장에서 애무하는 것에 대해 어떻게 생각하세요? 그런 일에 대해 뭐라고 말씀하시겠어요?"

"아주 흥미로운 질문이야, 굿휴 군. 그 문제에 대해 생각할 거리를 좀 준다면 더없이 기쁘겠구나."

"음, 멧카프 부인, 제가 궁금한 건요. 그러니까 제가 그런 나이든 여자에게 이용당한다면 얼마나 망가질까요? 그래도 제가 정상적으로 살 수 있다고 생각하세요?"

"굿휴 군." 멧카프 부인이 말했다. "나한테 하고 싶은 말이 있니? 뭔가 좋지 않은 일이 있었니? 내가 알아야 할 게 있어?"

"오, 이런." 그는 말했을 것이다. "시간 다 됐네요."

고등학교 시절의 마지막 해가 흘러가는 동안, 우리는 모두 척에게서 힌트를 얻어 멧카프 부인과 시간을 보낼 기회가 있을 때마다 표면적으로는 가정이지만 실제로 마티와 뉴스 앵커가 가졌던 밀회를 정확하게 묘사하며 대화를 하기 시작했다. 그러니 우리가 졸업할 무렵 멧카프 부인은 한 학급의 남자애들 모두가 어느 나이 많은 독신 여자, 우리가 비밀을 지키기로 맹세한 여자에게 성추행을 당했다고 믿게 되었을지도 모른다.

한 소년과 나이든 여자, 정상적인 삶의 가능성에 대한 질문을 던졌을 때 척 굿휴는 농담한 건지도 모른다. 아마 농담이었을 것이다. 그러나 이제 어른이 된 우리는 아내와 연약한 아이들을 둔 남자로서 때때로 그 질문을 곰곰이 생각해보게 된다. 당시 우리는 그 사건을 섹시한 이야기, 배 아프고 샘나는 일로 생각했을 뿐이지만, 나이든 여자가 어린 남자애를 잡아먹는 것은 나이든 남자가 어린 여자애를 잡아먹는 것만큼이나 위험할 수 있지 않을까? 그때는 왜 그런 생각을 못했을까?

대신 우리는 마티가 송구영신 파티에서 뉴스 앵커와 있었던 일을 이야기했을 때 질투를 느꼈다. 우리 중 몇몇은 그 파티에 우리가 있었더라면 마티 대신 뉴스 앵커와 벽장에 들어갈 수 있었을 거라고 진심으로 믿었다.

그 일이 있고 나서 몇 주 동안, 우리는 지역 행사와 정치에 열렬한 관심을 갖게 되었다. 우리의 어머니들은 우리가 어른이 되는 중이라고, 지역 뉴스에 대한 관심이 우리의 지평을 진정으로 넓혀주는 첫걸음이 될 거라고 여겼다. 그들은 우리가 대학에 가면 신문을 읽고 수준 높은 학술지를 구독할 거라고 상상했다. 그것이 중요한 첫걸음이라고 생각했다. 그래서 봄방학 무렵 우리가 갑자기 뉴스에 흥미를 잃고 풋볼이나 테니스에 관심을 쏟기 시작하자, 그들은 몹시 실망했다.

물론 마티는 영원히 흥미를 잃지 않았다. 그러나 우리는 환상에 지쳤고, 그 일이 우리에게 일어나지 않았다는 것, 몇 번이나 그녀의 프로그램에 채널을 맞춰도 우리에게는 그런 일이 절대 일어날 리 없다는 것을 인정했다. 한편 마티의 강박은 점점 더 심해졌다. 그 일이 다시 일어날 리 없다는 것을 믿으려 하지 않았고 믿지도 못했다.

그 일의 자초지종은 이렇다. 토미 바울스와 프랑코 바울스 형제의 손위 사촌누이인 트리시 바울스는 멧카프 가족이 매년 주최하는 송구영신 파티에 초대받았다. 그녀는 우리 지역의 기대주였고 젊은 유명인이었다. 멧카프 가족은 활동 범위를 넓히고 있었다. 그들은 새로운 친구를 사귀길 기대하고 있었다(물론 멧카프 부인은 멧카프 씨가 친구 수를 늘리기보다는 그들을 싹 갈아치우길, 특히 제일 먼저 아내부터 갈아치우길 희망하고 있었다는 사실을 학년말 무렵 깨닫게 된다).

트리시 바울스는 기쁜 마음으로 파티에 참석했다. 주요 인사들과 어울릴 수 있는 기회였다. 그곳에 갔을 때 그녀는 벌써 약간 취해 있었는지도 모른다. 어른들만의 파티가 시작되었을 때, 마티는 원래 집에 없어야 했다. 그러나 트리시는 그를 멧카프 부부의 아들이 아니라 손님으로 착각했고, 그래서 마티는 그냥 있기로 결심했다. 마티는 어른인 척하는 것이 재미있었다고 말했다. 그는 그녀에게 샤블리 와인을 연거푸 가져다주었다. 그런데 어느 시점에서 멧카프 부인을 어머니라고 부르는 실언을 했다. 트리시는 당황했다. 얼굴이 새빨개졌다. 열일곱 살짜리 남자애와 시시덕거리는 모습을 사람들이 봤을까봐 겁이 났다. 그녀는 대화를 끝내고, 나머지 시간은 드니즈 컴포트와 그녀의 친구들과 이야기하며 보내기로 했다.

"그럼 애무는 언제 한 거야?" 드루 프라이스가 물었다. "이야기만 진탕 하고 끝인 것 같은데."

"이제 곧 그 부분으로 넘어갈 거야." 마티가 말했다. 멧카프 부부 집에서 파티가 열린 다음날 밤, 우리는 트레이 스티븐스의 지하실에 있었다. 마티가 와일드 터키 한 병을 미리 챙겨놓았고, 우리는 그가 말하는 동안 그것을 돌려 마시고 있었다. "일은 차근차근 진행되는 거야. 여자들은 그런 걸 좋아해. 차근차근."

트리시는 프로 테니스 선수 드니즈와 이야기를 나누면서 샤블리를 끊임없이 마셨고, 집에 가려고 할 무렵에는 마티 멧카프를 왜 피하고 있었는지 잊어버렸다. 그리고 스스로 생각해도 놀랍게 아무도 보지 않을 때 그를 벽장 안으로 끌어들여, 여성의 몸에서 한 번도 만져보지 못했던 곳으로 그의 손을 이끌었다.

일이 끝나고 사람들이 계단을 내려와 벽장으로 다가오는 기척이 났을 때―마티는 그때까지도 혀에 남은 끈적거리는 화이트

와인을 맛보는 중이었다―트리시는 겁에 질린 목소리로 속삭였다. "아무한테도 말하지 마. 아, 아, 다시는 이런 일 없을 거야. 미안해. 아, 내가 무슨 짓을 한 거지?"

물론 마티가 우리에게 한 말이었고, 당시 와일드 터키 때문에 골이 띵해진 우리는 그녀가 마티를 선택한 것이 완전히 부당하게 느껴졌다. 여자가 원하는 것, 그리고 그들이 그것을 어떻게 원하는지 일찍 배워야 했던 사람은 우리였다. 그 지식을 얻을 자격이 있는 사람은 우리였다. 마티가 아니라.

그러나 요즘 때때로, 가령 수영장 가장자리에 앉아 우리 딸들이 번갈아가며 다이빙하는 모습을 바라볼 때, 우리는 문득 궁금해진다. 그때 우리가 트리시 바울스 혹은 다른 나이든 여자와 함께 벽장 안에 들어갔더라면 지금과 같은 가족을 가질 수 있었을까. 우리와 10미터도 떨어지지 않은 곳에서 뒤로 공중제비를 넘고 있는 저 여자애들이 과연 존재할 수나 있었을까.

그리고 그럴 때 우리는 어른이 할 수 있는 일들에 몸서리치지 않을 수 없다. 그때는 왜 더 잘 알지 못했을까? 그리고 지금 이 순간 우리 아이들이 잘 모르는 어떤 일들이 일어나고 있을까? 우리 눈앞에서 꼬물거리고 깔깔대면서 신나게 물을 튀기고 노는 저 아이들, 피부가 가무잡잡하다 못해 타서 벗겨질 지경인 저 여자애들을 바라보면서 우리는 궁금해하지 않을 수 없다. 벌써부터 우리에게서 멀어지고 있는 저애들의 인생, 저애들의 이상하고 낯선 머릿속에서는 무슨 일이 벌어지고 있을까? 우리가 그만두게 해야 하지만 그게 무엇인지조차 알 수 없는 일들이 지금도 벌어지고 있는 것일까?

트레이 스티븐스는 감옥에서 심장마비로 죽었다. 10월이었고 우리 모두 마흔다섯 살이 된 해였다. 우리는 대니 햇칫의 집에서 조촐한 추모식을 치렀다. 아내들에게는 말하지 않았고 존중의 의미로 폴 엡스타인도 초대하지 않았다. 누가 알겠는가? 어쩌면 소아성애자를 추모하기 위해 모인다는 단순한 행위 자체가 희생자와 그 가족에게는 자동으로 결례를 범하는 것인지도. 그러나 진저 엡스타인에게 그런 일을 하기 전에는 트레이도 우리 중 하나였다. 길 하나를 사이에 두고 얼마 전까지 친구였고, 우리의 작별인사를 받을 가치가 있었다.

우리가 어쩌다 대니의 집으로 가게 되었는지는 확실치 않다. 어쩌면 그에게는 그런 모임을 반대할 아내가 없었기 때문인지도 모르지만, 그런 이유라면 당시 이혼한 지 얼마 되지 않은 윈스턴 러더포드의 집으로 갔어야 더 말이 된다. 아마 우리 중 누가 윈스턴의 집을 제안하기도 전에 대니가 자기 집을 제안했고, 우리는 차마 거절하지 못한 것이 틀림없다. 어쨌든 그날은 트레이 스티븐스의 날이어야 했다. 좁은 공간이나 곰팡이 핀 테이블 같은 것에 대해 염려할 시간은 없었다.

어떤 면에서는 말이 되었다. 아마 우리 중 트레이와 가장 친한 사람은 대니였을 것이다. 공립학교 학생과 사립학교 학생 중 가장 가난한 아이, 가장 든든한 동지이거나 가장 피 튀기는 원수이거나 둘 중 하나가 될 운명인 한 쌍이었다. 그러나 10월이었다. 우리는 그 어느 때보다도 나이를 먹은 것처럼 느껴져서 우울했고, 집과 가족과 아내들에게서 벗어날 수 있었기 때문에, 그래야만 했기 때문에 대니의 집으로 갔다.

우리가 기억하기로 우리 쪽에서 먼저 대니에게 대마초를 달라고 한 것은 그때가 처음이었다. 그의 집 벽에는 가짜 원목 합판이 붙어 있었고, 누군가 화장실에 거울이 없다고 지적했다.

"너 면도는 어떻게 하냐?" 드루 프라이스가 물었다.

"앉아서." 대니가 대답했다. 드루는 원한다면 언제든 등신 천치가 될 수 있었고, 모두가 그걸 알았다. 특히 대니가 제일 잘 알았다.

"어쨌든 대마초 좀." 척 굿휴가 말했다. 척은 대니에게 손을 내밀었다. 대니가 평생 그래온 것처럼 당연히 주머니에 손을 넣어 대마초를 꺼낼 거라는 듯이. 그러나 대니는 고개를 저었다. "미안." 대니가 말했다. "가진 게 없어."

우리는 대니의 말을 믿지 않았다.

척이 말했다. "장난하지 마. 분위기 망치지 말고 얼른 내놓으라고."

그러나 대니가 말했다. "아니, 진짜야. 하나도 없어."

"이런 썅." 척이 말했다. "우리 모두를 위한 일이야. 특히 오늘은. 다른 날은 몰라도 오늘은 내놓아야 한다고. 이런 썅."

그후로 우리는 맥주를 마시고 아무도 관심 없는 농구 게임을 보면서 겨우 삼십 분을 머물렀을 뿐이다. 대니는 창가에 서서 자신의 지하실 뒤에 있는 주차장을 올려다보았다. 우리는 트레이에 대해 말하지 않았다. 할말이 뭐가 있겠는가? 대신 우리의 콜레스테롤, 심장, 가족을 생각했다. 우리 인생에 얼마나 별일이 없었는지, 그리고 일어난 별일조차 얼마나 빠르게 지나가버렸는지 생각했다. 우리의 몸과 노화에 대해 화를 내지 않기는 어려웠다. 우리가 실제로 이렇게 멀리 와버렸고, 인생을 잠시 멈추고 쉬면서 즐길 방법을 찾아내지 못했다는 것을 믿기 어려웠다. 우리의 아버지들은 오직 그것, 그들보다 오래 버틸 수 있는 능력만을 우리에게 기대하지 않았던가?

우리는 묵묵히 맥주를 마셨고, 결국 누군가, 아마도 척이 이제 가자는 암시를 주었을 것이다. 우리가 주차장에서 작별인사를 할 때 대니는 상처받은 것처럼 보였다. 아마도 우리가 느꼈듯이 그도 마지막처럼 느꼈을 것이다. 그날 우리는 감상적인 기분이었다. 왜 안 그랬겠는가?

잭 보이드가 말했다. "저기, 이해해줘, 대니. 우린 애들이 있어. 이제 그만 집에 가야 해."

"그래, 이해해." 대니가 말했다.

대니는 윈스턴 러더포드를 슬쩍 보았다. 마치 그는 아이가 없으니까, 매기가 떠났으니까 더 머물러도 되지 않느냐는 듯이. 그러나 윈스턴은 묻지도 않았는데 이렇게 말했다. "나는 직장 사람들을 만날 거야. 일주일에 한 번 집에서 벗어나려고 술을 마시는 사람들이지. 매기 말이 그러는 게 나한테도 좋을 거래."

"매기는 떠났어." 척이 말했다.

"알려줘서 고맙다."

"척 얘기는 매기의 조언을 꼭 따를 필요가 없다는 뜻일 거야." 대니는 길가의 블록을 발로 찼다.

"그래, 아마도."

우리는 차를 세워둔 곳으로 걸어갔다. 척이 대니의 등을 툭 치고 말했다. "성질부려서 미안해."

"그럴 수도 있지." 대니가 말했다.

"살다보면 거지같은 일도 있어." 척이 차에 타면서 말했다.

대니는 차문을 닫아주고 나서 마지막으로 창문을 두드렸다.

"살다보면 거지같은 일도 있어." 척이 유리창 너머에서 다시 한번 말했다. 우리는 각자의 차에 앉아서, 그들 두 사람이 슬퍼 보이는 억지웃음을 주고받는 모습을 바라보았다. 머리 위 구름들이 눈을 몰고 올 것 같았다. 그해 겨울 구름들은 거의 매일같이 눈을 몰고 올 것 같았지만, 결국 눈은 크리스마스 직후에 딱 1인치만 내렸다. 우리 모두 얼마나 실망했던지. 아무리 나이를 먹어도, 눈 없는 크리스마스는 우리에게 진짜 크리스마스가 아니었다.

우리가 주차장을 떠나는 동안 대니는 밖에 그대로 서 있었다. 우리가 처음 대학으로 떠날 때, 어머니들이 배웅하던 모습 같았다. 마음속 깊은 곳에서 왠지 울고 싶은 기분이 들었다.

그날 밤 우리는 침대에 누워, 아내들이 여성스럽고 편안하게 숨을 쉴 때마다 어깨가 올라갔다 내려왔다 하는 것을 바라보았다―트레이 스티븐스 생각은 하지 않았다. 낮에만 해도 잠자리에 들자마자 그를 생각하게 될 줄 알았지만. 우리는 그의 심장이 마침내 멈춘 회색 시멘트 감방과 화장한 후의 재, 그리고 그것을 갖겠다고 나선 사람이 아무도 없었던 것, 우리 중 아무도 그러지 않았던 것을 생각하지 않았다. 우리는 심지어 진저 엡스타인에 대해서도 생각하지 않았다. 그애 부모가 말해줬을지, 아니면 어찌된 일인지 스스로 트레이 소식을 주워듣고 있던 그애가 이미 알고 있을지에 대해 생각하지 않았다. 대신 좀 놀랍게도 우리는 대니 햇칫을 생각했다.

대니의 거무스름한 피부와 그것 때문에, 눈에 띄게 늙어가는 우리와 달리 그가 여전히 젊어 보이는 것에 대해 생각했다. 대니의 몸, 고등학교 때는 그토록 깡말랐었지만 지금은 어느 정도 근육이 붙고 건장해진 그의 몸에 대해 생각했다. 우리의 몸들은 물렁해지고 처치 곤란이 되어가고 있었다. 지난 십 년간 언제부터인지 몰라도 대니 햇칫의 얼굴이 깔끔해졌다. 왜 진작 알아차리지 못했을까? 이마의 흉터들이 희미해졌다. 언제부터 그렇게 됐지? 거스러미와 감염 때문에 노상 물집투성이였던 손톱 주변도 깨끗해졌다. 대니 햇칫이 평생 처음으로 건강해 보였다는 것이 가능한가? 우리가 차를 타고 떠날 때는 불쌍해 보였을지 모르지만, 우리의 차 백미러에 비친 대니는 갑자기 완연한 남자가 된 모습이었다. 대니 햇칫은 어른이 되어 있었다. 젠장, 언제 그런 일이 일어났지? 그리고 어떻게?

　중학생 때 대니가 크리스마스 연휴가 끝난 뒤 우리에게 와서 엄마한테 벼룩시장을 받았다고 말한 적이 있다. 그때 왠지 몰라도 그를 놀리지 말아야겠다고 생각했던 것을 기억하는지? 그리고 매기 프래지어가 벼룩시장이 아니라 개미농장이겠지, 라고 말했을 때 우리가 몹시 화가 났던 것을 기억하는지? 대니의 얼굴이 새빨개졌고 우리는 그가 울지도 모른다고 생각했다. 그리고 잠시 윈스턴 러더포드가 미래의 신부, 미래의 전처인 매기의 얼굴을 한 대 칠지도 모르겠다고 생각했다.

　이미, 그렇게 일찍, 그의 어머니가 죽기 전부터도 우리는 대니를 가엾게 여겼다. 왜 그랬을까? 아마도 공평하지 않았기 때문일 것이다. 연민. 과잉보호. 자신이 다른 사람보다 낫다고 믿는 데는 결국 허영의 요소가 있다. 대니에 대한 우리의 과잉보호도 그렇지 않았던가? 어쩌면 가장 중요한 것은 우리가 그의 유년기를 연장하는 데 관여했을지도 모른다는 것, 인생에서 앞으로 나아가고, 발전하고, 결혼을 하고, 아이를 갖고, 가정을 꾸리는 데 실패한 그의 무능력이 우리와 관계있을 거라는 점이었다. 어쩌면. 아니면 우리가 우리 자신을 너무 심하게 몰아붙인 것인지도 모른다. 말하기 어려운 문제다. 그러나 그날 밤 우리는 아내들이 우리 쪽으로 돌아누우며 그만 자라고 달래줄 때 대니에게 좀더 자주 전화해야겠다고 머릿속에 메모해뒀을 것이다. 대니를 바비큐 파티에 초대하자. 어쩌면 추수감사절에도. 그래, 추수감사절에도, 라고 우리는 생각했다. 물론 추수감사절 무렵에는 대니 햇칫이 사라지고 없으리라는 걸 우리는 알지 못했다.

트레이 스티븐스를 비공식으로 추모했던 날, 우리는 대니의 집을 떠나며 우리를 바라보는 그의 모습을 백미러로 확인하는 동안 대니 때문에, 실은 우리 모두 때문에 마음이 몹시 안 좋았다. 하지만 당시 우리는 그날 이후 두 달이 채 지나기도 전에 대니가 짐을 꾸려 시시 린델과 그 낯선 여자애 셋이 있는 애리조나로 떠날 거라는 것을 알지 못했다. 그걸 알았더라면, 그와 시시가 우리에게서 사라지는 삶을 이미 구상하고 있었다는 걸 알았더라면, 우리는 대니가 외톨이가 되어서 혹은 혼자 남겨져서 슬퍼할 거라고 생각하지 않았을지도 모른다. 그는 우리 때문에 슬퍼했던 것이었다. 그는 작별인사를 하고 있었는데, 우리는 알아채지도 못했다.

우리는 이런 끝을 생각했다. 우리 모두가 마흔다섯 살이 된 해, 하이 스트리트의 그 어둡고 작은 술집에 대니 햇칫과 시시 린델 두 사람만 있는 장면에서 모든 것이 끝날 거라고. 린델 씨가 죽은 지 십이 년이 되었다. 밍카 디너만이 죽은 뒤로는 십 년이었다. 그해에 매기 러더포드가 슬픔에 잠긴 카운슬러와 함께 플로리다로 떠났다. 그해에 윈스턴 러더포드는 매기에게 떠나는 것은 괜찮지만 개는 못 데려간다고 말했다. 그해에 트레이 스티븐스가 감옥에서 죽었고, 열여덟 살이 된 진저 엡스타인은 마흔 살 먹은 남자와 함께 다른 주 두 개 너머로 떠났다. 우리는 엡스타인 부부에게, 남자로서 우리 자신에게 면목이 없었다. 그해는 모든 것이 끝나는 해 같았고, 어쩌면 그래서 우리는 그들, 시시와 대니에게도 끝이 있을 거라고 상상했는지도 모른다. 우리는 그 끝에 대해 준비가 되어 있었다.

노라 린델, 그애가 정말로 그날 밤 카탈리나의 남자와 함께 숲 속에서 밤을 보냈다 해도 이제는 죽고 없을 것이다. 강둑의 뼈로 는 아무것도 알 수 없었다. 개뼈 몇 개와 그때까지 추적할 수 없 었던 인간의 뼈 한 개가 발견되었다는 사실만 확인되었을 뿐. 시 시가 경찰에 DNA를 내주었을 리 없고 게일 커밍스가 혼자서 무 엇을 알아낼 만한 재주를 가졌을 리도 만무하다.

마침내 우리는 그애를 찾기를, 그애에 대해 질문하기를 멈춘 것 같았다. 그것은 병이었고, 너무 오래 지체된 성장기의 잔여물 이었다. 물론 우리는 여전히 그애 생각을 했다. 늦은 밤 깨어서 누 워 있을 때, 특히 침실 창문을 열어놓고 커튼을 반만 닫은 채 잠 들 수 있는 몇 주간의 이른 가을밤, 바람이 부드럽게 불어오고 때 때로 길 잃은 마른잎이 방안으로 들어올 때면, 우리는 지금 우리 아내들의 모습과 그애가 되었을지도 모르는 모습을 놓고 여전히 모호하고 부당한 비교를 하곤 했다. 우리는 여전히 환상을 통제 하지 못했지만, 적어도 환상의 무익함을 인정할 수는 있었다.

하지만 그런 건 중요하지 않다. 중요한 건 우리가 상상한 마지 막 장면인데, 거기서 대니와 시시는 하이 스트리트 술집에 나란 히 앉아 진열된 술병 뒤의 거울을 바라보고 있다. 대니는 여전히 담배를 피웠고, 시시는 끊었다. 그녀는 계속 귀찮게 구는 게일 커밍스 때문에 동네에 있었다. 아니면 다른 일 때문이었는지도 모른다. 중요한 건 그녀가 다시 동네에 왔고 대니에게 전화를 했다는 점이다.

"어떤 날은 언니 생각을 거의 안 해." 시시가 말했다. "대부분의 날은 그래. 내가 아빠나 엄마를 그리워할 거라고 생각하겠지. 하지만 아니야. 아니, 그립긴 해. 하지만 맨 앞, 중앙에 있는 사람은 항상 노라 언니야. 무슨 말인지 알아?"

"알아." 대니가 말했다. "알고말고."

우리는 그들의 마지막이 다정했을 거라고 상상했다. 그들은 사랑에 빠지지 않았다. 혹시 사랑에 빠진 게 아닐까 의심하지도 않았다. 어쩌면 대니는 그랬을 수도 있다. 어쩌면 그는 둘 중 한 사람에게 그런 감정이 있을지 모른다는 희망을 잠시나마 품었을 수도 있다. 그러나 대니가 실수를 잘하는 얼간이일지는 몰라도 멍청하진 않았다. 우리 중 누구도 멍청하지 않았다. 우리는 그저 몽상가들이었다. 린델 자매와 그들이 겪었을지도 모르는 일에 대한 꿈에 사로잡힌 몽상가들.

"뭘 좀 가져왔어." 우리는 그날 밤 작별인사를 할 때가 되었을 때 대니가 이런 말을 했을 거라고 상상했다.

"보석은 아니지?"

그는 웃었다. "아니, 보석은 아니야."

"난 이제 대마초를 피울 수 없어. 폐가 견디지 못해."

그는 또 웃었다. "재미있는 추측이네. 하지만 아니야."

그는 뒷주머니에 손을 넣어 지갑을 꺼냈다. 지폐칸 사이에 접힌 종이 한 장이 끼어 있었다. 그는 지갑을 주머니에 다시 넣고, 시시가 앉은 쪽으로 종이를 밀었다.

"이게 멍청한 짓인지는 모르겠어." 그가 말했다. 그는 시시가 아니라 거울을 보고 있었다. 자기 자신, 변한 자신의 모습, 세월이 변하게 한 자신의 모습을 보고 있었다. 다시 입을 열었을 때 그는 시시뿐 아니라 거울 속 자기 자신에게도 말하고 있었다. "내 인생에서는 늘 그게 문제였는지 몰라. 나는 항상 멍청할 수도 있고 멍청하지 않을 수도 있는, 그런 일들을 하는 것 같아. 하지만 일부러 그러는 건 아니야. 무슨 말인지 알아?"

시시는 대니를 보고 있지 않았다. 거울을 보고 있지도 않았다. 그녀는 바에 고개를 숙이고 대니가 준 종이를 보고 있었다.

"우리집 앞 공중전화부스에서 가져왔어." 대니가 말했다. "나는 우리가 다시 친구가 될 수 있을 거라고 생각했어. 너하고 나, 어쩌면 우리가 같이 할 수 있는 이야기가 있을지 모른다고 생각했어."

우리는 시시의 눈가에 작은 눈물방울이 맺히는 걸 상상했다.

우리는 대니가 그녀를 만지고 싶었을 거라고, 손을 뻗어 그녀의 손등 아니면 등허리라도 살짝 건드리고 싶은 마음이 굴뚝같았을 거라고 상상했다. 하지만 그는 그러지 않았다.

"이 사진에서는 언니가 서른 살처럼 보여." 시시가 말했다. "내가 서른 살이었을 때보다 더 나이들어 보이네. 이때 겨우 열여섯 살이었는데." 시시는 노라를 찾는 게시물을 대니가 앉은 쪽으로 밀었다. "보여? 한번 봐."

그리고 그들 두 사람은 고개를 숙인 채 열여섯 살 소녀의 얼굴에서 서른 살의 여자를, 그녀의 미래를, 그동안 일어났을지도 모르는 일들을 진지하게 찾아보았다.

"괜찮아?" 대니가 물었다.

"무슨 뜻이야? 슬프냐고? 그래. 하지만 내일이 되면 정신 차리겠지? 그럴 거야."

"그게 아니고." 대니는 시시의 가슴 쪽으로 고개를 까딱했다. 시시는 고개를 돌려 술병들 뒤에 있는 거울을 바라보았다. 그녀의 손이 스웨터 위 심장이 있는 자리를 움켜쥐고 있었다.

"괜찮아." 마침내 시시가 말했다. "가슴이 아프네." 시시는 어깨를 으쓱해 보이고 손을 치웠다. 대니는 아무 말도 하지 않았다. "우리 애들은 핼러윈 날에 트릭 오어 트릿 놀이를 해. 바보 같은 짓일까? 정상일까? 모르겠어. 그날이 노라 언니를 기리는 날이 되어야 할까?" 이번에도 대니는 아무 말 하지 않았다. "저기." 시시가 말했다. "나한테 물어보고 싶은 거 없어? 뭐든 좋아. 난 상관없어. 혹시 여자애들에 대해서 궁금해?"

"사람들은 걔가 내 딸이라고 생각해." 마침내 대니가 말했다. "알지? 제일 작은 애."

"네 생각은 어떤데?"

"난 내가 아버지감이 아니라고 생각해." 그가 말했다. "그건 알지. 그거 하나는 확실히 알아."

"나한테 물어보고 싶어?"

"아니." 그가 말했다. "정말 아니야. 네가 그래야 한다고 생각하면 또 모르지만."

시시는 잠시 가만히 있었다.

"아니, 그렇게 생각하지 않아." 시시가 말했다.

"좋아." 그가 말했다. "좋아."

그들은 잔을 비웠고, 시시가 바텐더에게 계산서를 달라고 했다. 대니는 계산서를 받으려고 손을 내밀었다. "제발, 시시." 그가 말했다. "내가 이 정도는 하게 해줘."

그는 시선을 내리깔았는데, 민망해하는 것 같기도 했고 울 것 같기도 했고 둘 다인 것 같기도 했다.

시시, 항상 그렇게 어리고, 그렇게 새침하고, 그렇게 매력적이

던 시시가 높은 의자에서 미끄러져 내려오더니 대니의 뺨에 키
스했다. 그리고 말했다. "원한다면." 그러고는 술집에서 나갔고,
그의 인생에서 영원히 사라졌다.

하지만.

하지만 그런 일은 일어나지 않았다. 우리가 그렇게 되길 원했
던 것뿐이다. 왜 우리는 그런 식으로 끝나길 원했을까? 간단하
다. 그렇게밖에 상상할 수 없었기 때문에.

결국 하이 스트리트 술집에서의 슬픈 이별, 질척거리는 눈물
바람은 없었다. 그들 사이에 감상적이거나 비극적인 일은 전혀
없었고, 노라와 그녀에게 일어났을지 모르는 일에 대해서도 아
무 말이 없었다. 대신 시시, 진짜 시시가 핼러윈 뒤 며칠이 지나
서 고급스러운 신형 SUV를 몰고 대니의 마지막 소지품을 챙기
러 그의 집 뒤로 왔다.

척 굿휴의 딸들이 모든 것을 보았다. 그애들은 학교에서 집으
로 걸어오는 중이었다. 책가방을 흔들기도 하고, 이따금 길에 떨
어지는 나뭇잎을 잡으려고 달리기도 하다가, 빨간 머리 여자가
차에서 내려 대니 햇칫의 지하실로 내려가는 것을 보았다.

그들은 기다렸다. 참견하기를 좋아해서가 아니라, 달리 할 일
이 없어서였다. 어쩌면 싸움이나 재미있는 구경, 뭔가 추한 것,

뭔가 수다떨 거리를 보게 될지도 모른다고 생각했을 것이다. 누가 알겠는가? 그러나 그들이 본 것은 얼마 후 상자를 든 시시가 고개를 돌려 대니를 보고 웃으면서 계단을 올라오는 모습이었다. 대니도 상자 세 개를 들고 계단을 올라오고 있었는데, 그의 표정은 잘 보이지 않았다고 한다. 그러나 척 굿휴의 딸들은 시시가 입을 활짝 벌리며 세상에서 제일 기분좋은 사람처럼 웃는 것을, 그것 말고는 달리 할 일이 없다는 듯 아낌없이 웃는 것을 보고 대단히 놀랐다고 말했다.

물론 처음에 우리는 굿휴의 딸들이 한 말을 믿고 싶지 않았다. 그들이 나쁜 애들도 아니었고 알아주는 거짓말쟁이도 아니었지만, 그들의 말이 우리가 시시나 대니에 대해 안다고 생각했던 것과 들어맞지 않았기 때문이다. 내 말인즉슨, 대니는 우리 중 하나였다는 뜻이다. 날 때부터 그랬고 그렇게 자랐다. 우리는 살면서 거의 매일 그를 보았다. 우리가 시시의 의도, 열망, 인생의 꿈을 오해한 것은 그렇다고 치자. 어차피 시시는 기숙학교로 떠난 뒤로 쭉 미스터리였으니까. 하지만 대니는 달랐다. 우리는 대니가 우리 곁을 떠나는 삶을 계획하고 있었다는 것을 알 준비가 되어 있지 않았다.

우리는 어머니들에게 전화를 걸었다. 그리고 굿휴의 딸들이 보았다고 주장한 것에 대해 말하기 시작했지만 그들은 이미 알고 있었다. 폴의 어머니, 엡스타인 부인이 대니가 사는 건물 옆 미용실에서 모든 것을 보았다.

"어찌나 사랑스러운 아가씨가 되었던지." 엡스타인 부인은 시시 린델에 대해 우리의 어머니들에게 이렇게 말했다. "정말 참해 보이더라고요. 차도 아주 깨끗하던걸요."

"상상이 돼요?" 우리는 어머니들에게 물었다. "대니 햇칫과 시시 린델이라니. 상상이나 되는 일이에요?"

"아니." 어머니들은 갑자기 어조를 바꾸어 발끈하며 말했다. "하지만 우리가 상관할 바 아니잖니?"

마침내 우리는 침실 창가에 서서 하루의 마지막 순간을 맞으며, 어딘가 얼떨떨하니 준비되지 않은 채로 분명한 사실을 깨닫고 만다. 이것이, 우리 주위에 있는 이 모든 것이 우리의 인생이라는 사실을.

　분홍빛 밤의 시간이다. 우리의 아내들이 잠자리에 들기 직전인 밤의 시간이다. 그들이 아래층 부엌에서 이것저것 뒤적거리고, 불을 끄고, 나와 있는 접시를 벽장 안 제자리에 집어넣고, 개에게 마지막 먹이를 주는 소리가 들린다. 그들은 이제 막 전화를 끊었다. 최근 대학에 간 아들 또는 딸에게 잘 자라는 인사를 막 건넸다. 십대에게는 자동차보다 비행기가 훨씬 더 안전한 여행수단이라고 결정을 내린 다음 휴가 계획도 막 마무리지었다

(솔직히 열여섯 살짜리는 말할 것도 없고 열여덟 살짜리에게 운전대를 쥐여준다는 건 잘못된 일 같다). 그러나 우리의 아내들이 계단을 올라오고 있는 이 순간, 그들이 침실 문손잡이를 잡는 소리가 곧 들려올 이 순간, 우리는 창가에 서서 사방에 퍼져 있는 어둑한 동네를 올려다보고 또 내려다본다. 하늘은 분홍색에서 보라색으로 변했고, 가로등이 깜박거리다가 불을 환히 밝히자 라벤더빛을 머금은 공기가 활기를 띤다.

이것이 우리의 삶이라는 것, 그 사실을 인정하면 더할 나위 없이 간단하다. 복잡할 게 없다. 여기가 우리의 집이다. 여기 창문이 있고 커튼이 있고 가을의 첫 낙엽이 있다. 여기가 우리의 방이고, 우리의 베개가 있고, 바로 옆에는 아내의 베개가 있다. 침실 문 건너편에는 이제 막 방에 들어와 잠옷으로 갈아입고 우리 곁에 누우려는 아내가 있다. 우리가 타이와 재킷을 옷걸이에 거는 동안, 그녀는 이불을 잡아당기고 시트를 반듯이 펼 것이다. 그리고 침대 좌우에 놓인 불을 켜고 침대 위로 올라가 우리를 기다릴 것이다.

오늘밤 우리는 잠들 것이다. 서로를 안거나, 어쩌면 안지 않은 채. 어찌됐든 자고 있는 한밤중에 전화벨이 울리지 않기를 바라면서, 그저 내일 아침 일어나 하루를 시작하고, 마침내 수영장 커버를 덮고 여름이 끝났음을 인정할 수 있기를 바라면서 잠들 것이다.

　그리고 갑자기, 새로운 뭔가가 확실해진다. 전에는 생각도 못했던 것이 이제야 분명해진다. 우리가 노라 린델을 마지막으로 생각하게 될 날이 올 것이다. 우리는 한때 우리가 알았던 열여섯 살짜리 그애를 생각하게 될 것이다. 하키 운동복을 입거나 교복을 입고 긴 양말이 반쯤 흘러내린 그애를 상상하게 될 것이다. 어쩌면 데님 재킷을 입고 트레이 스티븐스의 수족관 아래 등을 기댄 채 시시의 머리를 땋아주던 그애를 상상할지 모른다. 무엇을 기억하든 우리는 그애를 생각할 것이고, 그애에게 무슨 일이 일어났는지 궁금해할 것이며, 그런 생각을 하는 동안에는 알지 못하겠지만, 그게 그애를 생각하는 마지막 순간일 것이다. 그날이 올 것이다. 이제 확실해졌다. 그리고 한 가지 더, 이보다 더 분명한 사실을 깨닫는다. 이것이, 우리 주위에 있는 이 모든 것이 우리의 인생이라는 사실을.

감사의 말

스털링 로드의 모든 사람, 특히 짐 러트먼과 애디 웨인라이트에게 감사한다. 또한 에코의 모든 사람(댄 할펀, 애비게일 홀스타인, 앨리슨 샐츠먼 등)과 특히 세상에서 가장 친절하고 예리한 편집자인 리 부드로에게 감사한다.

가족에게는 처음부터 끝까지 신세를 졌지만 몇 가지 예를 들자면, 우선 내 어머니 스테이시 스틴치필드 여사에게 감사한다. 그녀는 내가 자유롭게 글을 쓸 수 있도록 여름 동안 (그리고 이후에도 좀더 오래) 그녀의 농장을 제공해주었다. 론 덕이 없었다면 나는 아마 이 책을 쓸 수 없었을 것이다. 또한 충성스러운 믿음과 지지를 보내준 내 형제자매인 노아와 그레타에게 감사한다. 잭 피터드, 리 스틴치필드, 브룩 갤러디, 올리비아와 조지아 피터드 등 나머지 가족에게도 무엇보다 존재해줘서 고맙다는 말을 전하고 싶다. 그들이 없다면 이 세상은 헤쳐나가기 몹시 어려운 곳일 것이다.

감사해야 할 사람이 더 있다. 우선 앤 비티에게는 기회를 만들어주고 따뜻한 격려를 보내준 것 등 감사해야 할 일이 너무나 많지만, 특히 용기 있게 더 많은 것을 기대하고 더 나은 것을 요구해준 데 대해 감사하고 싶다. 또한 버지니아 대학교와 그곳의 놀라운 교수진 데버러 아이젠버그, 크리스 틸먼, 존 케이시에게도 감사한다. 그들은 너무나 신중하고 배려심 깊은 스승이며 그들의 관심과 조언에 항상 감사드린다.

감사해야 할 사람들이 아직도 있다. 나에게 완벽한 이름을 빌려준 문도 오탈, 에마 래스본, 톰 바우먼, 이블린 힝클리, 휴 머윈, 조 패그나멘타, 벤저민 워너, 짐 셰퍼드, 피터 팔롱, 『맥스위니스』의 모든 사람, 샬러츠빌에 있는 더 다운타운 그릴의 모든 사람, 특히 로버트 소리에게 감사한다.

그리고 앤드루가 있다. 내가 이 모든 것을 쓰는 동안 맞은편 자리를 지켜주고 기분 전환이 필요할 때(혹은 필요하지 않을 때도) 프리스비, 핌스 과일 칵테일, 스크래블 게임 따위로 같이 시간을 보내준 앤드루 이웰에게 감사한다.

그리고 마지막으로 이 모든 것이 시작된 곳에서 마무리짓기 위해, 맬컴 휴 링겔(일명 팝스)에게 힘들지만 조용한 감사를 보내고 싶다. 나란 사람의 많은 부분이 그에게 영향을 받았고 지금도 그렇다. 허버트 린델의 가상 부고기사가 2006년 우리가 맬컴 링겔을 위해 썼던 실제 부고기사와 비슷하다는 점을 알아차린 사람들은 우리 가족뿐일 것이다. 그럼에도 설명을 덧붙일 필요가 있다. 부고기사를 완전히 새로 만들어내는 것은 쉬운 일이었을 것이다. 그러나 헌사를 바치고 금세 사라지는 부고기사가 아니라, 영원히 간직될 글을 남기고 결과적으로 그에 대한 기억을 보존하고 싶은 강렬한 욕구가 있었다. 그래서 실제 맬컴 링겔과 가상의 인물 허버트 린델은 전혀 관련없지만(아마도 딸들에게 지극한 사랑을 받았다는 점만 빼고는), 나는 이 책에 그의 부고기사를 포함시키는 것으로 욕구를 충족하지 않을 수 없었다. 가족에게 이해해줘서 고맙다는 말을 하고 싶다. 그리고 맬컴에게는 언제까지나 당신을 그리워할 거라고 한 번 더(두 번, 세 번, 영원히라도) 말하고 싶다.

지은이 **해나 피터드**
미국 조지아 주 애틀랜타에서 어린 시절을 보냈다. 『맥스위니스』『님로드』『밤BOMB』
등의 문학잡지에 다수의 단편을 발표했고, 2006년 어맨다 데이비스 하이와이어 픽션 어
워드를 수상했다. 2011년 첫 책 『운명은 제 갈 길을 찾을 것이다』를 발표해 〈가디언〉〈시
카고 트리뷴〉 등에서 최고의 소설로 선정되었다. 그밖의 작품으로 『재회』『내 말을 들어
줘』『애틀랜타, 1962』(근간)가 있다.

옮긴이 **윤미나**
고려대 영어영문학과를 졸업했으며, 현재 출판번역가로 활동중이다. 지은 책으로 『굴라
쉬 브런치』가 있으며, 옮긴 책으로 『꼭두각시 인형과 교수대』『겨자 빠진 훈제청어의 맛』
『그림자라면 지긋지긋해』『디센던트』『불평하라』『사랑을 쓰다』『단 한 번도 비행기를 타
지 않은 150일간의 세계일주』 등이 있다.

문학동네 세계문학
운명은 제 갈 길을 찾을 것이다

초판인쇄 2016년 9월 20일 | 초판발행 2016년 9월 30일

지은이 해나 피터드 | 옮긴이 윤미나 | 펴낸이 염현숙
책임편집 황문정 | 편집 양수현 유현경
디자인 고은이 이원경 | 저작권 한문숙 박혜연 김지영
마케팅 정민호 이미진 정진아 김혜연 | 홍보 김희숙 김상만 이천희
제작 강신은 김동욱 임현식 | 제작처 영신사

펴낸곳 (주)문학동네
출판등록 1993년 10월 22일 제406-2003-000045호
주소 10881 경기도 파주시 회동길 210
전자우편 editor@munhak.com | 대표전화 031) 955-8888 | 팩스 031) 955-8855
문의전화 031) 955-1927(마케팅) 031) 955-2659(편집)
문학동네카페 http://cafe.naver.com/mhdn | 트위터 @munhakdongne

ISBN 978-89-546-4242-2 03840

www.munhak.com